Darcey Bell

Darcey Bell est née en 1981 et a grandi dans une ferme laitière dans l'ouest de l'Iowa. Elle est institutrice à Chicago. *Disparue* (Hugo & Cie, 2017) est son premier roman.

DISPARUE

DARCEY BELL

DISPARUE

Traduit de l'anglais (États-Unis)
par Claire Desserrey

Hugo Thriller

Titre original :
A SIMPLE FAVOR
Publication originale aux États-Unis, 2017, par Seven Acres, LLC.

ISBN : 978-2-266-27288-9
Dépôt légal : avril 2018

PREMIÈRE PARTIE

Ma mère disait souvent : « Tout le monde a des secrets. C'est pour cela qu'on ne connaît jamais vraiment les gens et qu'on ne peut avoir confiance en personne. C'est valable également pour soi, car on se cache parfois des choses. »

En grandissant, il m'a semblé que c'était un bon conseil, même si je ne le comprenais pas très bien. Quoique... Les enfants aussi ont des secrets – les amis imaginaires, par exemple, ce qui pourrait leur attirer des ennuis si un adulte l'apprenait.

Plus tard, j'ai découvert qu'elle parlait d'expérience, et qu'elle ne cherchait pas simplement à me mettre en garde : elle me conditionnait à me montrer méfiante, à ne pas tout révéler. Avait-elle pressenti qu'au fil des ans, j'accumulerais, plus que d'autres, les zones d'ombre inavouables ? Des secrets que je dissimule à tout prix – y compris à moi-même ?

1

LE BLOG DE STEPHANIE

URGENT !

Bonjour à toutes !

Ce post n'a rien à voir avec ceux que j'ai mis en ligne jusqu'à présent. Il n'est pas plus important, car rien n'est plus important que la vie de nos enfants – leurs joies, leurs peines, leurs premiers pas, leurs premiers mots. Disons simplement qu'il est... plus urgent. Beaucoup plus urgent.

Ma meilleure amie a disparu depuis deux jours. Elle s'appelle Emily Nelson. Vous le savez, je ne mentionne jamais, par principe, le nom de mes amis dans ce blog. Mais pour des raisons que vous comprendrez rapidement, je suspends (provisoirement) la règle d'anonymat que je me suis fixée.

Emily est la maman de Nicky, le meilleur copain de mon fils Miles. Ils ont cinq ans et sont tous les deux nés en avril, ce qui fait qu'ils ont été scolarisés plus tard et sont un peu plus âgés que leurs camarades de classe. Je préfère dire qu'ils sont plus mûrs. Ce sont des gamins gentils, francs, adorables : toutes les qualités dont on rêve pour un garçon et qui – désolée pour vous, messieurs, qui lisez ces lignes – ne sont pas si répandues parmi la gent masculine.

Emily et moi avons fait connaissance à la sortie de l'école. Ce n'est pas si fréquent qu'un enfant se lie avec le fils de la meilleure amie de sa mère, ou que les mères de deux copains deviennent copines. Dans notre cas, nous avons eu de la chance, le déclic a eu lieu. Peut-être en partie parce que nous ne sommes pas si jeunes que ça : nous les avons eus à plus de trente ans, alors que notre horloge biologique avait entamé son compte à rebours !

Parfois, Miles et Nicky inventent des pièces de théâtre et les mettent en scène. Je les autorise à se filmer avec mon téléphone, alors qu'en règle générale, je limite autant que possible l'emploi de ces appareils électroniques qui compliquent tellement notre rôle de parent aujourd'hui. L'un de leurs meilleurs sketches était une intrigue policière : « Les Aventures de Dick l'Unique », avec Nicky dans le rôle du détective et Miles dans celui du criminel. Nicky se présentait : « C'est moi Dick l'Unique, le meilleur détective du monde. » Miles prenait la suite : « Je suis Miles Mandibule, le plus terrible criminel du monde. » Il incarnait le méchant à la manière des mélodrames victoriens, avec une voix caverneuse, en ponctuant ses phrases de « Ho-ho-ho ! ». Ils se poursuivaient dans la cour en faisant semblant de se tirer dessus avec les doigts (interdiction de jouer avec des armes !). C'était super. J'aurais tellement aimé que le papa de Miles – Davis, mon mari – soit là pour le voir.

Je me demande de temps en temps d'où Miles tient ce goût pour le théâtre. De son père, je suppose. Un jour que j'assistais à une réunion où Davis présentait un projet à des clients, j'avais été surprise par son enthousiasme et ses talents d'acteur. Il aurait pu être un jeune comédien au charme lunaire, sous sa mèche de cheveux soyeux. Avec moi, il était différent. Plus lui-même, je suppose : calme, gentil, plein d'humour, sérieux – ce qui ne l'empêchait pas d'avoir des idées arrêtées, notamment en matière de mobilier. Rien de surprenant à cela : c'était un architecte-designer talentueux.

Il a toujours été un ange. Sauf une fois – ou deux.

C'est la maman de Nicky qui les avait aidés à trouver l'idée de Dick l'Unique. Emily adore les romans policiers, qu'elle lit pendant ses trajets en Metronorth vers Manhattan, si elle n'a pas de réunion ou de topo à préparer.

Avant la naissance de Miles, je lisais, moi aussi. Maintenant, il m'arrive de reprendre un Virginia Woolf et d'en feuilleter quelques pages pour me souvenir de la fille que j'étais à l'époque – et que je suis toujours, je l'espère. Derrière les activités à organiser, les repas à préparer et les histoires à raconter le soir, je suis encore cette jeune New-Yorkaise qui travaillait dans la presse et brunchait le week-end avec ses amies. Elles n'ont pas eu d'enfants, n'ont pas déménagé en banlieue. Je les ai perdues de vue.

Emily a une prédilection pour Patricia Highsmith. Je comprends que ce soit son auteure préférée : on ne peut pas lâcher ses romans. Moi, ils me mettent mal à l'aise. Le personnage principal est généralement un assassin, un malade mental, ou un innocent qui essaie d'échapper à la mort. J'en ai lu un où deux hommes se rencontrent dans un train et se mettent d'accord pour que chacun commette un crime qui rendra service à l'autre. J'aurais bien aimé qu'il me plaise, mais je n'ai pas pu le terminer. Lorsque Emily m'en a reparlé, j'ai prétendu que je l'avais adoré.

Peu après, je suis allée chez elle pour voir le DVD de l'adaptation qu'Hitchcock en a tiré. Au départ, je redoutais qu'elle veuille discuter des différences entre le long-métrage et le livre, mais le film m'a littéralement captivée. Notamment la scène du manège, au point que j'ai failli ne pas pouvoir la regarder tellement j'avais peur.

Nous étions assises sur l'immense canapé de son salon, une bouteille de bon vin blanc posée sur la table basse. En me voyant me couvrir les yeux de la main, Emily a levé le pouce en souriant. Cela l'amusait que je sois terrorisée, alors que je ne pouvais pas m'empêcher de penser : Et si Miles était sur ce manège ?

Plus tard, je lui ai demandé : « Tu crois que quelqu'un pourrait faire ça, en vrai ? » Elle a éclaté de rire. « Tu es trop gentille, Stephanie ! Tu n'imagines pas de quoi les gens sont capables et qu'ils n'admettraient devant personne – surtout pas eux-mêmes. »

J'avais envie de lui répondre que je n'étais pas aussi gentille qu'elle le croyait. Moi aussi, j'avais quelques mauvaises actions à mon actif. Mais j'étais trop interloquée : elle avait employé pratiquement les mêmes mots que ma mère.

Vous savez toutes à quel point ce n'est déjà pas facile d'avoir une vraie nuit de sommeil ; inutile par conséquent d'en rajouter en ruminant des histoires angoissantes. J'ai promis à Emily de lire d'autres textes de Patricia Highsmith, mais j'aurais préféré ne pas avoir lu celui-là, car l'une des victimes est la fiancée d'un des personnages principaux, et lorsque votre meilleure amie disparaît, ce n'est pas à ce genre d'intrigue que l'on a envie de penser.

Non que je soupçonne son mari de lui vouloir du mal, même s'il est clair qu'ils ont eu des problèmes. Entre nous, quel couple n'en a pas ? Je ne peux pas dire que Sean soit la personne que je préfère, mais au fond, c'est un type bien, du moins il me semble.
Miles et Nicky sont inscrits à la maternelle de l'excellente école publique que j'ai souvent évoquée dans ces chroniques. Ce n'est pas celle de notre commune, qui est confrontée à des difficultés de financement – la population, vieillissante, a rejeté le budget –, mais une autre, bien meilleure, située dans la localité voisine, près de la frontière entre le Connecticut et l'État de New York.

Du fait de la réglementation des secteurs, ils ne sont pas autorisés à emprunter les bus de ramassage scolaire. Nous les emmenons en voiture le matin. Je vais chercher Miles tous les jours. Le vendredi, Emily ne travaille que le matin ; elle passe prendre Nicky et après, on organise souvent une sortie tous les quatre : on va acheter des hamburgers ou jouer au minigolf. Elle habite à dix minutes en voiture de chez moi. Nous sommes pratiquement voisines.

J'adore aller chez elle, m'allonger sur son canapé, papoter en buvant un verre de vin ; l'une de nous se lève de temps à autre pour vérifier que les petits ne font pas de bêtises. J'aime la façon qu'elle a de bouger les mains en parlant, en faisant scintiller sa magnifique bague ornée de diamants et de saphirs. Nous échangeons beaucoup sur notre rôle de maman, et nous ne sommes jamais à court de sujets de conversation. C'est un tel bonheur d'avoir une véritable amie que j'oublie à quel point je me sentais seule avant de la rencontrer.

Les autres jours de la semaine, Alison, la nounou qu'elle emploie à temps partiel, va chercher Nicky à la sortie de l'école. Le mari d'Emily travaille à Wall Street et fait de longues journées : Nicky et elle s'estiment déjà heureux qu'il rentre à l'heure pour dîner. Si Alison est malade, ce qui est rare, Emily m'envoie un texto et je prends le relais ; les garçons viennent chez moi jusqu'à son retour. Environ une fois par mois, elle doit rester tard au bureau, et à deux ou trois reprises, il lui est arrivé d'effectuer des déplacements de plusieurs jours. Comme cette fois. Avant qu'elle disparaisse.

Elle est chargée de la communication chez un styliste de Manhattan que j'ai pris soin de ne pas nommer. En réalité, elle dirige le service communication d'un grand couturier très connu. Je tiens à ne pas citer de marques dans ce blog afin de rester crédible et parce que cette manie qu'ont les gens d'émailler leur conversation des noms de célébrités m'agace au plus haut point. C'est aussi pour cette raison que je refuse d'accueillir de la pub.

Même si elle est simplement en retard, ou si sa réunion se prolonge, Emily m'envoie des textos à intervalles réguliers et m'appelle dès qu'elle a une minute. C'est sa façon de faire. Ce n'est pas pour autant une mère hélicoptère, ou hyper-protectrice – toutes ces expressions négatives que la société emploie pour nous juger et nous faire culpabiliser d'aimer nos gamins.

Si son train a du retard, elle m'envoie une série de messages – où elle est, l'heure d'arrivée prévue – jusqu'à ce que je lui réponde : PAS DE SOUCI. TOUT VA BIEN. VIENS QUAND TU PEUX. BON VOYAGE. Dès qu'elle est à la gare, elle vient directement pour récupérer Nicky. Je suis obligée de lui rappeler de ne pas faire d'excès de vitesse.

Cela fait deux jours qu'elle n'a pas donné signe de vie, pris contact avec moi, répondu à mes SMS ou mes appels. Il s'est passé quelque chose. Elle s'est évanouie dans la nature et je n'ai aucune idée de l'endroit où elle peut être.

Entre nous, est-ce que c'est son genre de laisser son fils et de s'absenter deux jours sans envoyer de message, appeler ou me répondre ? S'il n'y avait pas un problème ? Franchement ?
Bon, il faut que je file. Je sens que mes cookies au chocolat sont en train de brûler dans le four.

À plus.

Je vous embrasse,
Stephanie

2

LE BLOG DE STEPHANIE

OÙ NOUS HABITONS

Bonjour à toutes !

Jusqu'à présent, je ne souhaitais pas révéler où nous habitons. La vie privée est si précieuse, et l'époque actuelle nous en laisse si peu. Je ne veux pas jouer les paranos, mais même dans notre commune, il se peut que des caméras cachées aient été installées pour connaître la marque de tomates pelées qu'on achète ! D'autant qu'on la considère comme prospère parce qu'elle est située dans la bonne partie du Connecticut – alors que ce n'est pas si vrai que ça. Si Emily et Sean ont de l'argent, moi, avec ce que mon mari m'a laissé, j'ai de quoi vivre et tenir ce blog sans le transformer en site marchand.

La disparition d'Emily change tout : quelqu'un peut l'avoir vue près de chez nous, et je me fais tellement de souci qu'il me paraît nécessaire d'indiquer que nous vivons à Warfield, à environ deux heures de Manhattan par le Metronorth. On appelle cela la banlieue, mais pour moi qui l'ai connue avant de vivre en ville, c'est plutôt la campagne. J'ai déjà écrit dans un post que Davis a dû m'arracher de New York pour que je vienne m'y installer : plus jeune, j'avais mis des années à quitter les faubourgs où j'avais grandi. J'ai aussi raconté à quel point j'ai été séduite par ce nouvel environnement : quel bonheur de se réveiller le matin dans notre maison de style colonial baignée de lumière – que mon mari a restaurée sans sacrifier les éléments d'époque –, et de boire son thé pendant que la machine à arc-en-ciel – une sorte de prisme fixé à la fenêtre, que mon frère Chris nous a offert pour notre mariage – éparpille ses éclats dans toute la cuisine.

Miles et moi adorons vivre ici. Du moins, jusqu'à aujourd'hui : j'étais tellement anxieuse que tous les gens que j'ai croisés – les mamans de l'école, la gentille Maureen du bureau de poste, les jeunes qui emballent les courses au supermarché – me paraissaient sinistres, comme dans les films d'horreur où les habitants sont des zombies ou des membres d'une secte. J'ai demandé à un couple de voisins, l'air de rien, s'ils avaient aperçu Emily et ils ont fait signe que non. Est-ce que j'ai imaginé qu'ils m'observaient bizarrement ? Pour vous dire à quel point je suis perturbée !

Pardon, je me laisse distraire et je bavarde, comme toujours. J'aurais dû indiquer cela plus tôt !!! Emily mesure environ 1,70 m, elle a les cheveux blonds, avec des mèches brunes (je ne lui ai jamais demandé si elles étaient naturelles) et les yeux marron. Elle pèse environ 55 kg. Du moins, je suppose. Est-ce qu'on demande à ses amies : « Au fait, tu fais quelle taille ?

Combien tu pèses ? » – même si, je le sais, certains hommes sont persuadés que nous n'avons que ces sujets à la bouche. Elle a 41 ans mais en paraît 35, tout au plus.

Elle a un grain de beauté sous l'œil droit. Je ne l'ai remarqué que le jour où elle m'a demandé si elle devait se le faire retirer. J'étais d'avis que non. D'abord, il n'est pas laid et en plus, d'après ce que j'ai lu, les dames, à la cour du roi de France, s'en dessinaient sur le visage.

Elle porte un parfum à base de lilas et de lis, élaboré par des religieuses à Florence, qui semble avoir été conçu pour elle et qu'elle fait venir d'Italie. C'est ce que j'aime chez elle : elle connaît tous les « musts » du raffinement qui m'échappent complètement.

Je ne mets pas de parfum. Je ne vois pas ce qu'il y a d'attirant à se promener en dégageant une odeur de fleurs ou d'épices. Pour dissimuler quoi ? Faire passer quel message ? Pourtant, celui d'Emily me plaît. J'aime sentir qu'elle est à côté de moi, qu'elle vient de passer dans une pièce ; je le reconnais dans les cheveux de Nicky quand elle l'a pris dans ses bras. Elle m'a proposé de l'essayer, mais cela m'a paru gênant, trop intime, de devenir une sorte de jumelle olfactive.

Elle ne se sépare pas de la bague de diamants et saphirs que son mari lui a offerte pour leurs fiançailles. Elle agite beaucoup les mains en parlant, et ce bijou me fait penser à une minuscule créature lumineuse, une sorte de Fée Clochette qui s'envole devant Peter Pan et les enfants perdus.

Elle a aussi, autour du poignet droit, un tatouage en forme de couronne d'épines. Cela m'a un peu surpris venant de sa part – d'autant qu'elle ne peut le dissimuler qu'en portant des manches longues. Au départ, j'ai cru qu'il avait un rapport avec la mode. Lorsqu'il m'a semblé que je la connaissais suffisamment, je lui ai posé la question et elle m'a répondu : « Oh, ça ! Ça date de ma folle jeunesse. » J'ai enchaîné : « Nous avons toutes eu une folle jeunesse. Autrefois. »

Ça m'a fait du bien de lui dire une chose que je n'aurais pu confier à mon mari. S'il m'avait demandé ce que j'entendais par là et que je le lui avais expliqué, cela aurait mis un terme à la vie que nous menions. Il est vrai qu'elle a pris fin quoi qu'il en soit. La vérité finit toujours par éclater.

Attendez. J'entends mon téléphone : c'est peut-être elle.

Je vous embrasse,
Stephanie

3

LE BLOG DE STEPHANIE

PETITS SERVICES ENTRE AMIES

Bonjour à toutes !

Ce n'était pas Emily, mais un appel préenregistré m'annonçant que j'avais gagné un voyage gratuit aux Caraïbes.

Où en étais-je ? Ah oui. L'été dernier, un jour que nous nous faisions bronzer à la piscine du quartier pendant que Miles et Nicky pataugeaient dans le petit bain, Emily m'a dit : « Je te demande sans arrêt des services, et je te suis très reconnaissante de ce que tu fais pour moi. Accepterais-tu de m'en rendre un autre ? Il s'agirait de garder Nicky ce week-end pour qu'on puisse partir, Sean et moi, fêter son anniversaire dans le chalet de mes parents. » Emily appelle la maison de vacances de sa famille, au bord d'un lac au nord du Michigan, « le chalet », mais je suppose qu'elle est un peu moins rustique que ça. « Je n'en reviens pas qu'il ait accepté, et je dois tout confirmer avant qu'il change d'avis. »

J'ai accepté, évidemment. Je savais qu'elle avait énormément de mal à l'éloigner de son bureau.

« D'accord, mais à une condition.
— Ce que tu veux. Dis-moi.
— Je n'ai pas le bras assez long pour étaler ma crème solaire en bas du dos. Ça t'ennuie de le faire ? »
Elle a ri. « Mais non, ça me fait plaisir. » Sa main musclée sur ma peau m'a fait repenser aux sorties à la plage avec mes copines de lycée.

Le week-end où Emily et Sean sont partis, les garçons et moi nous sommes bien amusés : piscine, promenade au parc, cinéma, hamburgers et légumes grillés.

Emily et moi sommes amies depuis un an ; nos fils se sont connus à la maternelle. Je joins une photo d'elle, prise cet été au parc d'attractions Six Flags. On ne la distingue pas très bien : c'était un selfie de nous quatre – les mamans avec leurs fils – et j'ai effacé Miles et Nicky en retouchant la photo. Vous connaissez mon opinion sur les gens qui mettent en ligne les photos de leurs enfants.

Je m'égare, revenons-en à ce qui me préoccupe aujourd'hui. Je ne sais pas ce qu'elle portait le jour où elle a disparu : je ne l'ai pas vue déposer Nicky à l'école car elle était un peu en retard. Habituellement, les bus arrivent tous en même temps et les enseignants sont occupés à accueillir les élèves et les faire entrer à l'intérieur. Je ne leur en veux pas de ne pas avoir remarqué sa tenue, ni si elle était enjouée ou paraissait inquiète. Elle avait probablement l'allure qu'elle a toujours en partant au bureau : celle d'une cadre supérieure qui travaille dans la haute couture (elle bénéficie de rabais importants sur les collections de créateurs).

Ce matin-là, elle m'a appelée tôt. « Stephanie, j'ai besoin de ton aide. Une fois de plus. J'ai une urgence au travail et je vais devoir rester tard. Alison a cours aujourd'hui. Peux-tu prendre Nicky à la sortie ? Je viendrai le chercher ce soir, à 21 heures au plus tard. » Je me souviens m'être demandé : *C'est quoi, une urgence, dans ce milieu ? Des boutonnières trop justes ? Une fermeture Éclair cousue à l'envers ?*
J'ai répondu : « Bien sûr. Je suis ravie de te rendre service. »

Un service comme les mamans s'en rendent sans arrêt. Les garçons seraient enchantés. Je suis pratiquement certaine de lui avoir demandé si elle voulait que Nicky dorme à la maison, et qu'elle m'a répondu : « Non, merci », car elle voulait le voir à la fin de sa longue journée, même endormi.

Je suis allée récupérer Nicky et Miles après la classe. Ils étaient aux anges. Ils s'adorent comme deux jeunes chiots qui ne peuvent pas se quitter. Mieux que des frères, qui se bagarrent sans cesse. Ils ont joué gentiment dans la chambre de mon fils, puis sur la balançoire où je peux les surveiller depuis la fenêtre. Je leur ai préparé à dîner un repas diététique. Je suis végétarienne, vous le savez, mais comme Nicky ne mange que des hamburgers, c'est ce que je leur ai cuisiné. J'ai écrit à de nombreuses reprises dans ce blog à quel point j'ai du mal à parvenir à un équilibre entre une bonne alimentation et ce que les petits acceptent d'avaler. Au cours du repas, ils m'ont raconté qu'un de leurs camarades avait été envoyé chez le principal parce qu'il n'avait pas écouté la maîtresse, même après avoir été mis au coin.

Il se faisait tard. Emily n'appelait pas. C'était bizarre. Je lui ai envoyé un texto, auquel elle n'a pas répondu. De plus en plus étrange.

Il est vrai qu'elle avait parlé d'une urgence. Il y avait peut-être eu un problème dans l'une des usines où sont fabriqués les vêtements. J'ai l'impression que dans ces pays, ils sont assemblés par des esclaves, mais c'est un sujet que je n'aborde pas avec elle. À moins qu'il n'y ait eu un nouveau scandale avec son patron, Dennis, qui abuse régulièrement de diverses substances, ce dont la presse rend compte abondamment. Dans ces cas-là, Emily est obligée de gérer la communication de crise. Ou alors, elle était dans une réunion dont elle ne pouvait sortir, dans un lieu non couvert par le réseau, ou elle avait égaré son chargeur.

Si vous la connaissiez, vous sauriez qu'il est très improbable qu'elle égare son chargeur ou qu'elle ne trouve pas le moyen d'appeler pour prendre des nouvelles de Nicky.

Nous, les mamans, sommes tellement habituées à rester en contact. Vous savez ce que c'est lorsqu'on veut joindre quelqu'un : on est comme possédée, on compose le numéro sans cesse, on envoie des textos, on se retient de recommencer parce qu'on vient à peine de le faire. Chacun de mes appels basculait sur sa messagerie et sa voix « professionnelle », énergique, claire : « Bonjour, vous êtes sur la boîte vocale

d'Emily Nelson. Laissez-moi un bref message et je vous contacterai dès que possible. À très vite ! »
« Emily, c'est moi, Stephanie. rappelle-moi ! »

L'heure d'aller au lit est arrivée. Elle n'avait pas appelé. Ça n'était jamais arrivé. J'avais l'estomac noué. J'étais terrorisée, mais je ne voulais pas que les enfants le remarquent, surtout Nicky…

Je ne peux plus écrire, je suis trop bouleversée.

Je vous embrasse,
Stephanie

4

LE BLOG DE STEPHANIE

LES FANTÔMES DU PASSÉ

Bonjour à toutes !

J'ai souvent raconté dans ce blog, vous vous en souvenez sans doute, que je ne voulais pas que Miles se rende compte à quel point j'étais dévastée lorsque Davis s'est tué dans un accident avec mon frère Chris. Un bel après-midi d'été, il a perdu le contrôle de notre Camaro vintage et a percuté un arbre. En une seconde, notre univers s'est écroulé.

J'ai perdu les deux hommes qui comptaient dans ma vie – mon père était décédé quand j'avais dix-huit ans –, et Miles son papa et l'oncle qu'il adorait. Il n'avait que deux ans, mais il a senti que j'avais du chagrin. Je me devais d'être forte pour lui, et je ne me laissais aller qu'après qu'il était endormi. On peut donc dire que j'étais préparée (si l'on peut employer ce mot) à ne pas m'effondrer ni montrer aux garçons que j'étais soucieuse à propos d'Emily.

Après les avoir mis au lit, j'ai repris un verre de vin pour me calmer. Le lendemain, malgré une migraine atroce qui m'a assaillie dès le réveil, j'ai fait comme si tout allait bien. Je les ai aidés à s'habiller. Nicky dort souvent à la maison, cela n'avait donc rien d'inhabituel. Il fait à peu près la même taille que Miles et peut donc porter ses vêtements. Mais c'est aussi pour cela que je savais qu'Emily avait l'intention de passer le prendre la veille : elle me donne des vêtements de rechange chaque fois qu'il passe la nuit chez nous.

Elle n'avait toujours pas appelé. J'étais au bord de la panique. Mes mains tremblaient tellement qu'en servant les céréales, j'ai renversé la moitié du paquet sur la table et par terre. À ce moment-là, Davis m'a manqué atrocement – j'aurais eu tellement besoin de quelqu'un qui m'aide, me conseille, m'apaise.

J'ai décidé de les conduire à l'école avant d'essayer d'y voir plus clair. Je ne savais pas qui appeler : le père de Nicky était en Europe, et je n'avais pas son numéro de portable.

Je vous entends d'ici. Vous êtes toutes en train de penser que je n'ai pas respecté mes propres règles : ne jamais accueillir un enfant chez soi sans avoir les coordonnées de la personne à appeler en cas d'urgence !!! Les numéros personnels et professionnels des deux parents, ceux d'un membre de la famille proche ou d'une personne autorisée à prendre des décisions médicales, ainsi que du médecin traitant.

Je savais comment joindre Alison, la nounou. C'est une fille sérieuse, en qui j'ai confiance, même si, je l'ai déjà écrit, je considère que les enfants ne doivent pas être élevés par des nounous. Elle m'a rassurée : Emily l'avait prévenue que Nicky passerait la nuit chez son copain. Ouf ! Je ne lui ai pas demandé si elle l'avait informée de la durée son séjour. J'avais peur de paraître... dépassée par les événements, et vous savez à quel point, pour les mamans, la question de la compétence est un sujet sensible.

Vous devez me trouver non seulement irresponsable mais aussi totalement inconsciente en apprenant que je n'ai pas le numéro de portable du père de Nicky. Je n'ai aucune excuse. Je ne peux que vous supplier de ne pas me juger.

En déposant les garçons, j'ai annoncé à Mme Kerry, l'excellente maîtresse du cours préparatoire, qu'ils avaient passé la nuit chez moi. Sans raison valable, j'avais le sentiment que cela attirerait des ennuis à Emily si je disais qu'elle n'était pas rentrée et n'avait pas appelé. Comme si... comme si je la dénonçais, ou la faisais passer pour une mauvaise mère.

Je lui ai expliqué que je n'avais pas pu joindre mon amie mais que j'étais certaine que tout allait bien. J'avais probablement mal compris combien de temps Nicky restait à la maison. Juste au cas où, pouvait-elle me donner le numéro de son père ? Elle m'a répondu qu'Emily l'avait informée que son mari devait effectuer un voyage professionnel de quelques jours à Londres.

Les maîtresses de Miles m'aiment bien. Elles consultent mon blog et apprécient mes commentaires positifs sur l'école, mes messages élogieux sur le travail remarquable qu'elles accomplissent avec nos petits.

Mme Kerry m'a donné les coordonnées téléphoniques de Sean. Mais en levant les yeux par-dessus mon téléphone, j'ai remarqué qu'elle me regardait d'un air un peu méfiant. Je me suis traitée intérieurement de parano ; en fait, elle voulait probablement exprimer sa sollicitude et non une inquiétude. En essayant de ne pas juger. J'étais soulagée d'avoir le numéro de Sean. J'aurais dû l'appeler tout de suite. Je ne sais pas pourquoi je ne l'ai pas fait.

J'ai pris contact avec le bureau d'Emily, chez Dennis Nylon Inc. Voilà, je l'ai dit. Pour moi, et pour beaucoup d'entre vous, Dennis Nylon est ce que Dior ou Chanel était pour nos mères : un dieu de la mode, inaccessible, hors de prix, tout-puissant.
J'ai demandé au jeune homme qui m'a répondu (à part mon amie, tous les employés de cette maison semblent à peine sortis de l'adolescence) de me passer Emily Nelson. Sa secrétaire, Valerie, a voulu – pour la énième fois – savoir qui j'étais précisément. D'accord, elle ne m'a jamais rencontrée, mais est-ce qu'il y a tant de Stephanie dans sa vie ? Ou dans celle d'Emily ?

Je me suis présentée : la mère du meilleur ami de son fils. Elle m'a répondu qu'elle était désolée, mais qu'Emily était en déplacement. J'ai répliqué que c'était moi qui étais désolée, mais que Nicky avait dormi chez moi cette nuit et que sa mère n'était pas venue le chercher. À qui pouvais-je m'adresser ? Je me disais que toutes les mamans devraient avoir une Valerie. Une assistante personnelle ! Nous avons tant à faire dans la journée, tant de tâches pour lesquelles nous aurions besoin d'aide. Davis en avait deux : Evan et Anita, de jeunes créateurs talentueux. Parfois, j'ai l'impression d'être la seule personne sur terre qui n'en a pas.

Je plaisante, bien entendu. Nous possédons tellement plus que la plupart des gens. Mais tout de même…

Je sentais que quelque chose n'était pas normal. Valerie m'a assuré qu'on me rappellerait sans faute. J'attends encore.

J'ai déjà évoqué dans ce blog cette manie stupide et désagréable qui consiste à opposer les mères au foyer et celles qui travaillent. Sans l'avouer, j'ai toujours été un peu envieuse de la carrière d'Emily – le prestige, la fièvre des défilés, la garde-robe pratiquement gratuite, les contacts personnels avec les vedettes… – toutes ces activités fascinantes qui l'accaparent pendant que, de mon côté, je prépare des sandwichs au beurre de cacahuètes, je nettoie le jus de pommes qui a coulé et je rédige mon blog. Bien sûr, je sais qu'elle rate aussi énormément de choses, tous ces moments où l'on joue, Miles et moi, l'après-midi.
Dans sa boîte, personne ne semble s'en faire alors qu'elle y travaille pratiquement depuis qu'elle est sortie de la fac. Dennis devrait s'inviter au journal télévisé et demander qu'on la retrouve.

Calme-toi, Stephanie. Détends-toi. Cela ne fait pas si longtemps.

Merci à vous toutes. Cela me réconforte de savoir que vous lisez ces lignes.

Je vous embrasse,
Stephanie

5

LE BLOG DE STEPHANIE

TOUT SERAIT MA FAUTE ?

Bonjour à toutes !

Je suis une caricature de mère ! J'ai pratiquement réussi à me persuader que ce malentendu est entièrement de mon fait. Emily m'a certainement demandé de garder Nicky deux jours et non une seule nuit.

Mais alors, pourquoi est-ce que je l'entends encore m'assurer que Nicky ne dormirait pas à la maison et qu'elle viendrait le chercher avant 21 heures ?

Nous sommes nombreuses à avoir échangé dans ce blog sur nos difficultés à nous sentir en prise avec la réalité – quel jour on est, qu'est-ce qu'on attend de nous, ce que quelqu'un a dit ou pas dit… Rien n'est plus facile que de convaincre une mère de famille qu'elle a tort. Même si ce n'est pas vrai. *Surtout* si ce n'est pas vrai.

Cet après-midi, je m'étais tellement préparée mentalement que je m'attendais à voir Emily sous le grand chêne près de l'entrée, où elle attend la sortie des élèves le vendredi. J'étais si sûre qu'elle y serait que, l'espace d'une seconde, j'ai cru la voir.
Cela n'aurait pas pu être elle. D'abord, on est mercredi. J'ai eu une soudaine angoisse, comme lorsqu'on cherche son enfant partout et que dans l'éternité qui s'écoule avant qu'on le repère, on pense que son cœur va exploser. À une époque, Miles adorait se cacher, et chaque fois, j'étais malade d'inquiétude…

Attendez… Il me vient une idée.

Je vous embrasse,
Stephanie

6

LE BLOG DE STEPHANIE

UNE VISITE CHEZ EMILY

Bonjour à toutes !

Habituellement, j'appelle toujours avant d'aller chez Emily. J'ai essayé sa ligne fixe. Personne n'a décroché.

Un jour, elle m'a confié un jeu des clés de sa maison en échange des miennes. Son geste m'a impressionnée : il était la preuve qu'elle est une mère responsable, et que nous étions de vraies amies. Ces clés nous seraient utiles en cas d'urgence, ou si l'une était en avance un après-midi où les enfants devaient jouer ensemble et que l'autre n'était pas arrivée.

Là, il s'agissait d'une véritable urgence. Je n'avais pas l'intention de m'immiscer dans sa vie privée, mais je voulais m'assurer qu'elle n'avait pas fait une chute, qu'elle n'était pas blessée, malade ou dans l'incapacité d'appeler les secours.

Je ne pouvais pas m'y rendre avec les garçons : si je tombais sur une scène affreuse ? Mon imagination partait dans tous les sens. Je voyais des murs couverts de sang, à la Charlie Manson, le corps d'Emily dans l'eau rougie de sa baignoire... J'ai décidé de passer chez elle avant d'aller les chercher à l'école.
J'avais la chair de poule en me garant dans son allée, comme si j'étais en danger. La pluie tombait, le vent secouait les branches des arbres, et il me semblait qu'elles disaient : « N'y va pas, n'y va pas. » J'exagère : j'ai la tête sur les épaules ; les arbres ne me parlent pas.

Je me suis sentie beaucoup mieux en apercevant la voiture de Maricela, sa femme de ménage. Elle avait presque fini, ce qui m'a rassurée : si Emily avait été quelque part dans la maison, elle l'aurait remarquée. C'est un amour. J'aimerais tellement qu'elle travaille pour nous, mais Miles et moi ne pouvons nous le permettre.

Elle m'a annoncé : « La señora m'a prévenue qu'elle s'absentait quatre jours, que je devais venir nettoyer, et repasser pour vérifier que les plantes n'avaient pas soif. »

Quatre jours ! Quel soulagement !

« Vous lui avez reparlé depuis son départ ?
— Non, pourquoi l'aurais-je fait ? m'a-t-elle demandé de sa voix douce. Tout va bien ? Avez-vous faim, ou soif ? La señora a laissé des fruits dans le frigo. »
C'était bon signe : si Emily avait laissé des fruits, c'était qu'elle avait l'intention de revenir. J'ai demandé un verre d'eau à Maricela, qu'elle est allée chercher.

Cela m'a fait bizarre de m'asseoir sur la banquette où j'ai passé tellement d'heures avec mon amie. Ce grand canapé confortable me paraissait tout à coup étrangement bosselé, un piège dans lequel je risquais de m'enfoncer sans pouvoir me relever : un meuble carnivore.

J'aurais aimé fouiller les pièces à la recherche d'indices. Pourquoi ne m'avait-elle pas informée qu'elle s'absentait quatre jours ? Pourquoi ne répondait-elle pas à mes appels ? Je connaissais Emily : il s'était passé quelque chose d'horrible.

Être chez elle m'a rendue plus inquiète. Je m'attendais sans cesse à la voir entrer et me demander ce que je fabriquais dans son salon. J'aurais d'abord été ravie de la voir, avant de me sentir peut-être un peu coupable, alors qu'elle m'avait donné de bonnes raisons de venir chez elle.

Où est-elle ? J'avais envie de pleurnicher comme une gamine.

J'ai levé les yeux vers la photographie des jumelles, au-dessus de la cheminée. Tout est beau dans sa maison : tapis persans, vases chinois, objets design, pièces cultes du mobilier des années 1950. Davis l'aurait adorée. Emily avait particulièrement tenu à me montrer le grand tirage en noir et blanc de ces fillettes endimanchées, avec un bandeau dans les cheveux, à la beauté intrigante et obsédante, souriant timidement comme si elles partageaient un secret. « C'est cette photo qui a coûté le plus cher ici, et c'est elle que je préfère. Si je te disais comment nous l'avons obtenue, notre ami de la salle des ventes me tuerait. À ton avis, laquelle des deux est la jumelle dominante ? »

C'était presque une impression de déjà-vu, un souvenir de ma vie d'avant, lorsque je travaillais à New York dans une revue de décoration. D'accord, elle était en vente à la caisse des supermarchés, mais c'était une revue néanmoins – une couverture, du papier, des articles, des photos. Grâce à elle, j'ai pu rencontrer des personnes originales, qui posaient des questions intéressantes et possédaient des objets beaux et surprenants. Qui ne parlaient pas uniquement des cours particuliers de leurs rejetons ou du meilleur moyen de s'assurer que les tomates sont vraiment biologiques. Des gens qui profitaient de la vie !

J'ai répondu : « Je ne sais pas. À ton avis ?

— Parfois, je penche pour l'une, parfois, pour l'autre.

— Ou aucune des deux ?

— Impossible : il y en a toujours une qui domine, même en amitié. »

Emily était-elle l'amie dominante ? C'est vrai que j'ai tendance à l'admirer…

Elle avait disparu, et les jumelles m'observaient avec leur visage délicat et leur regard impénétrable.

Le salon était parfaitement rangé – grâce à Maricela. Sur la table basse – Davis aurait su quel maître du design l'avait dessinée – était posé un roman de Patricia Highsmith en édition de poche, *Ceux qui prennent le large*, d'où dépassait le marque-page de la librairie locale. C'est alors que m'est venue l'idée – non pas une révélation, plutôt un éclair fugitif – qu'Emily avait pu prendre le large : elle m'avait confié son fils et s'était tirée. Il arrive que des gens s'évanouissent dans la nature, et leurs amis, leurs voisins, leur famille affirment qu'ils n'ont rien vu venir.

J'ai décidé de lire cette histoire pour voir si elle ne contenait pas des détails que je n'aurais pas remarqués à propos d'elle. Je ne pouvais pas prendre son exemplaire : à son retour, elle n'aurait pas été contente. S'il n'était pas à la bibliothèque, je le commanderais. Je devais garder mon calme, être raisonnable, et tout finirait par s'arranger. Ce n'était qu'un mauvais rêve, une erreur, une incompréhension qui nous ferait rire, plus tard.
Maricela m'a apporté de l'eau dans un verre ancien gravé, ravissant : Emily veille à tout, même à la vaisselle ! « Buvez. Ça vous fera du bien. » J'ai avalé l'eau fraîche et pure, mais je ne me suis pas sentie mieux pour autant. Je l'ai remerciée et suis sortie de la maison. J'ai vérifié mon téléphone : ni SMS ni e-mail. Emily n'était pas du genre à « prendre le large », j'en étais persuadée.
Il y avait un vrai problème.
J'aurais dû appeler la police, mais j'étais dans le déni ; je m'en voulais d'avoir mal compris, d'avoir entendu mon amie prononcer une phrase qu'elle n'aurait pas dite.
Depuis, mon subconscient fonctionne à plein régime et m'alimente en scénarios plus effrayants les uns que les autres : pirate de la route, enlèvement, meurtre, cadavre dans le fossé, coup sur la tête qui l'a rendue amnésique, errant sur les routes.

Quelqu'un va la trouver, la ramener chez elle.

Voilà pourquoi je poste cet article. Nous avons toutes entendu parler des miracles que permet l'Internet et qui sont l'un de ses avantages, le bon côté des réseaux sociaux et des blogs. Je vous demande donc de garder les yeux ouverts, vous qui possédez déjà par nature une vue acérée. Si vous voyez une femme qui ressemble à Emily, demandez-lui si tout va bien. Si elle semble blessée ou désorientée, envoyez un texto immédiatement au numéro qui s'affiche en bas de cet écran.

Merci d'avance à toutes !

Je vous embrasse,
Stephanie

7

LE BLOG DE STEPHANIE
(le lendemain)
APRÈS RÉFLEXION, APPEL À SEAN

Bonjour à toutes !

J'ai eu un sommeil agité, avec des rêves étranges. En me réveillant, à 6 heures, je ne me souvenais pas de ce qui n'était pas normal, puis ça m'est revenu : j'étais sans nouvelles d'Emily. Je n'osais pas consulter mon téléphone, car j'avais demandé aux abonnées de mon blog de m'indiquer si elles avaient vu quelqu'un lui ressemblant et j'avais donné mon numéro personnel. En fait, elle a l'allure de beaucoup de mamans : blonde, mince, jolie, le corps sculpté par les séances de stretching. Le tatouage et la bague réduisent l'échantillon, mais de nombreuses femmes sont tatouées, et il n'est pas certain qu'elle porte sa bague : elle a pu se la faire voler.

Heureusement, vous êtes de fines mouches. Je n'ai reçu que deux SMS : elle a été aperçue dans des lieux si éloignés l'un de l'autre (l'Alaska et le nord de l'Écosse – je suis impressionnée que mon blog soit lu jusque là-bas) que je ne vois pas comment elle aurait pu s'y rendre dans le laps de temps (court, je ne cesse de me le répéter) qui s'est écoulé depuis qu'on l'a perdue de vue.

J'ai envisagé de changer de numéro de téléphone, au cas où des milliers de mamans se mettraient en rapport avec moi pour essayer de se rendre utiles. Mais bien qu'il faille se montrer prudent et divulguer ses coordonnées personnelles avec parcimonie, c'est le seul numéro que possède Emily, et j'espère qu'elle va appeler. Nous tenons, Nicky et moi, à ce qu'elle puisse nous contacter.

Au dîner, il a commencé à s'agiter – ce qui est tout à fait normal. Il sentait certainement mon inquiétude. Ce n'était jamais arrivé qu'il dorme deux nuits de suite chez nous, sauf lorsque ses parents sont partis en week-end, et cette fois-là, nous nous étions bien amusés et personne n'était nerveux. Il m'a demandé quand sa maman allait venir le chercher, puis il a vomi son burger végétarien juste après l'avoir avalé. Je lui ai promis qu'elle n'allait pas tarder et que j'allais appeler son papa.

À 19 heures, j'ai téléphoné à Sean en Angleterre. J'étais tellement perturbée que, bêtement, je n'ai pas réfléchi au décalage horaire. Il avait l'air groggy.

« Je vous réveille ? Pardon, je suis confuse ! » Pourquoi m'excuser ? J'étais sans nouvelles de son épouse !

Il a répondu d'une voix pâteuse : « Vous ne me réveillez pas. Qui est à l'appareil ? »

Bizarrement, j'ai failli éclater de rire : je m'étais toujours demandé s'il conserverait son accent britannique très distingué si on le réveillait au milieu de la nuit. La réponse était oui.

« Je suis l'amie d'Emily, Stephanie.
— Stephanie… » Mon nom ne lui disait apparemment rien, alors qu'il m'avait vue plusieurs fois. « Que se passe-t-il ?
— Je ne voudrais pas vous alarmer inutilement, mais Emily m'a confié Nicky et je me demande… où elle est et quand elle a prévu de rentrer. J'ai dû mal comprendre, je ne savais pas que Nicky resterait… »
J'ai senti que sa patience avait atteint ses limites, mais il m'a déclaré calmement : « Elle est en déplacement professionnel pour deux jours. » Clair et net.
« Ah ! Ouf, je suis soulagée. Pardon de vous avoir dérangé.
— Pas de problème. N'hésitez pas à me rappeler en cas de besoin… Stephanie. »

C'est seulement après avoir raccroché que je me suis rendu compte qu'il ne m'avait pas demandé comment allait Nicky. Quel drôle de père ! Quel drôle de mari, qui ne se faisait aucun souci pour sa femme ! Mais au fond, pourquoi s'inquiéterait-il ? Ils étaient en voyage d'affaires chacun de leur côté. C'était leur façon de vivre. Est-ce que les époux doivent obligatoirement se parler chaque soir ?

En plus, je l'avais réveillé. Les hommes sont capables de demeurer à moitié inconscients un bon moment après leur réveil : un luxe que les mamans qui élèvent seules leurs enfants ne peuvent se permettre.

Dans la soirée, Emily n'était toujours pas rentrée. Je n'ai pas rappelé son mari, et à nouveau, j'ai fait semblant de rien. Nicky a pleuré à plusieurs reprises. Je leur ai donné la permission de s'installer devant la télé de ma chambre pour voir des dessins animés jusqu'à ce qu'il soit l'heure de dormir. J'ai repoussé les idées noires, ainsi que les mamans apprennent à le faire. Il fallait simplement que je sois patiente. Encore une journée. Je n'avais plus qu'à attendre.

Elle n'était toujours pas là le lendemain soir. À son retour d'Angleterre, Sean m'a appelé de l'aéroport, visiblement préoccupé. Il a posé ses affaires chez lui, où il espérait sûrement (ou redoutait...) la trouver, puis est venu directement chez moi en voiture.
Dès que Nicky a entendu sa voix, il est sorti en trombe de la chambre de Miles et s'est jeté dans ses bras. Sean l'a soulevé, embrassé et serré très fort.

Bizarrement, sa présence dans ma maison, avec son petit garçon inquiet mais courageux, a transformé ma vague appréhension en véritable angoisse.

Plus de doute. Mon amie a disparu.

Vous toutes, où que vous soyez, apportez-nous votre aide.

Je vous embrasse,
Stephanie

8

STEPHANIE

Ma mère avait l'habitude de dire que tout le monde a des secrets. Ce n'est assurément pas le meilleur conseil à donner à sa fille si on veut la voir devenir une femme équilibrée, capable d'avoir des relations équilibrées avec d'autres personnes équilibrées. Elle avait sûrement ses raisons.

Quatre jours après la mort de mon père – j'avais dix-huit ans –, un inconnu a frappé à notre porte. Ma mère a jeté un œil par la fenêtre : « Regarde, Stephanie : c'est ton père. »

Jc connaissais l'expression « folle de chagrin », mais maman avait toute sa tête. Bien sûr, sa peinc était immense d'avoir perdu son mari. Ils s'aimaient énormément – pour ce que j'en savais, du moins.

Peut-être qu'en fait nous n'arrivions pas à y croire. Il était cadre dans un laboratoire pharmaceutique et se déplaçait très souvent pour assister à des conférences et des réunions de travail aux quatre coins du pays.

Après la crise cardiaque qui l'a terrassé sur le golf proche de notre maison, dans une coquette banlieue de Cincinnati, ce fut, pendant un certain temps, comme s'il était encore en voyage d'affaires.

En fait, ma mère voulait dire : « C'est ton père à vingt-quatre ans, l'année où on s'est mariés. »

C'était le jeune marié de la photo de noces de mes parents qui se tenait sur le seuil. Je le découvrais et pourtant il m'a semblé que je l'avais contemplé tous les jours : j'avais vécu avec son portrait posé sur notre piano droit poussiéreux. À la différence qu'il portait un jean et un blouson et non un smoking blanc, et que ses cheveux sombres étaient bien coupés et non lissés en arrière à la Elvis Presley, comme mon père.

Ma mère lui a ouvert. Il était si beau que je ne pouvais le quitter des yeux. Papa, jusqu'à ce qu'il paie la rançon de ses innombrables déplacements, soirées arrosées et repas dans les aéroports, avait été un bel homme.

Elle lui a demandé : « Ne bougez pas. Ne dites rien. » Elle est allée chercher le cadre sur le piano et le lui a tendu. Il l'a scruté un long moment, apparemment troublé, puis il a éclaté de rire. Nous l'avons imité.

« Je suppose qu'un test ADN ne sera pas nécessaire. »

Il s'appelait Chris. Il vivait à Madison, dans le Wisconsin. Mon père était aussi le sien. Il organisait ses trajets de façon à pouvoir y passer deux fois par an et rendre visite à sa deuxième famille : Chris et sa mère.

Il avait vu l'annonce dans la version en ligne de notre quotidien local. Elle était apparue dans son alerte Google. J'en ai conclu qu'il voulait se tenir informé – le pauvre – de ce que devenait *son* père. Il avait perdu sa mère un an plus tôt, emportée par un infarctus. Bien sûr, son nom n'était pas cité dans le journal, mais le nôtre, oui. Et nos coordonnées – ou plutôt, celles de mon père – étaient dans les pages jaunes.

Il m'a fallu un moment pour admettre que ce beau gosse était mon demi-frère. Je m'attendais à ce qu'il annonce qu'il était un cousin éloigné ayant un air de famille avec mon père.

Je dois ajouter un autre détail : à l'époque, j'étais le portrait craché de ma mère à mon âge. Je lui ressemble encore, mais moins. J'étais son double sur la photo, et mon nouveau frère Chris celui de mon – notre – père. Nous étions le couple de jeunes mariés de la pièce montée, clonés et ramenés à la vie vingt ans plus tard. Qu'ajouter de plus ? C'était extrêmement troublant.

J'étais en jean et tee-shirt, mais j'avais conscience d'avoir la même posture que maman dans sa robe nuptiale : les coudes collés au corps et les mains recroquevillées à la façon d'un écureuil. Lorsque j'ai baissé les bras pour reprendre une pose normale, j'ai remarqué que Chris observait ma poitrine.

Ma mère soupçonnait-elle cette vérité ? Était-ce pour cela qu'elle affirmait que tout le monde a des secrets ? Je n'ai jamais pu me résoudre à le lui demander, même – ou plutôt surtout – après l'irruption de Chris dans notre vie.

Elle l'a invité à venir dans la cuisine et lui a servi la charcuterie qui restait de la cérémonie, pour laquelle nous avions commandé beaucoup trop de nourriture.

Nous étions sous le choc de la disparition brutale de papa, auquel venait de s'ajouter celui de la découverte inattendue de ce frère, mais lorsque Chris a pris la chaise paternelle et s'est attablé devant la mortadelle, la situation a pris une tournure presque normale, naturelle.

« Chris, nous sommes désolées de ne pas vous avoir convié aux funérailles. »

Pourquoi s'excusait-elle ? Parce que, comme toutes les femmes, c'était son habitude. Tout est toujours notre faute ! J'avais de la peine pour elle, mais j'aurais préféré qu'elle se taise.

« Vous n'auriez pas pu : vous ne saviez pas que j'existais. »

Nous pensions probablement tous les trois que le responsable était mon père, mais il était trop tard pour lui en vouloir.

« Ce serait plutôt à moi de m'excuser.

— De quoi ? a demandé ma mère.

— De débarquer sans prévenir. Et, je suppose… d'exister. »

Il avait un beau sourire. Nous avons ri à nouveau. Nous n'avions pas ri ainsi depuis l'annonce du décès.

Elle l'a encouragé à se resservir et a rempli son assiette sans attendre sa réponse. Cela me faisait plaisir de le voir manger avec appétit.

Mon existence aurait-elle été différente si elle ne lui avait pas affirmé qu'il ne pouvait reprendre la route à cette heure ? Si elle ne l'avait pas invité à rester dormir ?

Ce qui devait arriver est arrivé. Chris et moi avons passé la nuit à discuter, je ne sais plus de quoi. Notre vie, nos espoirs, nos craintes. Notre enfance, nos rêves d'avenir. Qu'est-ce que je pouvais en dire ? Qu'est-ce que j'en savais ? J'avais dix-huit ans : je n'étais qu'une gamine.

Le lendemain matin, il m'a demandé mon numéro de portable. Dans l'après-midi, il m'a appelée : il n'était pas reparti dans le Wisconsin et avait pris une chambre dans un motel à côté de chez nous.

J'avais un petit ami, qui m'avait emmenée au bal des étudiants peu de temps auparavant et avec qui j'avais couché plusieurs fois. C'était le premier garçon avec qui je faisais l'amour, et je ne voyais pas bien pourquoi on en faisait un tel plat. Je n'ai pas pensé à lui, mais seulement à arriver au plus vite sans être flashée par un radar.

Je tremblais en frappant à la porte, je tremblais en rentrant dans la chambre, en embrassant Chris timidement et en cherchant où m'installer. Près du bureau, il y avait une chaise branlante, sur laquelle ses habits étaient empilés avec soin. Nous savions tous les deux que j'irais m'asseoir sur le lit.

Il s'est approché de moi et a effleuré ma poitrine en murmurant : « Viens plus près », alors que j'étais déjà contre lui.

Je l'entends encore prononcer cette phrase ; chaque fois, j'en ai le souffle et les jambes coupées, comme ce jour-là. J'ai compris alors ce que c'était que faire l'amour, et pourquoi cela pouvait pousser les gens à des gestes extrêmes – dans certains cas, même à mourir. Ensuite, j'en voulais toujours plus. Revenir en arrière était impossible. Nous étions incapables de nous éloigner l'un de l'autre. J'avais un besoin éperdu d'éprouver à nouveau cette sensation d'extase fusionnelle à laquelle nous accédions ensemble.

Je ne peux pas me remémorer ces moments avec lui n'importe où. Pas quand je suis entourée de gens, et certainement pas au volant, car je suis aussitôt submergée par la même envie brûlante. Mes paupières s'alourdissent, je ferme les yeux pour me protéger de la chaleur, je sens que je fonds, je ne suis plus qu'une boule de désir pur.

***

Le soir où Sean est rentré de Londres, j'ai couché les garçons dans la chambre de Miles. Nicky pleurait et ne voulait pas aller au lit parce que son papa était à la maison – et évidement parce que sa maman n'était pas là. Sean et moi sommes restés à côté de lui jusqu'à ce qu'il s'endorme.

Je lui ai proposé de boire un verre.

« J'en meurs d'envie, m'a-t-il répondu. Un alcool fort. Mais ce n'est sans doute pas une bonne idée que j'ai l'haleine chargée lorsque les policiers vont débarquer. »

Cela m'a soulagée qu'il ait averti la police : c'était la preuve qu'il prenait la situation au sérieux. Il m'avait semblé que ce n'était pas à moi de signaler la disparition de mon amie et j'avais préféré attendre son retour.

Je n'ai pas compris pourquoi ils ont envoyé des agents de la police fédérale : dans notre coin, ils s'occupent essentiellement des infractions routières.

C'est leur champ de compétences, avec les éventuels conflits domestiques.

Le plus curieux, c'est que c'étaient eux qui avaient l'air coupables en arrivant. Le brigadier Molloy, avec ses cheveux roux et sa moustache assortie, ressemblait à un acteur de vieux film porno. Quant à l'agent Blanco, son rouge à lèvres avait débordé sur sa joue – j'ignorais que dans la police, les femmes étaient autorisées à se maquiller à ce point. L'espace d'un instant, j'ai pensé qu'ils étaient en train de se peloter dans la voiture de patrouille au moment où ils avaient reçu l'appel.

C'est peut-être pour cela qu'ils étaient un peu largués. Au départ, ils m'ont prise pour l'épouse de Sean et ne comprenaient pourquoi il déclarait sa disparition. Ensuite, ils ont cru que ma maison était la sienne... Ils ont fini par remettre les choses d'équerre : il était le mari et moi l'amie. Le brigadier a demandé depuis combien de temps Emily était partie. Sean s'est tourné vers moi et j'ai répondu : « Quatre jours. » Le policier a haussé les épaules, comme pour insinuer que sa femme – il portait une alliance – se mettait régulièrement au vert une semaine sans avertir personne. L'agent Blanco l'a fixé de façon appuyée, mais son collègue avait les yeux sur Sean : pourquoi avait-il besoin de me consulter pour savoir depuis quand son épouse était absente ? Pourquoi avoir autant attendu pour le signaler ?

Sean a dit : « Excusez-moi, je suis un peu perturbé par le décalage horaire.

— Vous étiez en voyage ?

— J'étais à Londres.

— Vous rendiez visite à votre famille ? » Brillante déduction, Sherlock : le témoin trahi par son accent !

« Déplacement professionnel. »

Les flics ont échangé un long regard. Ils avaient sans doute appris en formation que le conjoint est par principe le premier suspect. Mais ils avaient dû rater le cours où l'on expliquait la procédure à suivre quand il est de l'autre côté de l'Atlantique lorsque sa moitié disparaît.

« Patientez deux jours, a conseillé le brigadier. Si ça se trouve, elle a simplement voulu se changer les idées. »

Je suis intervenue : « Vous n'y êtes pas du tout ! Elle m'a confié son fils ! Ce n'est absolument pas dans ses habitudes de me le laisser sans appeler ou prendre contact d'une manière ou d'une autre.

— Raison de plus, a glissé l'agent Blanco. J'ai trois gamins, et croyez-moi, il y a des jours où je rêve de faire un break, de réserver dans un spa confortable et de prendre du temps pour moi. »

Je me suis souvenue que sur mon blog des mamans laissent en permanence des commentaires semblables. Mais ce n'est pas le genre d'Emily. Comment leur expliquer que la situation n'était pas normale ?

Entre-temps, ils étaient passés à l'étape suivante : Sean avait-il essayé de joindre les amies de sa femme et sa famille ?

Je suis revenue à la charge : « Son amie, c'est moi. Sa meilleure amie. C'est à moi qu'elle se confierait si... »

Le brigadier m'a coupé la parole : « Elle a des parents ? Des proches ?

— Sa mère vit à Detroit, a répondu Sean. Mais je suis certain qu'Emily n'y est pas. Elles sont brouillées depuis des années. »

Je tombais des nues : elle m'avait laissé entendre qu'elle entretenait avec sa mère des liens affectueux, même si elles n'étaient pas très proches. Et puis, elle avait exprimé une telle compassion quand je lui avais parlé de mes parents !

L'agent lui a demandé : « Vous savez pour quelle raison ? » Quel était le rapport avec sa disparition ? Ils devaient partir du principe que leur insigne et leur uniforme les autorisaient à poser n'importe quelle question qui leur passait par la tête.

« Ma femme répugne à aborder le sujet. Il s'agit de conflits anciens qui n'ont jamais été résolus. De toute façon, sa pauvre mère est démente. D'après Emily, elle ne sait pas toujours qui elle est ni où elle est. La réalité lui échappe par moments. Elle croit que son mari est en vie alors qu'il est décédé depuis dix ans. Si elle n'avait pas quelqu'un pour s'occuper d'elle…

— Il n'empêche ! Les gens en difficulté vont souvent se réfugier dans la maison de leur enfance, le premier lieu où ils se sont sentis à l'abri.

— Je peux vous assurer qu'elle n'y est pas. Ce n'est certainement pas un endroit où elle se sentait à l'abri. Et qu'est-ce qui vous fait penser qu'elle serait en difficulté ? »

Était-il possible qu'il soit en train de mentir ? Emily ne m'avait pas informée que sa mère était en mauvaise santé. Elle n'avait exprimé qu'une seule critique à son encontre : elle détestait le grain de beauté qu'elle avait sous l'œil et avait insisté pour qu'elle se le fasse retirer. Emily avait tenu bon – surtout par défi –, mais ce différend à propos de cette petite marque sur le visage lui avait laissé un complexe à vie.

Moi qui croyais que nous nous disions tout…

Les policiers étaient impatients de repartir pour rédiger leur rapport – ou pour reprendre leurs ébats dans la voiture ? Ils nous ont demandé de les prévenir si nous avions des nouvelles d'Emily, et nous ont assuré que des enquêteurs nous contacteraient dans un jour ou deux si elle n'avait pas donné signe de vie entre-temps. Un jour ou deux ? *Sérieusement ?*

Il y a eu un nouveau coup de sonnette. C'était le brigadier. Comme Peter Falk dans un épisode de *Columbo*, il s'est adressé à Sean : « Encore une question. » J'ai failli éclater de rire. « Vous n'avez pas prévu de vous rendre à nouveau à l'étranger dans les jours qui viennent ?

— Je ne bougerai pas d'ici. Je veux dire, de chez moi. Je dois m'occuper de mon fils. »

Aussitôt que la voiture est sortie de l'allée, je lui ai lancé : « Maintenant, on va le boire, ce verre.

— Absolument. »

Je nous ai versé un double bourbon à chacun et nous nous sommes assis à la table de la cuisine pour le siroter en silence. C'était presque agréable de boire ainsi, sans parler, avec un homme. Depuis le temps… Très vite, je me suis souvenue de la raison de sa présence, et la terreur m'a à nouveau envahie.

« Vous devriez appeler sa mère. »

Au moins, nous ne resterions pas sans rien faire. Je voulais être présente pendant son appel. Soit Emily m'avait caché d'importants détails sur sa vie, soit elle avait menti à son mari, soit ce dernier n'avait pas dit la vérité à la police. Rien de tout cela n'était logique. Pourquoi mentirait-il à ce sujet ? Pourquoi Emily le ferait-elle ?

« Tout à fait, a-t-il répondu. Cela vaut le coup d'essayer. Je peux au moins interroger sa dame de compagnie. »

Il a composé le numéro. J'ai failli lui demander de brancher le haut-parleur, mais cela lui aurait sûrement paru bizarre.

« Bonjour, Bernice, désolé de vous déranger. J'aimerais savoir si vous avez été en contact récemment avec Emily. Ah, c'est bien ce qu'il me semblait. Non, tout va bien. Je crois qu'elle voyage pour son travail et je viens juste de rentrer à la maison. Nicky va bien, il était hébergé chez une amie. Je ne veux pas vous inquiéter… » Après un silence, il a poursuivi : « D'accord, je vais lui dire un mot si elle le souhaite. Tant mieux si elle est dans un de ses bons jours. » Après une nouvelle pause, il a repris : « Bonsoir, madame Nelson. J'espère que vous allez bien. Je me demandais… Avez-vous eu des nouvelles de votre fille, ces derniers jours ? »

Un silence.

« Emily. Non ? C'est ce que je pensais. Si vous la voyez, dites-lui que je l'aime. Prenez bien soin de vous. Au revoir. »

Il avait les yeux humides en raccrochant. J'avais honte d'avoir été aussi mesquine et suspicieuse. Malgré mon opinion mitigée de lui, Emily était sa femme, la mère de Nicky. Il l'aimait, et nous étions tous les deux dans la même galère.

« La pauvre… Elle m'a demandé : “Ma fille ? Laquelle ?” »

En l'écoutant, je me suis dit que j'avais peut-être eu de la chance que ma mère meure subitement et que je ne l'ai pas vue décliner.

Je lui ai demandé : « Et ce chalet de famille au bord d'un lac, dans le Michigan ? Où vous êtes allés pour votre anniversaire. Elle n'aurait pas pu s'y rendre ? »

Il m'a lancé un regard inquisiteur, comme s'il se demandait comment je connaissais l'existence de cette maison, ou si ça l'ennuyait. Il ne se souvenait pas que j'avais gardé Nicky le week-end où il s'était éclipsé avec Emily pour fêter son anniversaire en amoureux ?

Il m'a affirmé : « Sûr que non. Elle adore y aller, mais pas seule. Jamais seule. Elle pense qu'il est hanté.

— Comment ça ?

— Je ne sais pas. Je ne lui ai pas demandé. Elle m'a dit un jour qu'il était plein de fantômes. »

Leur relation était-elle si peu intime pour qu'il n'ait pas été curieux de savoir ce qu'elle insinuait en prétendant que cette maison était hantée ?

« Elle m'a raconté que ses parents étaient des gens très froids, autoritaires, peu aimants, et que vers l'âge de vingt ans, elle avait traversé une période de crise en réaction à ce qu'elle avait enduré dans ce foyer sans amour. Pour moi, c'était une expérience que nous avions en commun : nous avons tous les deux eu une enfance merdique. »

La disparition d'Emily – et sans doute aussi le bourbon – poussaient ce Britannique habituellement si réservé à s'exprimer plus librement qu'il ne l'avait jamais fait avec moi. Je veux dire, plus librement que je l'en croyais capable, car jusqu'alors, nous n'avions échangé que quelques mots. J'avais envie de lui répondre que mon enfance aussi avait été compliquée, dans son genre. Lorsque j'étais petite, elle me semblait tout à fait normale, et c'est seulement plus tard que j'ai compris à quel point elle ne l'était pas. Je n'ai rien dit. D'abord, il n'avait pas besoin de savoir certains détails sur ma vie ; ensuite, je ne voulais pas passer pour celle qui, de nous trois, avait eu l'enfance la plus difficile.

Peu après, il m'a appelée un après-midi pour me demander si je pouvais garder Nicky après l'école car il avait été convoqué au commissariat. Il s'y rendrait directement depuis le bureau, mais ne savait pas à quelle heure il serait de retour.

Il est arrivé chez moi vers 18 heures. Il avait été interrogé à nouveau par un couple d'inspecteurs : Meany[1] – quel nom impossible ! – et Fortas. Ils lui avaient paru à peine plus compétents que les premiers qui étaient venus.

Ils avaient pris la peine de contacter leurs collègues de Detroit, qui avaient rendu visite à la mère d'Emily et avaient reçu la même réponse que Sean : non, Mme Nelson ne l'avait pas vue et n'avait aucune idée de l'endroit où elle se trouvait. En fait, ils avaient surtout discuté avec sa dame de compagnie, car elle était dans un « mauvais jour » et se souvenait à peine du prénom de sa fille.

1. En anglais : « mégère ».

Tout au long de l'entretien, Sean avait eu l'impression que les policiers suivaient scrupuleusement les instructions d'un manuel intitulé *Entretien avec le mari d'une femme disparue.* Il était épuisé car ils lui avaient posé les mêmes questions en boucle. Avait-il une idée de l'endroit où Emily pouvait être partie ? Est-ce que leur couple allait bien ? Y avait-il eu des conflits ? Avait-elle des motifs de mécontentement ? Pourrait-elle avoir une liaison ? Des antécédents d'alcoolisme ou de toxicomanie ?

« Je leur ai déclaré que vers vingt ans elle s'était droguée pendant une courte période. J'ai ajouté que tout le monde le fait à cet âge, en souriant, comme un imbécile, mais j'étais seul à trouver ça drôle : ça ne les a pas fait rire du tout. Les conneries de jeunesse, ce n'était pas leur genre, apparemment. Ça a duré des heures, dans une pièce sinistre, et ils n'arrêtaient pas d'entrer et de sortir. Je me serais cru dans une des séries policières de la BBC que j'apprécie et qu'Emily déteste. Pourtant... je n'ai pas eu le sentiment qu'ils me soupçonnaient sérieusement. Pour être honnête, il me semble qu'ils ne croient pas vraiment qu'il lui soit arrivé quelque chose. Je ne vois pas ce qui leur permet d'avoir une opinion sur nous ou notre mariage, mais pour eux, manifestement, elle s'est barrée sur un coup de tête. Ils n'arrêtaient pas de dire : “En l'absence de cadavre, en l'absence de trace d'acte criminel...” Et je n'avais qu'une envie, leur crier : “Et l'absence d'Emily ?!”

— Oui, bien sûr, et alors ? » J'étais suspendue à ses lèvres, tout en me faisant la réflexion que sa remarque sur le fait que les séries télévisées policières n'étaient pas du goût de sa femme était la première critique que je l'entendais formuler sur elle. Elle, en revanche, en avait exprimé beaucoup sur lui : il ne l'écoutait pas, la dépréciait continuellement. Chaque habitante de notre ville aurait pu en dire autant de son mari – ou moi de Davis.

Quelques jours plus tard, l'inspectrice Meany m'a appelée. Heureusement que Sean m'avait prévenue pour son nom ; ça m'a évité de ricaner ou de faire une remarque idiote quand elle s'est présentée. Elle m'a proposé de venir à leur bureau à l'heure qui me convenait, qu'ils s'adapteraient à mon emploi du temps. C'était gentil, mais le ton qu'elle a employé en faisant référence à mon emploi du temps m'a paru légèrement ironique.

Je suis allée au commissariat après avoir déposé Miles. Pour tout avouer, j'étais nerveuse. J'avais l'impression que tout le monde m'observait comme si j'avais commis un délit.

L'inspectrice et son collègue Fortas m'ont posé certaines questions qu'ils avaient déjà posées à Sean. Ils voulaient surtout savoir si Emily était malheureuse. Tout au long de notre discussion, le jeune Fortas a gardé les yeux rivés sur l'écran de son portable, et à deux reprises, il a envoyé un SMS qui, à l'évidence, n'avait aucun lien avec moi.

Je leur ai affirmé : « Elle adore la vie qu'elle mène. Jamais elle n'agirait de cette façon. Cette mère de famille irréprochable disparaît et vous ne faites rien ? » Pourquoi étais-je seule à soutenir mon amie ? Pourquoi son mari n'avait-il pas eu le même discours ? Peut-être parce qu'il est anglais, trop poli. Ou qu'il ne se sent pas dans son pays ici. Mais je m'avance peut-être.

M. Fortas a conclu par cette phrase, comme s'il me faisait une énorme faveur : « Entendu. On va voir ce qu'on peut faire. »

Au cours du week-end, ils se sont présentés au domicile de Sean et ont demandé à jeter un coup d'œil. Heureusement, Nicky était chez moi (il était venu jouer avec Miles) et Sean les a laissés entrer. D'après lui, leur fouille a été rapide et superficielle. On aurait cru des agents immobiliers ou des clients intéressés par l'achat de la maison. Ils lui ont demandé des photos d'Emily. Il a rassemblé quelques clichés qu'il leur a confiés – après m'avoir appelée ; je lui ai conseillé de ne pas donner ceux où l'on voyait Nicky, et il a admis que c'était en effet une bonne idée.

À nous deux, nous avons donné aux inspecteurs une description détaillée d'Emily : le tatouage sur son poignet, la couleur de ses cheveux, sa bague en diamants et saphirs. En l'évoquant, Sean n'a pu retenir ses larmes. Je me suis retenue de mentionner son parfum. Ce n'est pas ce qu'on raconte à un policier qui recherche une personne disparue. Lilas ? Lis ? Religieuses italiennes ? Merci pour votre aide, madame, on vous rappellera si on a besoin de vous.

La boîte qui emploie Emily a fini par se réveiller. Ce long silence n'était pas très surprenant : c'est elle le porte-parole de Dennis Nylon Inc, et en son absence, personne ne sait comment communiquer.

Son patron avait pris ce nom pendant sa folle jeunesse, dans les années 1970, à ses débuts. Après avoir été styliste de mode punk, il est devenu un grand couturier célèbre dans le monde entier. Il est passé au journal télévisé, vêtu de son emblématique costume noir cintré unisexe, et a déclaré que sa maison s'engageait à coopérer avec les forces de police pour les aider à localiser sa fidèle collaboratrice et amie chère. Il portait une cravate avec le logo de sa marque, ce qui – à mes yeux – était plutôt vulgaire, mais je suis peut-être la seule à l'avoir remarqué.

Il a dit exactement : « Pour savoir ce qui est arrivé à Emily Nelson. » Il semblait persuadé qu'il lui était arrivé quelque chose, et ça m'a donné la chair de poule. Un numéro à composer si l'on avait des informations s'est affiché au bas de l'écran. On se serait cru dans une émission de téléachat, avec tous les détails pour commander sa cravate. Quoi qu'il en soit, cette intervention à l'écran a attiré l'attention sur l'affaire, au moins momentanément.

J'ai su, par les inspecteurs, que sa société avait fait une substantielle donation à la police afin d'encourager les enquêteurs à se démener. Elle s'est également engagée à imprimer des prospectus et à les distribuer dans les environs. Elle a affrété un bus, qu'elle a rempli de stagiaires ; pendant une journée, la ville a été envahie de jeunes gens androgynes et maigrichons, à la coupe de cheveux asymétrique, vêtus d'un costume près du corps, les bras chargés de prospectus, d'agrafeuses pour les poteaux télégraphiques et de scotch double face pour les vitrines de magasins. AVEZ-VOUS VU CETTE FEMME ? Moi-même, je n'aurais su dire si elle m'était familière, tant le portrait en gros plan de cette Emily très élégante, maquillée, au brushing impeccable, le grain de beauté effacé sur Photoshop, ressemblait peu à mon amie. Je ne crois pas que je l'aurais reconnue. Voir sa photo partout m'a bouleversée et réconfortée ; ce rappel à chaque coin de rue qu'elle n'était plus là était perturbant, mais aussi rassurant : c'était la preuve qu'on agissait.

Je ne sais ce qui a poussé les inspecteurs Meany et Fortas à décoller leur derrière de leur chaise assez longtemps, mais ils ont pris contact avec les techniciens chargés du visionnement des caméras de télésurveillance et ont remonté la piste d'Emily jusqu'à l'aéroport JFK. Elle a bien embrassé Sean devant le terminal quand ils se sont séparés, mais n'a pas franchi le comptoir d'enregistrement du vol à destination de San Francisco pour lequel elle avait réservé un billet.

Sean et moi n'avions aucune idée de ce qu'elle avait l'intention de faire en Californie. Pour lui, il allait de soi qu'elle était en route pour New York ; elle l'avait accompagné en taxi jusqu'à l'aéroport pour lui dire au revoir avant de passer au bureau et de partir en déplacement. Ses collègues n'avaient pas non plus été informés d'un voyage sur la côte Ouest.

Elle avait été filmée en train de sortir du terminal, puis de se présenter au guichet d'une compagnie de location de voitures, où elle a pris le premier modèle qu'on lui a présenté, une berline Kia quatre-portes blanche. Les policiers ont interrogé l'employé, qui ne se souvenait de rien à part qu'elle avait catégoriquement refusé l'option GPS ; cela ne l'avait pas surpris car de nombreux clients ne souhaitent pas payer un supplément pour un système de navigation dont ils disposent déjà sur leur téléphone.

Cela me paraissait cohérent : Emily a le sens de l'orientation. Chaque fois que nous nous déplaçons, même pour aller à la piscine, je conduis et elle me pilote en consultant l'itinéraire sur son portable. Elle sait se débrouiller s'il y a de la circulation, bien que dans notre agglomération, ce soit très rare, sauf pour se rendre à la gare aux heures de pointe. Ce qui ne m'arrive jamais, contrairement à elle, qui fait le trajet cinq jours par semaine.

Où s'est-elle rendue dans cette voiture ? Pourquoi ne m'a-t-elle pas appelée ou envoyé un texto ?

La bonne nouvelle, c'est que ces fins limiers ont appris que la société de location de voitures possède un abonnement au télépéage pour tous ses véhicules ; sa voiture est sortie de l'autoroute de Pennsylvanie à un peu plus de deux cents kilomètres à l'ouest de Manhattan. La mauvaise nouvelle, c'est qu'ensuite, ils l'ont perdue. Il semble qu'elle ait quitté la quatre-voies pour emprunter des routes secondaires ; après, elle s'est probablement débarrassée de son téléphone et a disparu des radars.

Nous avons demandé aux inspecteurs d'alerter la police locale et fédérale près du dernier endroit où elle a été repérée, mais ils l'avaient déjà fait. Si elle avait pris la poudre d'escampette, elle pouvait être n'importe où. Sur ces petites routes, il y a d'innombrables zones blanches. Il faudrait attendre de nouvelles pistes.

Zones blanches. Ces deux mots m'ont fait froid dans le dos.

La surprise suivante a été qu'Emily avait retiré deux mille dollars en liquide sur son compte. Il y avait donc fort à parier qu'elle prévoyait de partir loin.

Il est impossible de retirer une telle somme d'un distributeur, en tout cas dans notre ville. Les policiers nous ont appris que les enregistrements en circuit fermé de l'agence bancaire la montraient au guichet, seule, plusieurs jours de suite. On pouvait donc envisager (en tout cas moi, qui suis si parano) qu'un criminel ou un pirate de la route l'ait attendue dehors après l'avoir menacée de s'en prendre à elle ou à sa famille si elle appelait à l'aide. Je ne comprends pas que les enquêteurs n'aient pas pris ce scénario au sérieux. Ils ne regardent donc pas les infos ? Pratiquement tous les jours, des mères de famille innocentes se font kidnapper dans des parkings.

Sean a prévenu son employeur qu'il ne pourrait partir en déplacement tant que sa femme n'aurait pas été localisée. Il a proposé de prendre un congé sans solde, mais ses supérieurs se sont montrés compréhensifs et l'ont passé à mi-temps. Ils vont lui confier un projet dans les environs afin qu'il puisse travailler de chez lui avec seulement quelques allers-retours ponctuels à New York.

Il s'occupe beaucoup de Nicky, est très attentionné avec lui. C'est beau à voir. Il l'amène à l'école le matin et va le chercher tous les après-midi. Il prend fréquemment rendez-vous avec Mme Kerry, en partie pour la tenir informée des progrès de l'enquête, même si elle sait probablement déjà tout, ou du moins les principaux détails.

Au début, il y a eu pas mal de battage, grâce – en grande partie, à mon avis – à Dennis Nylon. *Une mère de famille du Connecticut a disparu !* Sean, le courageux mari au comble de l'angoisse, est passé lui aussi au bulletin d'information pour demander aux personnes qui auraient pu voir Emily de se mettre en contact avec les autorités. Il a été très convaincant et je suis certaine que tout le monde l'a cru. Mais c'était sur une chaîne locale, et le sujet avait déjà perdu de son impact par rapport à la séquence choc de Dennis Nylon.

À partir du moment où ils ont établi qu'Emily avait loué une voiture et effectué un important retrait d'argent liquide, les policiers ont privilégié l'hypothèse d'un départ volontaire. L'intérêt des médias a progressivement diminué, les journalistes sont passés à d'autres événements : l'alibi du mari tenait, il n'y avait pas de nouveaux indices, pas de pistes, de preuves, et toujours aucune nouvelle d'elle.

Si Nicky n'a pas craqué, c'est grâce à nous. Son père et moi nous soutenons mutuellement, et nos fils jouent très souvent ensemble. J'ai indiqué à Sean le nom du psychologue que j'avais consulté pour Miles après le décès de son père et de son oncle, car à l'époque, il jouait sans arrêt à cache-cache dans des lieux publics et s'amusait de me voir folle d'inquiétude. Ce thérapeute m'avait appris que beaucoup d'enfants jouent à cela parce qu'ils testent leurs parents en permanence ; c'est pour eux une façon d'apprendre. Je ne devais pas imputer ce comportement aux événements tragiques qui venaient de se dérouler, même si, bien entendu, ils représentaient un traumatisme réel. Il m'avait recommandé de demander calmement à Miles d'arrêter et qu'il le ferait car mon fils avait conscience de ses actes. Ces paroles m'avaient fait du bien. De la même façon, j'aime sentir qu'avec Sean, nous faisons tout pour rendre la vie de Nicky plus douce, même si nous savons que ce n'est pas simple.

Miles avait cessé de se cacher, et maintenant, je me dis que Nicky va tenir le coup. Nous allons nous sortir ensemble de cette épreuve.

Nous l'avons tenu à l'écart des journalistes. Son portrait n'est jamais apparu avec ceux de ses parents ; au début, lorsque Sean avait des entretiens avec les journalistes et les policiers, il restait chez moi.

La voiture n'a pas été retrouvée. Sean a dû remplir une tonne de paperasses pour qu'Emily soit déclarée officiellement disparue et que le contrat de location soit annulé. Je pense qu'il s'est fait aider par le service juridique de son entreprise.

Lui et moi formons une équipe, dont la mission est d'assurer le bien-être de Nicky. Nous avons de longues discussions lorsqu'il l'amène pour jouer avec Miles, ou devant l'école en fin de journée. Je le soutiens et je le pousse à insister auprès de la police pour que les recherches se poursuivent. Nous sommes tous les deux d'avis qu'il est beaucoup trop tôt pour révéler à Nicky qu'il est peut-être arrivé malheur à sa mère, ou même pour évoquer cette éventualité. Il posera la question quand il voudra savoir, et nous lui répondrons qu'il y a de l'espoir.

Jusqu'à ce qu'il n'y en ait plus.

Avant la disparition d'Emily, je n'avais pas eu l'occasion de passer du temps avec Sean. Si Davis avait été encore de ce monde, nous aurions pu devenir deux couples d'amis, les recevoir à dîner. Mais il avait perdu la vie depuis deux ans au moment où j'ai rencontré Emily. Comme Sean était sans arrêt absent pour son travail, mon amitié avec Emily s'est centrée sur notre rôle de mère.

Je sais que cela paraît difficile à croire aujourd'hui, mais je ne l'appréciais pas beaucoup. Il me faisait l'effet d'un Anglais bourgeois, snob, décidé à conquérir le monde. Grand, beau, sûr de lui : pas du tout mon type. À part qu'il travaille dans la branche « Immobilier international » d'un important cabinet d'investissement de Wall Street, j'ignore quelle est sa fonction exacte.

C'est réconfortant de découvrir que quelqu'un est plus sympathique qu'on ne l'imaginait. Bien sûr, en ce qui le concerne, j'aurais préféré m'en rendre compte sans qu'Emily disparaisse.

Elle se plaignait fréquemment de lui : il était peu présent, la laissait s'occuper seule de leur fils, sous-estimait son intelligence, la reprenait, lui reprochait d'être irresponsable. Il ne tenait absolument pas compte de tout ce qu'elle faisait et minimisait sa contribution, tant sur le plan de l'éducation de Nicky que de leurs finances. Elle aimait lire ; lui, se planter devant la télévision. Elle se disait parfois (et ne me le confiait qu'après le deuxième verre de vin) qu'il était moins brillant qu'il pensait l'être. Moins brillant que ce qu'elle imaginait au début.

Sur le plan sexuel, en revanche, c'était le pied, selon elle. Le superpied. Cela rendait tout le reste moins grave. Cette vie amoureuse épanouissante était un autre aspect de la vie parfaite de ma meilleure amie que j'essayais de ne pas lui envier.

À l'entendre, il ne la trompait pas, ne buvait pas, n'était ni joueur ni violent, n'avait aucun défaut des mauvais maris. À dire vrai, cela ne me déplaisait pas qu'elle critique un peu son mariage. J'ai aimé Davis de tout mon cœur, il me manque chaque jour, mais on ne peut pas dire que nous n'avons pas eu de problèmes. C'est vrai de tous les couples, et l'arrivée d'un enfant, à quoi s'ajoute le stress de son éducation, n'arrange rien.

Avec Davis, je me sentais souvent stupide, même si j'étais sûre – presque sûre – qu'il ne le faisait pas exprès. Il était très calé en architecture et en design, et avait une opinion sur tout. À tel point que dans les boutiques, je n'osais pas dire que j'aimais ceci ou pas cela, car je redoutais son regard offusqué (involontaire, je le savais) s'il n'était pas d'accord. C'était presque toujours le cas, et cela devenait franchement pénible.

Je l'ai souvent écrit dans mon blog, être veuve signifie qu'à moins de s'inscrire à un groupe de soutien – ce que je n'ai jamais fait, bien que je puisse comprendre leur utilité –, aucune des épouses que je croise ne me parle de son mari, pas même pour émettre des griefs. Je suppose qu'elles ne veulent pas me faire de la peine parce que je n'en ai plus. Comme si j'avais besoin qu'elles se plaignent des ronflements de leur époux pour que Davis me manque…

La conversation que j'avais eue avec Sean quand il était en Angleterre, lorsque Emily n'était pas venue récupérer Nicky, m'avait contrariée. Au son de sa voix, je l'avais senti non seulement endormi, mais aussi agacé. *Désolée de vous réveiller, mais voilà, votre femme a disparu !* Apparemment, il ne me reconnaissait pas, tout en faisait mine, à sa façon faussement polie, si britannique, du contraire. *Oh,*

Stephanie, oui, bien sûr... J'avais eu l'impression qu'il ne se souvenait pas m'avoir rencontrée, ce qui n'était pas très flatteur. J'ai remarqué que les gens (les hommes, en général, mais pas uniquement) ont tendance à ne pas distinguer une mère de famille d'une autre, peut-être parce qu'en fait ils ne voient que la poussette. Lorsqu'il m'avait répondu qu'Emily avait prévu de s'absenter quelques jours pour son travail, il l'avait fait sur un ton qui sous-entendait que c'était moi l'irresponsable. C'était seulement à son retour qu'il avait pris la situation au sérieux, en constatant qu'elle n'était pas là, et alors il était venu directement à la maison. Je l'ai écrit dans mon blog : lorsque je les ai vus ensemble, Nicky et lui, l'absence d'Emily a pris une autre dimension pour moi.

Ce que je ne n'ai pas écrit dans mon blog, c'est qu'il était beaucoup plus grand et bien plus beau que dans mon souvenir. Pour être franche, j'ai eu un peu honte de le remarquer.

D'après lui, elle devait être dans le Minnesota ; ensuite, il s'est demandé si elle n'avait pas parlé de Milwaukee. « Désolé, je suis anglais. » Voulait-il dire qu'il ne fallait pas espérer de lui qu'il fasse la différence entre deux lieux du Midwest commençant par un M ? J'ai eu l'impression qu'il sortait cette phrase chaque fois qu'il ne prêtait pas attention à ce qu'on lui disait. Elle était quelque part dont l'initiale était un M, mais ne savait pas où.

Tout ça pour dire que je ne m'attendais pas à le trouver sympathique. Depuis que mon amie n'est plus là, il est remonté dans mon estime et notre relation est beaucoup plus cordiale. J'aime discuter avec lui de Nicky, sentir qu'il me fait suffisamment confiance pour solliciter mon avis à propos du moral de son fils, et sur ce qu'il convient de lui dire. Je le prends comme un compliment : cela signifie sans doute qu'il apprécie la façon dont j'élève Miles.

C'est assez excitant d'être ainsi dans un état de connivence et d'harmonie parfaite avec un très beau papa. Ce qui l'est moins, c'est qu'il ne s'agit pas de n'importe quel charmant célibataire, mais du mari de ma meilleure amie, toujours introuvable.

Si je veux me regarder dans la glace et me considérer comme un être humain digne de ce nom et non comme un monstre, je vais devoir tout faire pour combattre et même nier l'existence de cette étincelle entre nous, et c'est tout aussi excitant, d'une certaine façon. Je suis confrontée à un dilemme, sur un sujet qu'il est impossible d'aborder dans un blog si l'on a un minimum la tête sur les épaules.

C'est sans doute pour cela que je n'arrête pas de me remémorer le jour où Chris est arrivé chez ma mère. Être avec Sean me rappelle le jour où mon demi-frère est entré dans ma vie. Il y a ce même choc de l'attirance pour la mauvaise personne. La *très* mauvaise personne. Le même frisson d'excitation à l'état pur.

Hier, le jeune marié de la photo de noces de mes parents. Aujourd'hui, le mari de mon amie disparue. Je ne les aurais pas choisis, mais c'est comme ça. Est-ce que cela fait de moi une perverse, une criminelle ? Ou simplement une méchante ?

9

LE BLOG DE STEPHANIE

FLASH INFO

Bonjour à toutes !

Tout d'abord, je tiens à remercier les mamans qui m'ont adressé de toutes parts des messages d'amitié, d'affection et de soutien. C'est dans les malheurs comme celui que je vis que nous savons nous prêter main-forte. Les plus discrètes, qui se contentaient jusqu'alors de lire mon blog et les commentaires sans en poster, m'écrivent pour m'informer qu'elles prient pour Sean, Nicky, Miles et moi. En cette période difficile, ce serait de mauvais goût et déplacé de vous communiquer le nombre de visites enregistrées sur mon site au cours de ces dernières semaines.

En attendant, je me fais l'effet de la mauvaise copine qui ne répond pas lorsqu'on a besoin d'elle ou qu'on s'inquiète de savoir comment elle se porte. Je n'ai rien posté depuis un certain temps alors que vous vous faites beaucoup de souci, je le sais. À dire vrai, ma vie est en plein chaos depuis que je mets toute mon énergie à poursuivre la recherche de mon amie et à collaborer avec son mari pour que leur petit garçon se sente en sécurité, compte tenu des circonstances.

Je sais, par vos messages, que vous avez été nombreuses à suivre cette histoire lorsqu'elle a fait la une de l'actualité. Avec Sean, nous n'avons pas souhaité nous mettre en rapport avec l'une ou l'autre de ces mauvaises émissions télévisées d'« enquêtes d'investigation ». Ce serait trop traumatisant pour Nicky s'il les visionnait sur YouTube, même si parfois, c'est vrai, elles ont permis de retrouver des personnes dont on avait perdu la trace.

Vous vous direz peut-être que mon billet fait suite à ce que vous avez pu lire récemment dans la presse ou entendu aux infos : je fais allusion au nouvel élément, l'argent, qui a ravivé l'intérêt de la police pour notre affaire, bien plus que lorsqu'il s'agissait simplement d'une jeune et jolie mère de famille qui part un jour au bureau et ne rentre pas.

Comme vous le savez probablement, donc, un mois tout juste avant qu'Emily ne disparaisse, un contrat d'assurance-vie de deux millions de dollars a été souscrit à son nom, au bénéfice de son mari. Vous voyez le topo ? Quand la vraie vie se met à ressembler aux reportages consacrés aux affaires criminelles à scandale, sur un thème tellement rebattu qu'on n'oserait plus le programmer : le mari signe une énorme police d'assurance-vie et sa femme se volatilise.

Avant que ces éléments soient connus, Sean avait été interrogé par la police, brièvement, selon la procédure habituelle. Par principe, le mari est le premier suspect, ce qui ne vous aura pas échappé si vous possédez une télévision. Mais il avait un alibi en béton : il était en Angleterre, où les caméras de télésurveillance filment la population quasiment en permanence. L'hôtel chic dans lequel il était descendu a d'abord rechigné à coopérer. Sur l'insistance d'un fonctionnaire de l'ambassade, il a fini par transmettre les enregistrements, où l'on voyait Sean entrer et sortir de sa chambre. La nuit où on a perdu la trace d'Emily, les séquences le montrent dans le bar de l'hôtel, en train de boire un verre avec un couple de promoteurs immobiliers qu'il avait prévu de rencontrer. Ensuite, il part se coucher. Seul.
Le délai qui s'est écoulé avant que l'existence de ce contrat soit révélée montre le niveau d'incompétence auquel nous sommes confrontés dans ce pays. Il ne vous aura pas échappé si vous avez essayé de vous faire rembourser des soins médicaux ou d'inscrire votre enfant à la crèche.

Dès qu'ils en ont été informés, les policiers sont revenus voir Sean. La vérité, c'est que cette souscription lui était sortie de l'esprit du fait du stress intense qu'il subissait. Cela, pour moi, prouve son innocence. Est-ce qu'un homme tue sa femme de sang-froid après avoir souscrit à son nom une assurance-vie qu'il oublie ensuite complètement ? Sérieusement ? Les policiers ne sont pas de cet avis : pour eux, cela le désigne comme coupable ; il prétendrait avoir oublié parce que dire la vérité n'est pas dans son intérêt. Qu'est-ce qu'ils croient ? Qu'il a signé les formulaires puis embauché quelqu'un pour éliminer son épouse ? Que nous avons mijoté cela ensemble ?

Il ne s'est rien passé de tel, évidemment.

Maintenant que vous savez ce qui se passe, et notamment cette pénible péripétie, j'espère que vous me pardonnerez de ne pas avoir alimenté mon blog récemment. Sean a été emmené au commissariat et retenu à deux reprises, sans être mis en examen. Y a-t-il une justice dans ce pays ? N'existe-t-il pas une législation contre ces méthodes ? On a beau être informé de ses droits, avoir un peu d'argent, un excellent avocat et une société de Wall Street derrière soi, ce qui est son cas, cela ne suffit pas à faire rentrer un minimum de bon sens dans le crâne de nos inspecteurs de province.

Chaque fois qu'il va au commissariat, Nicky – qui s'est conduit jusqu'à présent très bravement – semble inconsolable. Je dois prendre ma voiture, aller chez lui à n'importe quelle heure du jour ou de la nuit, le ramener à la maison et le bercer jusqu'à ce qu'il s'assoupisse dans l'un des lits superposés de Miles. À la porte de leur chambre, je regarde ces deux anges dormir en me disant qu'ils nous font une confiance absolue et que, malgré nos efforts, nous n'avons aucun moyen de les protéger des horreurs que la vie leur réserve peut-être.

Quoi qu'il en soit, il est temps que je me remette à bloguer pour raconter aux mamans qui me lisent qu'un innocent est persécuté et victime de harcèlement. Il m'est difficile d'expliquer comment je sais qu'il est innocent. Mais c'est le cas. Par tous les pores de ma peau. Depuis que nous sommes sans nouvelles d'Emily, Sean et moi nous efforçons de rester solides, malgré l'angoisse, pour continuer à la chercher, et surtout pour que son courageux Nicky tienne le coup.

Vous vous en doutez, cette période n'est pas facile pour Miles. Savoir que la mère de son copain peut s'évanouir du jour au lendemain l'a rendu plus collant, ce qui est bien naturel. Il renâcle s'il doit aller passer la nuit chez Nicky. Mais dès qu'il a surmonté l'angoisse de la séparation, il est content. J'ai à plusieurs reprises refermé la porte de la maison d'Emily (je la considère encore comme telle) avec l'écho des sanglots de mon fils dans les oreilles. Mais je sais que ça va passer et qu'il va s'amuser. J'en suis sûre parce que tout au long de ces semaines éprouvantes, je me suis sentie très proche et totalement en phase avec le papa de Nicky. Franchement, est-ce que je laisserais mon fils sous la garde du suspect potentiel d'une enquête criminelle ?

En tout cas, il n'y a pas eu de meurtre. Du fait de l'absence de cadavre et de preuve d'acte criminel, selon la police, le dossier est vide. À un moment, Emily conduisait une voiture en Pennsylvanie, et le suivant, elle n'y était plus. On peut très bien supposer qu'un jour, elle a décidé en se réveillant qu'elle ne supportait plus d'être une mère de famille, de travailler dans la mode, de vivre dans le Connecticut. Qu'elle en avait marre de son mari – et même de Nicky. La totale. Elle a pu refaire sa vie sous un nom d'emprunt. D'après les flics, c'est très fréquent.

Ce n'est pas l'amie que je croyais connaître. Mais puisque Sean se révèle très différent de l'idée que je m'en faisais, pourquoi pas elle ? C'est affolant de découvrir qu'on peut se tromper à ce point sur quelqu'un. Je ne sais pas quoi penser. Dois-je lui en vouloir ? M'en vouloir ? Me sentir trahie ? Manipulée ? Honnêtement, je suis surtout très triste.

Pour terminer ce billet sur une note moins lugubre, je joins un lien vers un texte dans lequel je décrivais mon amitié pour Emily, à l'époque où je l'appelais E. Vous savez maintenant qui se dissimule derrière cette initiale, même si je m'interroge. Ai-je vraiment su qui elle était ? Ai-je compté pour elle ? Était-elle vraiment ma meilleure amie ?

Ces lignes vont me faire pleurer, mais je les poste néanmoins.

Je vous embrasse,
Stephanie

10

LE BLOG DE STEPHANIE

(lien)

AMIES POUR LA VIE

Qu'est-ce qui nous empêche, nous, les mamans, de devenir amies ? Est-ce parce que nous redoutons que nos conversations tournent autour des enfants, comme si nous n'avions plus de projets ou de désirs personnels ? Parce que, au contraire, on culpabilise d'oublier l'espace d'un instant nos chers bambins ? Ou qu'on est trop dans la compétition ? Comment se lier d'amitié avec quelqu'un qui affirme que son bébé de neuf mois marche déjà alors que le nôtre, à dix mois, n'a même pas commencé à ramper ?

Je ne vous cacherai pas que je me suis sentie terriblement seule lorsque je me suis retrouvée mère au foyer. Jusqu'à la naissance de Miles, je vivais à New York. Je travaillais dans la presse féminine, j'écrivais des articles sur les tendances de la décoration, je rédigeais des conseils pratiques de toutes sortes : prendre soin de son intérieur, ranger ses placards, retirer les taches... Maintenant que j'ai une maison à tenir, je ne me souviens plus d'une seule de ces astuces indispensables.

Mon mari était convaincu que ce n'était pas bon pour un enfant de grandir en ville. J'ai mis du temps à entendre ses arguments, mais j'ai fini par me rallier à son point de vue. Je me suis dit que ce serait sympa de vivre en banlieue (à la campagne, en réalité), et ce fut le cas. Quand il a vu notre maison, mon mari a eu un coup de foudre instantané, alors que moi, je ne voyais pas bien ce qu'on pouvait en tirer. Là encore, il m'a convaincue et maintenant, vous ne pouvez pas savoir à quel point je m'y sens bien.

Après notre emménagement, j'ai eu une période un peu folle ; je ne savais plus trop qui j'étais. Je rêvais d'être une épouse et une mère parfaite. Je me suis transformée en caricature de femme au foyer des années 1950 : je préparais moi-même les petits pots pour Miles, je cuisinais des plats sophistiqués pour Davis, qui était trop fatigué pour s'attabler en rentrant le soir ; ou alors il n'avait pas faim parce qu'il avait été invité à déjeuner pendant que moi, je finissais les restes de la veille. Je m'efforçais d'être compréhensive et patiente, mais nous nous accrochions souvent.

Dès que mon fils a été assez grand, je l'ai inscrit à toutes sortes de cours et d'activités : yoga, danse, natation. Je voulais qu'il apprenne, qu'il s'amuse avec des petits de son âge. Je voulais aussi rencontrer d'autres mamans, être amie avec des femmes qui se posaient les mêmes questions que moi, faisaient face aux mêmes défis et recevaient les mêmes gratifications.

Je n'ai pas pu nouer de relations amicales avec ces mères de famille du Connecticut. On aurait dit qu'elles restaient entre elles, qu'elles resserraient les rangs et redevenaient les adolescentes mesquines qu'elles étaient déjà au lycée. Si j'essayais d'engager la conversation, c'est tout juste si elles ne levaient pas les yeux au ciel ; elles se tournaient vers moi un instant par politesse, puis se remettaient à discuter entre elles.

C'est pour cela que j'ai démarré ce blog : je voulais contacter des personnes isolées comme moi, qui assument, aux quatre coins de ce pays, leur rôle de parent. Certaines d'entre vous s'étonneront peut-être qu'une maman qui ne parvient pas à tisser des liens dans la vie se lance dans un blog, donne des conseils et échange avec des amies virtuelles. En fait, mes doutes se sont évanouis le jour où je me suis dit que je n'étais certainement pas seule à être solitaire et sans amies.

Le veuvage complique tout, y compris l'éducation des enfants. Mon mari n'est plus là. C'est à lui que je pense en premier le matin au réveil et en dernier quand je m'endors. À dire vrai, non, pas en premier : en ouvrant les yeux, je me sens presque bien pendant une poignée de secondes bienheureuses, puis je me rends compte que l'autre moitié du lit est vide.

Pendant les mois qui ont suivi l'accident, j'ai cru mourir de chagrin, et j'aurais pu commettre un acte irréversible si je n'avais pas eu l'amour de mon petit garçon pour m'empêcher de sombrer.

Mon frère n'était plus là non plus, et je ne pouvais me

reposer sur lui. C'était un chagrin d'un autre type. Je suis devenue experte sur les différentes nuances du malheur.

Ma mère était décédée peu après mon père. Et je ne voulais pas, comme elle, mourir le cœur brisé. Je n'avais personne à qui parler. Mes copines de New York avaient continué leur vie ; il me semblait parfois qu'elles me méprisaient un peu de m'être mariée, d'être devenue mère de famille, d'être allée m'enterrer en banlieue.

Dans notre ville, tout le monde avait appris l'accident qui avait coûté la vie à mon mari et à mon frère. J'aurais pris vingt-cinq kilos si j'avais mangé tous les plats qu'on m'a apportés, tous les gâteaux qu'on a déposés à ma porte. Mais ensuite, il y a eu une sorte d'effet boomerang et les gens se sont mis à m'éviter, comme si mon chagrin était contagieux.
Je m'en suis sortie. En grande partie grâce à ce blog. Grâce aussi aux messages formidables que j'ai reçus de tout le pays, puis du monde entier, de la part de mamans intelligentes, courageuses, équilibrées. J'ai même été contactée par des femmes qui avaient perdu leur mari, et nous nous sommes épanchées par écrans interposés. Comment faisait-on avant l'invention d'Internet ?

Et puis, quelques mois après avoir inscrit Miles à la maternelle, j'ai rencontré E.

C'était un après-midi d'octobre ; la température était exceptionnellement douce et il tombait du crachin. J'étais venue à la sortie de l'école et j'avais oublié mon parapluie, contrairement aux autres mamans, qui ne sortaient sous aucun prétexte de leur voiture si un nuage risquait de mettre en péril leur brushing parfait. E. m'a fait signe de la rejoindre sous le chêne où elle avait l'habitude d'attendre son fils le vendredi. Elle avait un immense parapluie, largement assez grand pour nous protéger toutes les deux, en plastique transparent, contenant une sorte de liquide dans lequel évoluaient des petits canards jaunes.

Je l'avais déjà vue. Elle avait attiré mon attention parce qu'en dépit de ses tenues très élégantes et manifestement coûteuses, elle conservait une allure très naturelle et simple. Elle m'a dit qu'elle s'appelait E. avant de m'apprendre qu'elle était la maman de N., qui était dans la classe de Miles ; ils étaient copains. Dès le départ, nous avons eu cela en commun : nous nous sommes connues par l'intermédiaire de nos fils.

Contrairement aux autres mères au regard fuyant, elle m'a fixée droit dans les yeux et j'ai eu l'impression qu'elle me regardait vraiment. Quand j'ai dit : « Je devrais écrire dans mon blog qu'il faut toujours prendre un parapluie ! », j'ai vu que ça l'intéressait. Elle m'a répondu : « Gardez-le. C'est un prototype que mon patron a fait fabriquer par un sous-traitant, mais il ne lui a pas plu et il a annulé la commande.
— Ça me gêne, d'autant plus si c'est un modèle unique.
— Je vous en prie, prenez-le. À propos… Qu'est-ce que vous faites cet après-midi ? Vous ne voulez pas venir à la maison ? J'habite juste à côté. Les garçons pourront jouer. Je leur préparerai un chocolat et on boira un verre. Mon mari ne rentre pas avant deux heures. »

Je l'ai suivie en voiture jusque chez elle. Elle vivait à quelques kilomètres, dans une demeure comme on en voit dans les magazines de décoration – mais beaucoup plus somptueuse que celles que présentait celui où j'avais travaillé : une grande bâtisse de style géorgien, remplie de meubles contemporains dignes d'un musée. Sur les murs étaient exposés des gravures et des tableaux d'artistes réputés.

Au-dessus de la cheminée trônait une photographie représentant des jumelles. Je ne dirai pas qui en est l'auteur parce que je ne cite pas les noms des célébrités dans mon blog. Cela m'a intriguée qu'elle soit placée en évidence dans un salon, mais E. en était fière, et c'était une œuvre bien plus originale que tout ce que j'avais pu voir jusqu'alors dans notre ville. Pour une maison où vivait un petit garçon, elle était impeccable ; on aurait dit un décor de théâtre. J'ai été soulagée en rentrant dans la chambre de son fils : elle était aussi désordonnée que celle de Miles. E. m'a dit que c'était sa femme de ménage, M., qui rangeait tout et qu'elle ne savait pas ce qu'elle deviendrait sans elle.

Ses goûts en matière de décoration auraient plu à mon mari. À l'évidence, tous les accessoires – couverts, verres, sets de table, serviettes – avaient été choisis avec soin et après mûre réflexion. Je suis toujours impressionnée par les gens comme elle, qui savent exactement quoi acheter et possèdent un intérieur parfait. C'était Davis qui prenait ces décisions pour nous, et cela me convenait de le laisser faire. Quant à ma mère, elle aurait posé des protections en plastique sur le canapé, comme sa mère avant elle, si mon père et moi ne l'avions pas taquinée avec ça.

Nos fils sont partis jouer. Nous avons ouvert une bouteille de vin et entamé une conversation qui n'a pas cessé tout au long de notre amitié.

Ils avaient emménagé un an plus tôt. Son mari est anglais et travaille à Wall Street. Auparavant, ils vivaient dans l'Upper East Side, mais elle ne supportait plus les autres mamans, l'organisation des goûters d'anniversaire, la surenchère permanente : c'était à celle qui avait le plus d'argent, la plus belle garde-robe, partait en vacances dans les stations de ski les plus huppées ou aux Caraïbes. Ils étaient venus là dans l'espoir que la vie à la campagne serait moins stressante pour eux et plus saine pour leur fils. Ils avaient raison. À mon avis.

Quand elle m'a demandé ce que faisait mon mari et qu'elle a vu l'expression de mon visage, elle a dit tout de suite, avant que j'ouvre la bouche : « Oh, je suis désolée ! » elle a compris qu'un drame s'était produit, mais elle était installée depuis trop peu de temps pour être au courant de l'accident. Je me suis dit que je choisirais le lieu et l'heure pour lui raconter la tragédie qui avait frappé ma famille.

Je l'ai fait juste avant Thanksgiving, pendant que nos petits découpaient des dindes dans du carton et collaient dessus des plumes en papier. Je lui ai narré ma triste histoire et elle s'est mise à pleurer de compassion et de chagrin. Elle aurait aimé m'inviter pour le repas de Thanksgiving, mais ils profitaient des vacances scolaires pour rendre visite à sa belle-mère en Angleterre. Je l'ai rassurée : « Ne t'en fais pas, Miles et moi serons là à ton retour. »
C'est ce qui s'est passé. J'admire E. pour toutes sortes de raisons : c'est une bosseuse, une mère formidable, elle s'emploie à être une bonne épouse et une bonne amie, tout cela avec grâce et élégance. Je sais qu'elle apprécie mon blog. Je n'ai pas eu d'amie comme elle depuis le cours élémentaire. Seules de rares personnes, chanceuses, ont le don de l'amitié ; heureusement, nous

le possédons toutes les deux. Nous finissons la phrase de l'autre, rions des mêmes plaisanteries, apprécions les films de Fred Astaire et Ginger Rogers. Je lis, ou j'essaie de lire, les romans policiers qu'elle adore, s'ils ne sont pas trop effrayants. Ma vie me paraît plus intéressante, je suis plus indulgente avec moi-même et mon fils parce que je sais que je peux partager mes bonheurs et mes stress quotidiens avec une autre adulte.

À première vue, nous sommes très différentes. E. se fait couper les cheveux par un coiffeur à la mode très cher. Pour ma part, je fréquente un salon tenu par une charmante jeune femme du coin qui travaillait auparavant à New York, mais j'attends tellement entre deux rendez-vous qu'on pourrait croire que je me les coupe moi-même. E. porte des tenues de grands couturiers, même le week-end, alors que j'ai tendance à commander sur Internet des jupes longues et des tuniques amples. Mais sous les apparences, à un niveau bien plus profond, nous nous ressemblons beaucoup.

Bien sûr, elle lit mon blog et ne tarit pas d'éloges sur mon écriture, sur le courage et la générosité dont je fais preuve pour partager la formidable aventure qu'est la maternité. Je lui raconte des choses que je n'ai jamais dites, même à mon mari. Quelle sensation exaltante de les laisser sortir après les avoir retenues si longtemps ! De savoir que quelqu'un me comprend sans juger.

Avoir E. pour amie m'a redonné confiance dans les superpouvoirs des mamans et leur capacité à être présentes pour les autres.
Nous pouvons être amies. De véritables amies.

C'est pourquoi j'aimerais dédier ce blog à ma meilleure amie, E.

Il est pour toi, E.

Je vous embrasse,
Stephanie

11

STEPHANIE

En installant le lien vers le post que j'avais écrit sur les débuts de mon amitié avec Emily, j'ai essayé de ne pas le lire, mais je n'ai pas pu m'en empêcher. Ainsi que je le craignais, je me suis mise à pleurer.

Je me souviens d'un détail auquel je n'avais pas prêté attention sur le coup : elle m'avait dit que le parapluie qu'elle me donnait – celui avec les canards, que j'ai depuis rangé au fond d'un placard parce que c'est trop douloureux de repenser à cette période – était un modèle unique. Pourtant, en entrant chez elle, j'ai remarqué, dans le hall, un porte-parapluies qui en contenait une douzaine, avec les mêmes canards – un peu comme une installation d'art moderne. Bien entendu, je ne lui ai rien demandé ce jour-là : on venait à peine de faire connaissance. Ensuite, ça m'est sorti de l'esprit. Maintenant, je m'interroge : Est-ce que déjà, je la comprenais de travers, je n'entendais pas bien ce qu'elle disait ? M'avait-elle menti ? Pour quelle raison aurait-elle proféré un mensonge qui me sauterait aux yeux à l'instant où je franchirais sa porte ?

C'était, cela dit, le cadet de mes soucis. En relisant cet ancien post, je me sentais horriblement coupable. Parce que je commençais – tout juste – à être attirée par son mari.

Il arrive toujours un moment où l'on est pratiquement certain qu'on va faire l'amour avec quelqu'un alors qu'il ne s'est encore rien passé. Le désir envahit tout, l'air devient brûlant, lourd sur la peau, comme au plus fort de l'été. Surtout s'il s'agit de quelqu'un pour qui, pour un tas de bonnes raisons, on n'est pas censé avoir ce genre de pensées.

L'un des problèmes avec mon mari, c'est que nous n'avons pas connu cette exquise montée progressive de l'envie. Un jour, sans entrer dans les détails, j'expliquerai à Miles pourquoi il ne faut pas coucher le premier soir – ce qu'ont fait ses parents.

Mon premier rendez-vous avec Davis n'en était pas un : je devais l'interviewer. On s'est retrouvés dans un bar de Tribeca proche de son cabinet, auquel il avait donné son nom, Davis Cook Ward. Sa carrière d'architecte-designer était en plein essor : il concevait des maisons pour les gens riches et s'amusait à dessiner du mobilier de jardin beau et abordable à partir de matériaux recyclés. Il avait réalisé une gamme de meubles en bois qui devaient figurer dans la revue qui m'employait. Nous avons pris un café, puis nous avons déjeuné. Ensuite, nous sommes allés dans son loft et y sommes restés jusqu'au lendemain matin ;

j'ai dû repasser me changer dans mon appartement de l'East Village avant de repartir au bureau.

Ma relation avec Davis était agréable et simple. On s'entendait bien. Mais jamais je me suis dit que j'en mourrais si je ne pouvais pas être avec lui – peut-être parce que j'ai été tout de suite avec lui. L'attente avait pris fin avant de commencer.

Mon problème, c'était peut-être qu'il n'y avait pas de danger. Il se peut que j'aie besoin de l'excitation de l'interdit, du tabou, de faire ce qu'il ne faut pas, et de le savoir.

Un soir, Sean est venu chercher Nicky et est resté dîner. Pendant le repas, un violent orage a éclaté. Je lui ai suggéré de dormir sur place plutôt que de repartir sous la tempête, et il a accepté.

Nous avons discuté jusque tard ; nous étions si fatigués que nos paupières se fermaient toutes seules. Nous nous sommes séparés avec une bise sur la joue, chaste, mais chargée de sous-entendus. Il est allé dans la chambre d'amis, moi dans la mienne. Une fois au lit, j'étais incapable de m'endormir. Le savoir tout près, dans le noir, était presque insupportable. Je me suis caressée en pensant à lui. L'a-t-il fait aussi de son côté ?

Le sentir si proche, c'était comme faire l'amour au téléphone sans téléphone. Je me suis retenue de ne pas le rejoindre, tout en essayant de me persuader qu'il n'allait rien se passer, que ça n'était pas mon genre de coucher avec le mari d'une amie dont on était sans nouvelles.

Bien sûr, nous pourrions le faire à l'insu de tous, mais nous nous sentirions tellement coupables que lors de notre prochaine entrevue avec les policiers, ils s'en rendraient compte et en déduiraient que nous avions des trucs à nous reprocher. J'ai bien conscience que mon raisonnement est ridicule, il n'empêche…

Pourtant, le désir plane autour de nous, envahit tout, même si, chacun de notre côté, nous nous disons : *C'est la meilleure amie de ma femme. C'est le mari de ma meilleure amie. Emily nous aime et a confiance en nous, qu'est-ce qui nous prend ?* Le fait de ressentir tous les deux cette culpabilité et cette envie, de savoir que l'autre les éprouve, rend l'atmosphère encore plus sensuelle et troublante.

Sean et Nicky viennent souvent dîner et passent la soirée à la maison. Nicky s'endort dans la chambre de Miles et son père le porte dans sa voiture en repartant. Avant cela, nous discutons en buvant du cognac, et dans cette atmosphère de tension sexuelle – ou à cause d'elle ? –, il se confie. Il a évoqué son enfance difficile, sa mère bourgeoise et alcoolique, que son père, un prof de fac, a abandonnée pour une collègue lorsque lui avait quatorze ans, et qui a rétrogradé dans l'échelle sociale sans renoncer ni à ses prétentions ni à ses illusions sur elle-même.

De mon côté, je lui ai beaucoup parlé de Davis et Miles – mais pas de mon blog, ce qui m'intrigue : alors que je souhaitais vraiment qu'il intéresse mon amie, je n'ai pas envie que lui le lise. J'ai beau être fière de ce que j'écris, j'évite de l'évoquer. Je ne veux pas qu'il voie en moi une de ces mamans surinvesties, scotchées à leur ordinateur portable. Il critique souvent celles qu'il surnomme les « Supermamans », qui étalent leurs compétences et possèdent la panoplie complète des accessoires pour bébé dernier cri. Je n'aimerais pas qu'il me considère ainsi. Ou alors, est-ce que je redoute de ne pas être à la hauteur s'il me compare avec Emily et sa brillante carrière dans la mode ?

Emily est au cœur de nos conversations. Il m'a raconté leur rencontre. En y repensant, je m'étonne qu'elle n'ait jamais abordé avec moi cet épisode de sa vie, alors que c'est un sujet fréquent au début d'une amitié. La maison de couture où elle travaille et la société d'investissement qui emploie Sean coprésidaient un gala de charité au bénéfice d'une organisation humanitaire dont le but est de fournir de l'eau potable à des Africaines. Le dîner avait lieu au Muséum d'histoire naturelle – décor des plus romantiques, avec fleurs, chandelles et éclairage tamisé.

Emily a présenté la personne qui a présenté la personne qui a présenté son patron, Dennis Nylon. À la minute où Sean l'a vue sur le podium, dans une superbe robe longue noire à la ligne épurée, et que sur les écrans géants disséminés dans la salle sont apparues les larmes dans ses yeux quand elle a décrit l'opération humanitaire et la vie difficile des femmes auxquelles ils souhaitaient venir en aide, il a décidé qu'il l'épouserait.

Cela m'a paru tout à fait logique. Je savais combien la voir pleurer pouvait être émouvant : elle l'avait fait devant moi en apprenant ce qui était arrivé à mon mari et à mon frère. Le compte rendu qu'a fait Sean des débuts de leur relation était une belle histoire ; j'aurais aimé pouvoir en dire autant de la mienne.

Cela nous fait du bien de discuter d'Emily. Cela

nous pousse à espérer qu'elle est en vie et qu'on va la retrouver. Et cela soulage la tension entre nous. C'est un peu comme si elle était à nos côtés, qu'elle nous rappelait que c'est elle que nous aimons – et pas la personne qui est en face.

Un soir, Sean m'a confié qu'il y avait dans le parcours de sa femme certains détails qu'elle avait tenus secrets, dont je n'étais probablement pas informée. J'ai retenu ma respiration parce que je croyais – même s'il semblait évident que j'avais tort – tout savoir sur elle. Presque tout. Il m'a appris que dans son enfance, son grand-père l'avait agressée sexuellement. Ses parents n'avaient jamais voulu l'admettre, ce qui expliquait en partie sa brouille avec eux. En outre (et probablement à cause de cela), elle s'était mise à boire vers vingt ans ; pendant une courte période, elle avait aussi abusé des antidouleurs et du Xanax et passé un mois en centre de désintoxication. Elle n'avait pas rechuté depuis.

J'étais stupéfaite, non par ce qu'il m'apprenait, mais parce que je l'ignorais. Était-ce ce à quoi elle faisait allusion quand elle évoquait ses « années de folie » et son tatouage ? Au cours de toutes nos conversations et les confidences que nous avions échangées, pourquoi ces événements traumatisants n'étaient-ils pas venus sur le tapis ? Je lui avais confié des secrets que je n'avais dévoilés à personne. Pourquoi n'en avait-elle pas fait autant ?

Je n'avais pas été témoin des problèmes qu'il décrivait. En ma présence, Emily buvait raisonnablement. Or, les anciens alcooliques conservent un comportement particulier, même après que leur addiction est sous contrôle. Ce n'était pas son cas. Un jour, chez elle, un vendredi après-midi, j'ai failli me servir un troisième verre de vin et elle m'a gentiment rappelé que je devais ramener Nicky en voiture.

Chaque jour qui passait rendait de plus en plus évident qu'à moins d'avoir été blessée ou assassinée elle nous avait quittés de son propre chef. Elle n'était pas celle que nous pensions connaître.

Où vers l'ouest se dirigeait-elle dans sa voiture de location ? Avec qui avait-elle rendez-vous ? Quelqu'un du passé, ou qu'elle venait de rencontrer ? Un mystère à résoudre, une affaire à terminer ?

J'ai lu le roman de Patricia Highsmith qu'elle avait commencé avant son départ. C'est l'histoire d'un homme qui veut tuer son gendre, à Rome puis à Venise, parce qu'il le considère responsable du suicide de sa fille, sans qu'on sache pourquoi elle a mis fin à ses jours. Les explications du mari ne tiennent pas debout : elle aimait trop faire l'amour, ou détestait ça, ou elle était trop romantique pour vivre en ce bas monde, je n'ai pas bien compris. Même si je savais que l'époux éploré était innocent, à certains moments, je comprenais la rage meurtrière du beau-père. Je me suis demandé si ce livre était un message que nous avait laissé Emily, une allusion au fait qu'elle avait l'intention de se supprimer et que personne n'en saurait les raisons.

Auquel cas nous n'avions plus qu'à attendre que son corps soit découvert. Dans le roman de Highsmith, le beau-père meurtrier redoute que la dépouille de son gendre refasse surface sur la berge d'un canal. Mais sa fille s'est tuée dans sa baignoire : les faits sont avérés, il y a un cadavre, du sang. Dans le cas d'Emily, chaque mystère menait à d'autres mystères, les questions s'amoncelaient sans fin.

Je pense sans cesse à Sean. S'il est prévu qu'il vienne avec Nicky, je me maquille et je m'habille avec soin, tout en essayant de ne pas en faire trop. Je lui propose de récupérer son fils à l'école pour qu'il puisse travailler tranquillement – en vérité, cela me donne un prétexte pour le voir. J'adore son charme, sa prévenance, son rire facile et naturel. J'ai toujours eu un faible pour les hommes qui ont un beau sourire.

Il reste plus souvent à dîner. Je sais maintenant que le plat qu'il préfère, c'est la viande, grillée ou rôtie. (Après tout, c'est un Anglais.) J'ai appris à cuisiner les steaks à son goût : archi-cuits. Miles est aux anges depuis que je ne l'oblige plus à être végétarien.

J'ai remangé de la viande rouge pour la première fois depuis la mort de Chris et Davis, et je me rends compte avec étonnement – et une légère déception – que ce goût me plaît toujours. Maintenant, je l'associe à la présence de Sean. Nous pourrions être ces vampires aux canines acérées et aux corps parfaits des séries télévisées, qui se précipitent l'un sur l'autre pour faire l'amour.

J'avais arrêté la viande pour des raisons éthiques et personnelles, mais à quoi bon avoir une attitude responsable vis-à-vis des animaux alors que j'en ai si peu avec les humains en convoitant le mari de ma meilleure amie ?

C'est un thème que je ne pourrais en aucun cas aborder dans mon blog. Hors de question ! Mes lectrices ne me le pardonneraient pas. À leurs yeux, je suis une mère dévouée, qui refuse toute cruauté à l'égard des animaux, mais n'est pas rigide au point de ne pas préparer des hamburgers si c'est le seul plat que ses enfants acceptent d'avaler. Certaines n'apprécieraient déjà pas que je cesse d'être végétarienne, mais aucune n'accepterait que je m'endorme le soir en fantasmant sur le mari de mon amie. Elles découvriraient quelle horrible personne je suis, me submergeraient de messages remplis de reproches mérités, et après avoir déchargé leur fureur, se désabonneraient.

En général, Sean et moi prenons du vin pendant les repas. J'achète de bonnes bouteilles, les meilleures que je peux m'offrir, parce que cela donne une touche raffinée et détendue à la soirée. Au cas où j'aurais un doute sur ce qu'il m'a dit du problème d'alcoolisme d'Emily, il suffit de voir comment il me fixe quand je bois. Du coup, je prends de toutes petites gorgées et je ne finis pas mon second verre. Est-ce je cherche à lui montrer que la vie avec moi serait plus agréable qu'avec elle ?

Souvent, il reste pour m'aider à ranger. Il fait bon dans ma cuisine remplie de vapeur, les fenêtres couvertes de buée nous isolent de l'extérieur, créent un espace où nous sommes en sécurité, coupés et protégés du reste du monde. Je découvre que faire la vaisselle peut être sexy.

Parfois, la tension entre nous est presque intolérable. Les soirs où il passe prendre Nicky en fin de journée et rentre dîner chez lui (il m'assure qu'il s'entraîne à cuisiner, mais je le soupçonne de s'arrêter en chemin pour acheter une pizza), je suis soulagée de faire une pause, d'être seule avec Miles et de prendre un repas paisiblement.

Miles semble apprécier sa nouvelle vie avec le papa de Nicky. Je crois que cela lui fait du bien d'avoir une présence masculine à la maison, une figure paternelle, même si c'est le père de son copain.

Quand il était bébé, je l'observais sans arrêt ; maintenant qu'il a cinq ans, ce n'est plus possible. Je me rattrape pendant son sommeil et je remarque (ce que tout le monde me dit) à quel point il me ressemble. Ce qu'on ne me dit pas, c'est qu'il est cent fois plus beau que moi.

Mon attirance pour Sean est un secret – un de plus – que je ne peux révéler à personne. Quand Emily me manque, je me dis que je pourrais me confier à elle – avant de me rendre compte qu'elle serait la dernière personne à qui je pourrais avouer que je me suis entichée de son mari. Je me sens alors encore plus seule, et j'ai encore plus envie de le voir. C'est un cercle vicieux, comme on dit. Pour dire la vérité, plus j'ai envie de le voir lui, moins j'ai envie de la voir elle.

Un jour qu'il avait oublié son iPod sur le plan de travail de ma cuisine, j'ai consulté sa playlist. Ensuite, je suis allée acheter les CD de ses musiques préférées – Bach, les White Stripes et des vieux groupes anglais comme les Clash –, alors que mes goûts me poussent plutôt vers Ani diFranco et Whitney Houston. Lorsqu'il vient avec Nicky, je passe sa musique plutôt que la mienne. Dès que les gamins sont endormis, nous nous gavons de séries télé, comme *Breaking Bad*. Il a déjà vu les cinq saisons, mais il a envie qu'on les regarde ensemble. Avant, cela aurait été beaucoup trop violent pour moi, mais ça me plaît de savoir qu'il souhaite partager un de ses centres d'intérêt avec moi.

Il m'a raconté que lorsqu'il était jeune, en Angleterre, l'idée qu'il se faisait des États-Unis reposait uniquement sur les films avec Charles Bronson et les séries télé telles que *That 70s Show*. Du coup, il se dit qu'il y a peut-être dans le monde des gosses qui, comme lui au même âge, croient que l'Amérique, c'est le Far West, où des professeurs de chimie fabriquent de la drogue dans un vieux camping-car et butent des caïds mexicains. Je bois ses paroles. Sincèrement, il est vraiment passionnant.

Lorsqu'il m'a annoncé qu'il avait déjà vu toute la série, je me suis forcée à ne pas l'imaginer en train de la visionner avec Emily, de lui dire les mêmes phrases qu'à moi. Je ne voulais pas me demander si elle aussi trouvait ses propos intéressants. Elle lisait des livres, lui regardait la télé. J'essaie de ne pas me souvenir qu'elle lui reprochait son attitude machiste. Je me concentre sur le fait qu'il souhaite les voir avec moi. Je commence à croire que je suis pour lui plus qu'une amie, qu'une amie de sa femme, que la maman du meilleur copain de son fils.

À certains moments, je fais tout pour ne pas penser à Emily ; à d'autres, je m'efforce de ne penser qu'à elle, comme si cela pouvait provoquer un miracle, la faire réapparaître pour que tout reprenne un cours normal… sauf qu'entre-temps, je serai peut-être tombée amoureuse de son mari.

Cela ne me donne pas une très bonne image de moi. Pourtant, je me sens étrangement heureuse, sur un nuage, ou dans une bulle de chaleur et de lumière – alors que l'hiver se rapproche et que le temps est maussade.

Je ne sais ce qui est le plus grave. La trahison, probablement. À moins que ce ne soit de transformer mon fils en espion : quand il revient de chez Nicky, je l'interroge, l'air de rien. Est-ce que son papa parle de moi ? Est-ce qu'Alison travaille encore chez eux ? Est-ce qu'elle s'entend bien avec Sean ? Est-ce qu'il téléphone souvent ? Miles me répond qu'il ne voit jamais Alison ; à son avis, elle n'est plus la nounou de Nicky depuis que son papa est à la maison et que sa maman n'est plus là. Pauvre petit !

Un soir, en le mettant au lit, je lui ai demandé : « Chéri, veux-tu qu'on discute ensemble de la maman de Nicky qui est partie ?

— Non, merci. Ça me rend malheureux. On est tous malheureux. Surtout Nicky. »

Mes yeux se sont remplis de larmes ; j'étais contente que la lueur de la veilleuse soit trop faible pour qu'il puisse s'en rendre compte.

« Nous sommes tous très tristes. Pourtant, la tristesse fait partie de la vie. On ne peut pas toujours l'éviter.

— Je sais, maman », m'a répondu mon beau bambin si sage. La seconde suivante, il dormait profondément.

Plus tard, un jour où nous étions tous les deux, il m'a déclaré : « Hier, le papa de Nicky a parlé de toi. »

J'ai essayé de conserver une voix neutre. « Qu'est-ce qu'il a dit ?

— Que j'avais de la chance d'avoir une maman si gentille et généreuse.

— C'est tout ? Qu'est-ce qu'il a ajouté ?

— C'est tout. »

Ce n'était pas tant les adjectifs qu'il avait employés qui m'ont fait plaisir – c'était un compliment, quoique pas forcément celui que j'aurais aimé entendre –, mais le fait qu'il ait eu envie de parler de moi à mon fils, qu'il pense à moi en mon absence.

J'ai l'impression de trahir tout le monde. Emily surtout, mais aussi moi-même.

Sean et moi n'avons rien fait de mal et je me sens déjà coupable. N'est-ce pas le signe que j'ai une conscience ? J'ai à maintes reprises regretté dans mon blog que tout soit fait pour que les femmes en général, et les mères en particulier, culpabilisent ; pourtant, il me semble, comme ça m'est déjà arrivé par le passé, que dans certaines circonstances on *doit* se sentir coupable. Moi, en tout cas, je devrais.

Un autre motif de culpabilité, c'est que je n'ai jamais ressenti pour mon mari ce désir fou, impérieux, emportant tout sur son passage. J'aimais faire l'amour avec lui, mais ce n'était pas l'extase ; c'était l'assouvissement d'un besoin. Davis était l'homme qu'il me fallait après la période chaotique dont je sortais : un être profondément gentil. Il n'était pas utile qu'il sache ce qui m'était arrivé et je n'ai pas eu envie de lui raconter. Être en sa compagnie était agréable. Je me disais : *Avec lui, je suis au chaud, chez moi. C'est ainsi qu'on imagine la sécurité d'un foyer.* Vivre avec lui répondait à quantité de questions que je me posais sur mon avenir. Du moins, c'est ce que je croyais à l'époque.

Je suis tombée enceinte par accident. C'est un peu le cas de tout le monde, non ? Je crois que c'est arrivé après un mariage beaucoup plus romantique que le nôtre. Davis et moi nous sommes mariés au City Hall pendant une pause déjeuner. Ses assistants, Evan et Anita, ont fait office de témoins. Nous sommes ensuite allés déjeuner dans le meilleur restaurant de dim sum de Chinatown. Davis était toujours au courant de ce genre de tuyaux : où déguster les meilleurs dim sum. Nous étions très contents de nous, de cette cérémonie décontractée, sans chichis, comme si de rien n'était : une journée comme les autres.

Peu après, Evan et Anita se sont unis en grande pompe à la campagne, dans une propriété du comté de Dutchess, sous une tonnelle de roses blanches installée dans une immense prairie en bordure de l'Hudson. C'était si beau que j'ai eu l'impression d'avoir choisi la mauvaise option, que nous nous étions fourvoyés en ne prenant pas les choses au sérieux alors que nous aurions dû le faire. Je ne sais si Davis partageait mon sentiment. À supposer qu'il ait eu ces regrets, il se serait de toute façon moqué de moi si je lui avais demandé. Je n'ai pas pu m'empêcher d'observer avec envie la table où s'entassaient les présents, alors que Davis et moi n'avions reçu, en tout et pour tout, qu'un chèque de mille dollars de la part de ma belle-mère. Quoi qu'il en soit, si on nous avait offert ces cadeaux,

Davis aurait insisté pour les échanger afin de choisir des objets à son goût.

Nous avons beaucoup bu tous les deux et fait l'amour comme jamais. Je suis pratiquement certaine que Miles a été conçu cette nuit-là, plus pour prouver que nous avions une longueur d'avance sur les jeunes mariés que parce que nous désirions un enfant.

Comme j'avais eu tort de ne pas vouloir être mère ! J'ai aimé Miles à la folie dès qu'il est né, et Davis aussi. Nous nous aimions passionnément, tous les trois.

Quelque temps après, nous nous sommes installés dans le Connecticut ; Davis travaillait essentiellement à domicile, sauf quand il devait assister à des réunions à New York ou effectuer des visites de chantier. Il a restauré la maison et dessiné une magnifique extension, baignée de lumière. Les travaux de rénovation étaient presque terminés, à l'exception du grenier de la partie ancienne, quand Chris et lui ont péri dans un accident de voiture.

Sean est très différent de Davis : il est grand, brun, taillé à la serpe et musclé ; Davis était une grande perche blonde. Mais lorsque je pénètre dans la cuisine et que Sean est debout près de la fenêtre, j'ai, pendant une seconde, l'impression de voir Davis et cela me fait plaisir. Ensuite, je me rends compte qu'il s'agit de Sean, et cela me fait encore plus plaisir. On peut en penser ce qu'on veut, mais c'est comme ça.

Pourtant, à l'évidence, j'ai… des doutes, à son sujet, que je ne confierais à personne. Qui est-il vraiment ? Que sait-il sur l'absence d'Emily ? Garde-t-il pour lui certains détails ?

Je me demande si toutes les femmes amoureuses se posent des questions. Je ne m'en suis jamais posé sur Davis, et j'étais amoureuse de lui – du moins je le pensais. Certaines filles s'amourachent de meurtriers ou de repris de justice, mais ce n'est pas mon genre. J'ai un fils à protéger, je ne suis pas stupide. Il est simplement raisonnable que je m'interroge : y a-t-il la moindre possibilité que Sean ait joué un rôle dans la disparition d'Emily ?

Je fais bonne figure vis-à-vis de mon blog, de la police et du reste du monde, mais je ne veux pas être « amoureuse » au point de ne pas vérifier si Sean ne fait pas inconsciemment des gestes… étranges. Quand nous évoquons Emily, je l'observe pour déceler le moindre signe de trouble – irritation, ressentiment, culpabilité. Même lorsqu'il a mentionné les problèmes qu'elle avait eus dans sa jeunesse – l'alcool, l'addiction aux médicaments, la brouille avec ses parents –, il n'y avait, sur son visage ou dans sa voix, que de l'amour et de la peine qu'elle ne soit plus là.

Le simple bon sens aurait voulu que ma vigilance passe en alerte rouge – ou du moins orange – après la révélation de l'existence de la police d'assurance-vie qui lui rapporterait deux millions de dollars au décès de son épouse. Mais aussitôt après avoir raccroché d'avec le courtier, il a répondu à toutes mes interrogations et n'a pas cherché à gagner du temps pour mettre au point une histoire plausible. Le naturel et la simplicité avec lesquels il m'a expliqué la situation m'ont rassurée : son entreprise avait proposé ce contrat à ses collaborateurs et leurs conjoints, moyennant une retenue de quelques dollars sur le salaire mensuel (confortable dans son cas). Ce prélèvement était si faible qu'il passait presque inaperçu. Il avait coché la case « montant maximum » et s'était empressé de l'oublier.

Je ne pense pas qu'il ait mal agi. Je continue à chercher l'incohérence, le détail qui cloche. Jamais il ne m'a semblé qu'il ne disait pas la vérité ou qu'il cachait quelque chose. Moi qui ai beaucoup dissimulé et menti dans ma vie, je crois être assez douée pour en détecter les signes et les symptômes.

Quoi qu'il en soit, ce n'est pas une question d'indices. On ne peut pas dire précisément comment on sait, ni expliquer pourquoi on est sûr. On l'est. Au fond de soi. Je sais qu'il est innocent, sans doute possible. À cent pour cent.

12

LE BLOG DE STEPHANIE

L'ATTENTE SE PROLONGE

Bonjour à toutes !

En apparence, on pourrait penser que rien n'a changé depuis qu'Emily a disparu – notre amitié en moins, évidemment. Il y a toujours Miles et moi, la maison, son école, ce blog. Vous avez dû saisir, à quelques allusions, que Nicky et son papa occupent une place plus importante dans notre vie, ce qui est bien naturel, compte tenu des difficultés qu'ils traversent – que nous traversons.

J'aimerais, à nouveau, vous remercier de l'affection et du soutien que vous m'apportez. Cela me fait chaud au cœur. À en juger par vos messages, et parce que les mamans ont beaucoup d'intuition, je sais que vous comprenez que cette apparente normalité n'est qu'un pansement de fortune sur une plaie ouverte. Notre existence a été bouleversée pour toujours. Elle a volé en éclats à la suite de la disparition brutale d'une mère, d'une épouse, d'une amie, qui nous manque cruellement.

Nous vivons dans l'espoir qu'elle soit encore en vie. Nous avons l'impression d'être dans un avion placé en circuit d'attente, suspendu en l'air, priant pour qu'un événement décide de notre destination et nous permette un atterrissage sûr, malgré les turbulences.
Nicky commence à accuser les effets du stress. Il ne s'alimente que de guacamole et de chips, qu'Emily lui préparait – quoique pas en ma présence. Parfois, on dirait qu'il m'en veut : il se plaint que je ne suis pas sa maman, qu'il veut sa maman. Je comprends, bien entendu, mais c'est éprouvant. Je ne peux pas imaginer le cauchemar qu'il vit. Tout ce que je peux faire, c'est les aider, lui et son père, autant que possible. Et profiter au maximum de Miles, être reconnaissante à la vie de ce précieux cadeau qui peut m'être retiré à tout instant.

Continuez à nous souhaiter que l'histoire se termine bien. Envoyez tout votre amour à Nicky, et priez pour Emily, où qu'elle soit. Comme le chantait si justement Tiny Tim : « Que Dieu nous bénisse tous ! »

Je vous embrasse,
Stephanie

13

STEPHANIE

Un après-midi, Sean m'a appelée de chez lui.

« Stephanie, je suis content que tu sois là. J'arrive tout de suite. »

En entendant sa voix, mon cœur s'est mis à battre plus vite. *Lui aussi a envie de moi, je ne l'ai pas inventé. Il vient m'annoncer qu'il aimerait qu'on soit ensemble.*

« J'ai une nouvelle à t'apprendre. »

À son ton, j'ai compris que ce n'était pas une bonne nouvelle et j'ai eu honte de ma conclusion hâtive.

« Quel genre ?

— Affreuse. »

Depuis la fenêtre, je l'ai regardé sortir de sa voiture et avancer à pas lents, comme s'il portait un fardeau. Il semblait avoir vieilli de plusieurs années en quelques heures. En ouvrant la porte, j'ai vu qu'il avait les yeux rouges et le visage livide. Je l'ai serré dans mes bras, mais ce n'était pas une de ces longues étreintes chargées de désir avec lesquelles nous nous séparions en fin de soirée. C'était un geste de consolation, d'amitié, et – déjà – de chagrin. Je m'attendais plus ou moins à ce que j'allais entendre.

Je lui ai soufflé : « Ne dis rien. Entre et installe-toi. Je vais préparer du thé. »

Il est allé s'asseoir sur le canapé. Dans la cuisine, je tremblais si fort que je me suis versé de l'eau bouillante sur le poignet, mais j'étais si préoccupée que je n'ai rien senti sur le coup.

Il a bu une gorgée de thé, a secoué la tête et reposé sa tasse.

« J'ai reçu un coup de fil de la police aujourd'hui. Des pêcheurs, dans le nord du Michigan, ont découvert un corps décomposé au bord d'un lac, à proximité du chalet des parents d'Emily. Apparemment, il est en si mauvais état qu'il n'est même pas question que j'aille l'identifier. D'après les flics, cela ne servirait à rien. Ils m'ont demandé de leur envoyer par FedEx la brosse à dents et la brosse à cheveux d'Emily afin qu'ils puissent effectuer des tests ADN pour… »

Il a éclaté en sanglots, puis a poursuivi, la voix brisée : « Ça n'était pas censé se passer de cette façon. J'étais sûr qu'elle était en vie, qu'elle allait rentrer à la maison. »

Qu'est-ce que cela signifiait ? Comment était-ce supposé se passer ? Que savait-il qu'il ne disait pas ? Voulait-il simplement dire qu'elle n'était pas censée mourir si jeune, de façon si tragique ?

Selon la police, elle s'était noyée peu après sa disparition, sans qu'il soit possible de déterminer avec précision la date de sa mort. Par ailleurs, des randonneurs étaient tombés sur sa voiture de location, dans les bois, à un peu plus d'un kilomètre. Le cadavre ne portait aucun signe de lutte. Elle était vivante au moment de la noyade. Dans la maison, il n'y avait que deux séries d'empreintes digitales ; l'une était probablement celle d'Emily, et l'autre, celle de Sean – ce qui paraissait logique puisqu'il y était allé pour son anniversaire. (Les inspecteurs avaient relevé ses empreintes lors du premier interrogatoire, après sa déclaration.)

Nous étions l'un et l'autre à court de mots pour exprimer ce que nous ressentions. J'entendais encore Emily me demander de garder Nicky pour qu'ils puissent partir en week-end, de lui rendre ce service. Je ne sais pas ce à quoi Sean pensait. Se remémorait-il leur escapade en amoureux ?

J'ai murmuré : « Il se peut que ce ne soit pas elle… Il peut s'agir d'une horrible méprise. »

Il m'a répondu : « La bague. Ils ont trouvé la bague en diamants et saphirs de ma mère. Elle l'avait au doigt. Elle est restée coincée… »

Nous nous sommes mis à pleurer. Nous nous sommes enlacés et nous avons sangloté. Ensemble, et chacun de notre côté.

14

LE BLOG DE STEPHANIE

UNE TRÈS MAUVAISE NOUVELLE

Bonjour à toutes !

J'ai une triste nouvelle à vous annoncer. Les policiers de Squaw Lake, dans le Michigan, où les parents d'Emily possèdent un chalet, ont découvert un corps et présument qu'il s'agit du sien. Compte tenu de la cause du décès (la noyade), et de l'absence apparente de blessure, de trace de lutte ou de violence, ils penchent soit pour un suicide, soit pour un accident. On ne sait rien de ce qu'Emily avait en tête en entrant dans ce lac. Peut-être a-t-elle nagé trop loin, peut-être…

Son mari s'est rendu sur place pour rencontrer les autorités judiciaires et faire rapatrier son corps. Il semble qu'ils aient essayé de joindre la mère d'Emily à Detroit, mais sa dame de compagnie leur a déclaré qu'il valait mieux attendre qu'elle soit dans un de ces bons jours pour lui communiquer la terrible nouvelle.

Comme celles de l'accouchement, on finit par oublier les douleurs du deuil et du processus d'acceptation de la mort. Avant de les éprouver pour Davis et Chris, je les avais connues pour ma mère. Lorsqu'elle s'est éteinte, Chris était là pour me soutenir, mais j'ai vécu cette épreuve surtout seule. J'essaie de me souvenir de la personne que j'étais alors, la jeune femme, puis la jeune mère, qui a puisé en elle la force d'accomplir ces innombrables démarches : prévenir tout le monde, passer un avis dans le journal, décider quoi faire de la montagne de biens accumulés au cours d'une vie, même trop courte. J'ai encore dans mon grenier les affaires de Davis, une partie de celles de Chris, et pas mal de choses de ma mère.

Que faire de celles d'Emily ? Il est trop tôt pour en décider. Et comment en parler à Nicky ? Sean et moi sommes d'avis que le mieux est de lui annoncer après le petit déjeuner, un dimanche où il est prévu qu'il vienne s'amuser avec Miles. S'il veut passer la journée avec son papa, il pourra le faire. S'il préfère se changer les idées, il ira jouer avec mon fils. Ce dernier sera sincèrement affecté par ce qui arrive à son copain, car lui a perdu son père, même s'il était trop jeune pour s'en souvenir. Nous comptons sur lui pour réconforter Nicky. Il n'a que cinq ans, mais il est très attentionné.

Peu après avoir appris à Nicky qu'Emily avait perdu la vie, Sean et moi l'avons cherché partout, très angoissés. Nous avons fini par le dénicher au fond du dressing, au milieu des vêtements de sa maman. Sean en a informé le thérapeute qui suit son fils. Pour celui-ci, nous devrions d'abord nous séparer de certaines affaires d'Emily. J'espère que vous me pardonnerez tous ces détails. Si c'était nécessaire, j'ai proposé qu'on les entrepose dans un garde-meuble. Sean a refusé catégoriquement de se défaire de quoi que ce soit. Lors de l'une de nos discussions à ce sujet, il a déclaré, à bout de nerfs : « Quand elle reviendra… », puis s'est repris. J'ai compris qu'il n'acceptait pas qu'elle ne soit plus là.

Cela dit, j'étais soulagée de ne pas avoir à entreprendre l'horrible tâche de fouiller dans les placards. Et cela m'ennuierait de donner une armoire entière de vêtements Dennis Nylon à l'Armée du Salut, car je ne pourrais pas les porter : outre que je pèse au moins sept kilos de plus qu'Emily et que je suis moins grande qu'elle, nous n'avons pas le même style. J'aurais l'impression de me déguiser en mère au foyer baba cool cherchant à se faire passer pour la proche collaboratrice d'un grand couturier. Sans compter la petite voix intérieure qui ajoute : « Et si elle n'est pas morte ? Si elle revient et nous reproche d'avoir fait don de sa garde-robe ? » Ce sont des pensées assez courantes lorsque le véritable deuil n'est pas possible, s'il n'y a pas eu de veillée funèbre ou de funérailles.

Quelle tristesse ! Chaque fois que je pense à mon amie, je pleure sans pouvoir m'arrêter. Sean, courageusement, fait tout pour ne pas se laisser aller – surtout devant Nicky.

En dépit des conclusions des experts, lui et moi sommes convaincus que sa mort est accidentelle. Nous ne pouvons admettre qu'elle ait voulu mettre fin à ses jours. Nous la connaissions : elle aimait la vie, elle aimait son mari et son fils, elle m'aimait. Elle n'aurait pas choisi de nous quitter. Elle avait peut-être besoin de faire une pause, et avec l'accumulation de stress dus à son travail, à sa vie de couple et à l'éducation de son fils, et malgré les années – voire les décennies – de sobriété gagnée de haute lutte, ses vieux démons – les abus auxquels elle avait si vaillamment renoncé – sont remontés à la surface. Alors, elle s'est arrangée pour trouver des médicaments, a acheté plusieurs bouteilles d'alcool et est partie dans sa maison de famille pour se détendre quelques jours, seule. Ce n'est pas un comportement auquel je m'attendais de sa part, mais c'est possible.

Elle est allée se baigner. Elle a nagé trop loin, a mal évalué la distance et s'est noyée.

D'après Sean, c'était une bonne nageuse, mais sans plus. Le rapport toxicologique fait état de la présence d'alcool, d'antalgiques et d'anxiolytiques délivrés sur ordonnance, en quantités suffisantes pour altérer ses capacités cognitives et son jugement, annihiler le bon sens qui était l'une des qualités que j'appréciais tant chez elle.

Je vous conjure d'essayer de comprendre sans juger. Nous n'avons pas tous la même force d'âme. Il arrive qu'on perde la tête et qu'on commette des actes qu'on ne devrait pas commettre. Cela pourrait arriver à n'importe laquelle d'entre nous.

Nous sommes en présence d'un de ces cas dramatiques où la personne ne fait de tort qu'à elle-même.

Et à nous : son mari, son fils, sa meilleure amie.

Je vous supplie d'être indulgentes. Laissez-moi la pleurer. Je sais que votre amour et vos prières nous accompagnent. Merci à l'avance pour vos messages de réconfort et de condoléances, du fond du cœur.

Je vous embrasse,
Stephanie

15
STEPHANIE

Je ne sais plus qui, de nous deux, a dit le premier qu'en dépit des conclusions du rapport d'enquête, la thèse du suicide d'Emily ne paraissait pas crédible. Sincèrement, pour moi, sa mort était accidentelle, et je suis pratiquement certaine qu'il était du même avis. En outre, pour Nicky, cette hypothèse serait bien préférable à celle d'un geste volontaire quand il serait en âge de comprendre.

S'il s'agissait d'un accident, ce dont nous étions persuadés, la compagnie d'assurances devait deux millions de dollars à Sean et Nicky. En revanche, dans le cas d'un suicide commis moins de deux ans après la signature du contrat, elle n'aurait pas à les verser. J'ai vérifié tout cela sur Internet et l'ai dit à Sean ; il m'a semblé qu'il le savait déjà.

Je me posais, forcément, des questions sur Emily. N'importe qui, à ma place, l'aurait fait. Je repensais, par exemple, au roman de Patricia Highsmith qu'elle était en train de lire, dans lequel la jolie jeune femme se tue sans que personne puisse en déterminer la raison.

Pour nous quatre, la cause de sa mort et la façon dont elle était advenue avaient certes de l'importance, mais c'était secondaire ; l'essentiel, c'était qu'Emily n'était plus et qu'elle ne reviendrait pas.

Sean et Nicky ont dispersé ses cendres dans la forêt derrière chez eux. Je crois que Nicky n'a pas bien compris ce qu'ils faisaient, et son père n'a pas simplifié les choses en lui racontant qu'ils lançaient l'âme de sa mère dans le vent. Ensuite, Nicky n'arrêtait pas de demander : « Où est l'âme de maman ? Où est maman ? Il n'y a pas de vent ! » Sean avait découvert l'existence de ce rituel sur un site bouddhiste, et j'ai trouvé ça très beau. Pas du tout ce qu'on attendrait d'un Britannique super-viril qui travaille à Wall Street. Cette facette sensible et secrète était sans doute en partie ce qu'Emily aimait chez lui. Et c'est certainement en partie ce que j'aime chez lui.

Il m'a demandé si Miles et moi voulions assister à la cérémonie. J'aurais aimé, plus que tout, mais il m'a semblé qu'il valait mieux pour Nicky que nous n'y soyons pas. Par superstition, ou parce que j'aurais été gênée de disperser ses cendres alors que je suis peut-être amoureuse de son mari.

Sean m'a fait lire le rapport d'autopsie, et notamment ses conclusions : elles décrivent un foie très abîmé, vraisemblablement à la suite d'une importante consommation d'alcool et de substances opiacées étalée sur une longue période. Des lésions anciennes, mais aussi récentes. C'est apparemment ce qui a amené le coroner à rendre un verdict de suicide sans certitude absolue.

Pour moi, c'était impossible : l'un de nous deux l'aurait vu si Emily buvait et se droguait. Pour Sean, au contraire, c'était tout à fait plausible : à l'époque où il était étudiant, quatre de ses copains de fac, parmi les plus brillants, étaient toxicomanes. Deux d'entre eux étaient sortis majors de leur promotion sans que personne s'en doute.

« Toi, tu le savais bien pourtant !

— Parce qu'on vivait en colocation. C'est à croire que je suis attiré par ce genre de personnes. »

Cela ne m'a pas plu qu'il associe Emily à un « genre de personnes ». Et pourtant, c'était quoi, son genre ? Peut-on connaître quelqu'un aussi bien que je croyais la connaître et ignorer des pans entiers de sa personnalité ? Certaines personnes, contre toute attente, mènent leur vie professionnelle à fond sans renoncer à leur addiction. Emily assumait tout : son travail, sa famille, l'éducation de son fils ; une existence parfaitement organisée, et même – en apparence, au moins – fascinante.

J'ai repensé aux conversations que j'avais eues avec elle, aux nombreux après-midi passés en sa compagnie. Qu'est-ce que je n'avais pas vu ? Qu'avait-elle essayé de me dire que j'avais été incapable d'entendre ?

Quelle meilleure amie avais-je été ?

***

La première fois que j'ai fait l'amour avec Sean, j'ai ressenti immédiatement ce dont j'avais été privée depuis si longtemps : le plaisir fou, à l'état pur. Il a pris mon sein dans une main, tout en caressant ma cuisse de l'autre, puis m'a fait pivoter sur le ventre. Il m'a embrassée dans le cou puis tout le long de ma colonne vertébrale, m'a remise sur le dos et a enfoui son visage entre mes jambes. Je ne m'attendais pas à ce qu'il soit un amant aussi doué, mais je n'aurais pas dû être surprise. Nos peaux l'une contre l'autre, nos corps, c'était si bon que plus rien n'existait à part cette bouffée de gratitude – et oui, d'amour – pour l'homme capable de me procurer ces sensations. Avec l'envie éperdue de jouir et une envie aussi forte que cela ne s'arrête pas.

Sur le coup, je n'ai pensé à rien – sauf que je m'éclatais. Ensuite, est revenu tout ce que j'avais oublié ou évacué de mon esprit pendant les années que j'avais vécues avec Davis. J'ai compris ce que j'avais choisi, ce à quoi j'avais renoncé en échange d'une union sans histoire, d'un veuvage respectable et d'une vie où Miles était ma priorité. Maintenant que la mémoire m'était redonnée, je ne voulais plus me passer de ce plaisir. J'ai des besoins, mon corps a des besoins, qui n'ont pas tous à voir avec Miles. Faire l'amour avec Sean m'a fait me souvenir que j'étais une femme.

J'essayais de ne pas me remémorer Emily me racontant que leur sexualité avait toujours été le meilleur aspect de leur couple, qui faisait passer le reste au second plan. Que s'il rentrait à la maison pour la baiser – c'était le mot qu'elle employait – elle acceptait ses absences, son obsession pour le travail, ses remarques plus ou moins humiliantes et son attitude condescendante.

Surtout, j'essayais de ne pas penser à la façon dont Emily réagirait si elle savait.

Étrangement, notre histoire a débuté à la suite d'une des crises de Nicky. Il s'était mis à faire des caprices, à pleurer, à pousser des hurlements sans raison apparente. Je savais bien que ce n'était pas pour rien : il avait perdu sa mère. Ses larmes me brisaient le cœur.

Sean l'a emmené voir le Dr Feldman, le psychothérapeute qui avait suivi Miles après le décès de Davis. Il s'est montré rassurant et apaisant, comme par le passé, mais n'a donné aucun conseil particulier, à part d'être patient. Il a suggéré de voir Nicky une fois par semaine, mais celui-ci a refusé d'y aller aussi souvent, et le médecin a considéré qu'il valait mieux ne pas le forcer.

Un soir, nous étions chez moi en train de dîner. J'avais préparé des steaks pour Miles, Sean et moi. Nicky jouait avec sa nourriture ; il recouvrait ses chips de guacamole, se les fourrait dans la bouche n'importe comment et laissait la crème verte couler sur son menton. Soudain, il a lancé son assiette au milieu de la table et a crié, en montrant le plat où la viande baignait dans une flaque de jus sanguinolent et en me fixant : « C'est ma maman ! C'est elle. Tu l'as tuée et tu l'as fait cuire pour qu'on la mange. Comme dans le film que j'ai vu. »

Cela m'a blessée, surtout après tout ce que j'ai fait pour lui et l'amour que je lui prodigue. Je me suis répété que le pauvre n'avait plus sa maman et ressentait une douleur immense. Qu'en réalité, cela n'avait rien à voir avec moi… ni avec mes sentiments – réprimés – pour son père.

« Quel film ? » lui a demandé Sean, sans vérifier comment je réagissais à l'accusation de son fils. En temps normal, cela m'aurait probablement aussi affectée, mais l'intensité de l'attention qu'il portait à Nicky m'a prouvé à quel point il se préoccupait de lui instinctivement, et je l'en ai aimé et estimé d'autant plus.

Nicky a répondu sur un ton de défi, pour me provoquer : « Je l'ai vu avec Miles sur sa télé, dans le salon, pendant que sa maman dormait. »

J'ai échangé un sourire avec Sean, mais nous étions préoccupés. On aurait dit que le fait qu'ils aient vu ce film – probablement interdit – gommait son accusation que j'aie tuée et fait cuire sa maman.

Je me suis tournée vers Miles : « Pris la main dans le sac ! » et il s'est mis à rire.

Nicky s'est jeté par terre en hurlant comme s'il faisait une crise de nerfs. Dieu merci, nous n'avons pas de voisins. Que se serait-il passé si nous avions habité un appartement en ville ? Pauvre petit !

Sean l'a pris dans ses bras, puis j'ai voulu essayer de le calmer, mais il m'a repoussée et s'est contorsionné pour retourner vers son père. Nous n'avons pas perdu patience un seul instant. Nous n'avons pas renoncé. C'était comme s'il était notre fils et que nous faisions tout pour nous occuper de lui au mieux. Je caressais son bras, son père lui passait la main dans les cheveux, Miles s'approchait pour lui faire un câlin ; Nicky, quant à lui, cherchait à donner des coups de poing sur l'épaule de Sean. J'ai dit à Miles : « Chéri, laisse-le. Il est triste. »

Il n'était pas nécessaire qu'il assiste à cette scène, mais cela ne me paraissait pas non plus judicieux de lui demander de sortir de la pièce. J'ai décidé de l'installer devant mon iPad pour qu'il regarde des dessins animés, ce que je lui permets très rarement. C'était une solution – pas la meilleure, mais bon… Nicky s'est un peu calmé. Miles s'est assis confortablement dans l'ancien fauteuil de Davis. Je sentais que Sean m'approuvait. Le fait qu'il apprécie mes qualités de mère m'excitait, curieusement. Cela dit, compte tenu de l'attirance que j'avais pour lui, malgré tous mes efforts pour essayer de la repousser, tout finissait par m'exciter.

Nicky, épuisé, s'est endormi dans les bras de son père, qui l'a gardé un moment avant de le porter dans la chambre. Il l'a installé dans le lit du bas et l'a bordé tendrement.

J'ai dit à Miles : « C'est l'heure d'aller au lit.

— C'est dans une demi-heure !

— Non, c'est maintenant. Nous sommes fatigués et Nicky n'est pas en forme.

— Nous non plus. »

Sean et moi avons échangé un regard : ce petit est vraiment mignon.

Il avait raison. Nous étions tous fatigués, nous n'étions pas en forme. La crise de Nicky nous avait vidés ; nous étions sans défense, les nerfs à vif.

J'ai mis Miles au lit, j'ai vérifié qu'ils étaient bien tous les deux, puis Sean et moi nous sommes écroulés sur le canapé. Il a choisi un épisode de *Breaking Bad*. Nous avions arrêté de visionner la série après l'annonce de la mort d'Emily, car nous ne supportions plus cette violence et cette noirceur, mais nous venions juste de reprendre.

Le hasard a voulu que ce soit un épisode hyper-sexy, pratiquement le seul un peu romantique de la série, où Jesse Pinkman et sa copine tombent amoureux. Mis à part que sa copine est toxico, cela ressemblait à une romance, malgré toutes les histoires de laboratoires clandestins, de meurtres et de sang.

Nous étions assis l'un contre l'autre. Sean a passé un bras autour de mon cou, j'ai posé la tête contre la sienne. Nous sentions des frissons entre nous, sans savoir lequel de nous deux tremblait. On s'est embrassés. Il a mis ses lèvres sur mes épaules, puis a soulevé ma chemise et a effleuré mes seins.

Voilà comment ça a commencé.

Il y avait tant de questions que nous aurions dû poser, auxquelles nous aurions dû répondre. Pourtant, ces premières semaines, nous étions si heureux tous les deux, à réaliser ce dont nous – moi en tout cas – rêvions depuis longtemps que la seule chose que l'on a cherché à savoir, c'était si l'autre aimait ce qu'on lui faisait au lit.

Nous avons été prudents. Les garçons ne se sont jamais doutés de rien. Nous avons décidé de faire l'amour seulement pendant qu'ils seraient en classe. Sean restait dormir moins souvent : le fait qu'il soit dans la maison sans pouvoir être avec lui était une torture.

Nous n'avons pas mis de mots sur ce que nous vivions. Nous ne nous sommes pas demandé si cela durerait, s'il y aurait une suite. Nous ne nous sommes pas dit : *Et Emily ? Est-ce que nous trahissons sa mémoire ?* Nous parlions peu. Même dans la maison vide, nous nous efforcions de ne pas faire de bruit.

Me suis-je inquiétée de savoir s'il pensait à Emily quand il était avec moi ? Non. Il n'aurait pas pu. Je l'aurais su. On ne peut pas être double à ce point.

Maintenant, je dors mal si je suis seule dans mon lit. Je m'allonge et je sombre dans un sommeil si lourd que j'ai l'impression d'être droguée, puis je me réveille au bout de trois ou quatre heures et je ne me rendors pas jusqu'à ce qu'il fasse jour et qu'il soit l'heure de préparer Miles – ou Miles et Nicky.

C'est exaltant de vivre l'instant présent – mon histoire avec Sean. Mais que nous réserve l'avenir ? Pouvons-nous continuer ainsi tous les quatre, comme une famille clandestine – lui qui part au bureau, moi qui conduis les enfants à l'école et les ramène chaque jour ? Tôt ou tard, Nicky surmontera son chagrin, c'est inévitable ; la douleur est présente, mais on ne la ressent plus en permanence.

Parfois, je me dis que notre liaison est un péché et que c'est très mal. Cela me tracasse. Je me répète qu'il faut arrêter. Mais il y a une chose que j'ai apprise sur moi, c'est que je ne sais pas mettre fin à ce dont j'ai envie, surtout si c'est en rapport avec le sexe. Et puis, à qui faisons-nous tort ?

Dieu seul sait ce que Sean ressent. Se sent-il coupable de faire l'amour à la meilleure amie de sa femme si rapidement après sa mort ? Ou estime-t-il que cela n'a pas d'importance puisqu'elle n'est plus là et ne peut plus savoir ce qu'il fait et s'en émouvoir ? Agit-il ainsi pour la punir ? Se demande-t-il secrètement si elle s'est suicidée ? J'ai beaucoup lu sur le suicide et j'ai appris que, souvent, ceux qui restent en veulent à la personne disparue et éprouvent une colère qu'ils ont du mal à admettre ou à comprendre.

Cela me contrarierait beaucoup que Sean couche avec moi parce qu'il est en colère contre Emily. Dès que cette idée s'insinue dans mon esprit, je la repousse en me souvenant que nous étions déjà attirés l'un par l'autre avant d'apprendre sa mort.

Et je me sens encore plus coupable.

16

LE BLOG DE STEPHANIE
Brouillon (non posté)

Le fantôme d'Emily suit Sean de sa maison à la mienne. Elle est présente, elle observe, elle écoute. Elle sait que nous nous donnons rendez-vous dans un café pour prendre le petit déjeuner lorsque nous avons passé la nuit chacun de notre côté.

Nous concentrons notre énergie sur Nicky. C'est ce qu'elle aurait souhaité. Même si on est en droit de se demander ce qui a pu pousser une mère si attachée à son fils à avaler des dizaines de comprimés avec de l'alcool avant d'aller nager dans un lac.

17

LE BLOG DE STEPHANIE

UN CHAGRIN QUOTIDIEN

Miles a su que le papa de son copain avait prévu de disperser les cendres de sa maman avec lui. Nicky n'a peut-être pas compris ce qui se passait, mais lui, si, car il a déjà vécu un deuil. L'après-midi où ils ont libéré l'âme d'Emily dans la forêt, il m'a proposé de nous recueillir dans notre cour. Nous avons courbé la tête et fermé les yeux, puis je me suis accroupie et me suis penchée vers lui pour que nous puissions nous enlacer.

Vous savez toutes à quel point voir ses bambins grandir procure des sensations particulières. Hier encore, Miles était un bébé. Aujourd'hui, c'est toujours un enfant, mais c'est aussi un petit homme sur lequel je peux m'appuyer. Je ne veux pour rien au monde lui mettre un poids sur les épaules, mais c'est mon roc. Nous avons déjà vécu un deuil et nous savons qu'il s'atténue. Miles a pu en dire quelques mots à Nicky, et cela aura probablement renforcé leur amitié.

Les mois qui ont suivi le décès de Davis et de Chris, j'ai pleuré tous les jours, parfois sans discontinuer. Je me souviens avoir pensé, en regardant des inconnus dans la rue, qu'ils souffraient peut-être sans que je le voie, de la même façon qu'ils ne pouvaient déceler le chagrin que j'endurais. S'il existait une version du luminol – le produit qui sert à détecter les traces de sang sur les scènes de crime – qui permette de révéler la présence de la douleur, la moitié des gens qu'on croise scintilleraient comme des arbres de Noël.

Je ne sais plus quand la souffrance permanente a diminué, mais c'est arrivé. J'ai pu passer une journée sans verser de larmes, me lever sans avoir envie de retourner au lit tout de suite. L'oubli est une bénédiction.

Mon mari et mon frère, et maintenant ma meilleure amie, me manquent, de façon si aiguë qu'il m'arrive de gémir tout fort. Je m'entends, et je crois que ce cri déchirant a été poussé par quelqu'un d'autre. Mais je n'en suis plus au point où je redoute de ne pouvoir tenir jusqu'au soir.

La présence de Miles est essentielle. J'ai appris à ne pas tenir compte de moi afin de vivre pour lui. Cela ne signifie pas pour autant que je ne me souviens pas de l'après-midi où Davis et Chris ont perdu la vie. Chaque minute de cette journée est gravée dans ma mémoire.

Ils ne se sont jamais appréciés, même s'ils ne l'avouaient pas. Ils avaient leur fierté, étaient gentils, bien élevés, et tenaient à donner l'impression qu'ils s'entendaient bien. Mais c'était impossible. Ils étaient l'un et l'autre des mâles dominants : Chris version mauvais garçon, Davis version vieille famille bourgeoise.

Lorsque nous vivions à New York, Davis avait fait appel à Chris, qui avait créé une entreprise de travaux publics, pour s'occuper des chantiers de rénovation qu'il avait lancés à Fort Greene. La tension entre eux s'est un peu calmée après notre installation dans le Connecticut, parce qu'ils ont cessé de travailler ensemble. Mon frère nous rendait visite à peu près chaque mois. Miles adorait son oncle ; ils se donnaient des petits noms qu'ils étaient seuls à connaître.
Quel dommage qu'ils n'aient pu devenir amis ! Ils avaient beaucoup plus en commun qu'on aurait pu le croire : ils aimaient la boxe et le baseball, étaient passionnés d'automobiles, et m'aimaient tous les deux. Le problème venait en grande partie de ce dernier point, je le sais. Un après-midi d'été, nous nous étions tous installés sur la galerie de la maison pour boire de la citronnade. Une vieille berline aux chromes rutilants est passée dans la rue. Davis a affirmé qu'il s'agissait d'une Hudson d'une certaine année, Chris que c'était une Packard d'un autre millésime. Ils étaient tous deux persuadés d'avoir raison et la discussion s'est animée. Pour finir, ils ont décidé de parier.

Davis a lancé : « On va vérifier dans mon encyclopédie de voitures anciennes. Ensuite, on ira chez le boucher acheter des côtelettes et des steaks. Le perdant paiera. Si on a tort tous les deux, on partagera. » Ils avaient prévu un barbecue ; s'ils ne mettaient jamais les pieds dans la cuisine ou près d'un four, ils adoraient s'occuper des grillades. Chris a répondu : « Ça marche. Au menu, il y aura des chateaubriands. Tu vois à quel point je suis sûr de moi ! »

Davis a appelé Miles : « Va chercher le livre de papa, mon pote. » Je détestais qu'il l'appelle ainsi. Chris l'a accompagné, car mon fils était beaucoup trop jeune pour porter le lourd volume ; son père plaisantait en affirmant qu'il en était capable. Ils se sont penchés tous les trois sur les pages, à la recherche du modèle mystérieux. Miles était surexcité et faisait semblant de lire, alors qu'il n'avait que deux ans. Au bout d'un moment, Chris s'est exclamé : « La voilà ! » Il avait vu juste. Davis s'était trompé, il l'a admis : « O.K., tu as gagné. Je réglerai la note. On va se payer de bons morceaux. » Il m'a fait une bise rapide et est parti chercher ses clés.

Est-ce que ce sont les derniers mots qu'il m'a adressés ? *Je réglerai la note. On va se payer de bons morceaux.*
Il conduisait la Chevrolet Camaro 1966 qu'il sortait l'été pour faire des balades. Chris était assis à côté de lui.

En revanche, je me souviens des derniers mots qu'ils ont entendus de moi : c'est une phrase que je prononçais systématiquement lorsqu'un membre de la famille prenait le volant. Je ne pouvais pas m'empêcher de dire : « Je t'aime, sois prudent. »

Aujourd'hui encore, je remercie Dieu tous les jours d'avoir eu la fermeté de refuser que Miles les accompagne. Il voulait aller se promener avec son papa et son oncle, comme un grand. Mais il devait aussi faire la sieste pour tenir jusqu'au dîner, et il m'a semblé qu'ils préféreraient ne pas avoir à se soucier de lui, l'installer sur le rehausseur, attacher et détacher la ceinture – tous ces gestes que je faisais à longueur de semaine.

Plus tard, les policiers m'ont expliqué qu'un camion a débouché en trombe de la route 208, beaucoup trop près de leur véhicule. Davis a donné un coup de volant pour l'éviter, a perdu le contrôle de la voiture, qui est allée s'encastrer dans un arbre de plein fouet. En quelques secondes.

Profitez pleinement de chaque instant que vous avez la chance de passer avec les êtres qui vous sont chers, parce que personne ne sait ce qui peut se passer dans la minute suivante.

En baissant les yeux, j'aperçois des larmes sur mon clavier. J'en conclus que le processus de guérison n'a pas progressé autant que je le pensais – autant que j'aimerais.

Merci à vous, chères mamans, de m'écouter et de réagir.

Je vous embrasse,
Stephanie

18

STEPHANIE

Cela ne s'est pas passé comme ça – du moins, pas tout à fait. Mon mari et mon frère sont partis acheter des grillades. Leur voiture est rentrée dans un arbre et ils ont été tués sur le coup. Dans les grandes lignes, l'histoire est la même, mais dans les détails, elle n'a rien à voir.

Ce n'était pas simplement qu'ils ne s'appréciaient pas : ils se détestaient. Depuis le premier jour.

Ils n'auraient pas pu être plus dissemblables : Chris était un pragmatique, Davis un intellectuel. Ils n'avaient pas le même sens de l'humour : parfois, Chris faisait une remarque pour blaguer, que Davis prenait pour une insulte, ou vice versa. S'ils n'avaient pas été liés par moi, ils ne seraient pas restés cinq minutes dans la même pièce. J'étais leur seul point commun. Avec Miles. Le papa poule et l'oncle gâteau.

Il y avait toujours eu des disputes qui dégénéraient, des discussions qui s'envenimaient. Je ne sais plus ce qui a mis le feu aux poudres ce jour-là. Ils se chicanaient souvent à propos de la marque, de l'année ou du modèle des voitures. Cela aurait pu être ça. La raison importait peu. Ils montaient sur leurs grands chevaux en dix secondes. Plus vite qu'une Maserati.

Très vite, le ton est monté, est devenu agressif. Avec les arguments habituels : l'un a traité l'autre de Monsieur-je-sais-tout, l'autre a rétorqué qu'il n'était qu'un fumiste. L'un a dit qu'il en avait sa claque des conneries de l'autre, et ce dernier a répondu… je ne sais plus. Ils s'engueulaient comme des frères, sauf qu'ils étaient beaux-frères. Si Caïn et Abel avaient été unis par alliance et non par le sang, les choses auraient pu plus mal tourner – bien qu'on ne voie pas ce qui aurait pu advenir de pire.

Cela durait depuis si longtemps que je savais exactement ce qui allait se passer : l'un des deux allait sortir de la pièce d'un air digne, et après quelques instants de calme, l'autre le suivrait, comme s'ils allaient enfin pouvoir se mettre d'accord. Et ils recommenceraient à se hurler dessus. Ou alors la maison devenait tellement silencieuse que je pouvais sentir la tension s'abattre comme une chape de plomb, ce qui me donnait envie de crier.

Miles a tout entendu. Je ne crois pas qu'il ait vraiment saisi ce qui se passait, mais il a perçu le ton de leurs échanges : son père et son oncle étaient très fâchés. Il s'est mis à pleurer.

J'ai écrit dans mon blog qu'ils ont décidé d'aller acheter des grillades. Une fois de plus, ce n'est pas tout à fait la vérité. C'est moi qui leur ai suggéré d'aller chez le boucher, et je m'en voudrai jusqu'à la fin de mes jours. J'ai lancé : « Pourquoi n'allez-vous pas faire un tour, pour vous calmer ? Allez nous acheter quelque chose de bon pour le dîner chez Smokehouse. »

L'idée leur a plu. C'était l'une de nos adresses préférées : une boucherie à l'ancienne où la charcuterie est faite maison et qui vend des viandes de premier choix. On est servi par de jeunes Allemandes blondes et souriantes, qui répondent, quel que soit le morceau qu'on commande : « Pas de problème ! » Davis et moi adorions y aller. Même les jours où j'essayais de limiter ma consommation de viande, il m'arrivait de craquer pour un bagel au pâté de foie.

Trouver un terrain d'entente entre mon mari et mon frère, c'était un peu mettre fin à un combat de chiens. Il y a eu quelques jurons et grincements de dents, mais au final, ils ont été soulagés, comme toujours, de ne pas en venir aux mains. Les deux hommes que j'aimais le plus au monde ne s'étaient jamais frappés, mais ils se méprisaient ouvertement et faisaient tout pour que je le sache, et que je m'en souvienne.

Ils étaient contents d'avoir une raison de sortir de la maison, même ensemble. C'était une façon simple de mettre fin au conflit et, pour eux, de sauver la face.

Davis a pris ses clés et m'a fait une bise rapide.

J'ai dit : « Soyez prudents. Je vous aime.

— À plus », a répondu mon frère.

Ils ne revenaient pas. Ils ne revenaient pas. Ils ne revenaient pas. *Où étaient-ils ?* Ils ne répondaient ni à mes appels ni à mes SMS. Étaient-ils allés boire un verre ? Miles s'est réveillé grognon de sa sieste.

Il avait faim. Où étaient son papa et son oncle ? Quand allait-il manger ?

Lorsque le policier a sonné à ma porte, ma première pensée a été qu'en arrivant en ville, ils avaient repris leur bagarre et s'étaient fait arrêter. Comment allais-je me débrouiller pour les faire sortir de garde à vue ?

J'ai mis un temps fou à comprendre ce qu'il me disait. Il devait avoir l'habitude d'avoir affaire à des gens en état de choc, mais il a fait une tête bizarre lorsque je lui ai demandé : « Il y avait de la viande dans la voiture ? Ils ont eu le temps d'aller chez Smokehouse ?

— De la viande ? »

C'est à cet instant que je suis devenue végétarienne.

Cet agent, dont je n'ai pas retenu le nom, a voulu savoir si je pouvais appeler quelqu'un, un membre de ma famille ou un ami proche. Il resterait avec moi jusqu'à ce que cette personne arrive. Il a fait signe à une collègue assise dans la voiture de police garée dans l'allée. Je tenais Miles dans mes bras, qui s'est mis à pleurer. L'agent lui a lancé un regard compatissant. Ce pauvre bonhomme qui vient de perdre son papa. J'ai répondu : « Non, merci, vous pouvez partir. Cela va aller. Je vais appeler ma mère. » Cela n'allait pas du tout, ma mère était morte depuis cinq ans, mais je voulais qu'ils s'en aillent.

J'allais devoir vivre avec le fait que c'était moi qui leur avais proposé d'aller acheter des grillades, et ne pas en devenir folle.

Après leur départ, j'ai passé un long moment à essayer de calmer Miles, qui hurlait à pleins poumons, même s'il était trop jeune pour comprendre ce qui venait de se passer. J'étais tellement occupée avec lui que je n'ai pas eu une minute pour aller aux toilettes. Avec un petit, on apprend à oublier ses besoins les plus essentiels ou à ne pas en tenir compte. Je me suis allongée sur le lit avec lui ; il a fini par s'endormir et je me suis éclipsée dans la salle de bains en laissant la porte ouverte pour l'entendre s'il se réveillait.

Sur le miroir, il y avait une feuille collée avec des pansements placés n'importe comment – ce qu'on voit à la télé dans les tanières de tueurs en série des séries policières. C'était un mot de la main de Davis. Son écriture, habituellement nette et régulière, à l'image de tout ce qu'il faisait, ressemblait à celle qu'il aurait eue s'il s'était drogué : des gribouillis rédigés à la va-vite, comme sous l'effet de la colère. J'ai dû le relire à plusieurs reprises, parce que j'avais du mal à le déchiffrer et parce que j'étais sous le choc.

Il avait écrit : « Ras-le-bol de tous ces mensonges. »

Sur le lavabo, il avait posé une photo où Chris et moi étions dans la cour en train de parler et de rire. Davis l'avait déchirée en plein milieu ; j'étais séparée de mon demi-frère par une bande de papier déchiqueté.

Je savais que j'avais sous les yeux un message de suicide, ou qui pourrait être considéré comme tel. J'y ai mis le feu dans le lavabo. Je ne voulais pas qu'on puisse en déduire que Davis s'était tué. En outre, sur un plan pratique, il y avait la question des assurances. Cela ne serait pas sans conséquences sur ma vie future, et sur celle de Miles. Il n'était pas utile qu'il sache. Ni la mère de Davis. Ni personne.

J'ai dû m'évanouir. Lorsque j'ai repris conscience, j'étais assise sur le carrelage de la salle de bains.

Je m'étais cogné la tête contre le bord du lavabo en tombant.

J'ai plaqué un gant de toilette sur mon front pour arrêter le saignement et j'ai entendu Miles pleurer dans la chambre. En me voyant, avec le sang qui coulait sur mon visage, il s'est mis à hurler.

Tu as raison de pleurer, mon chéri. Tu as raison d'avoir peur.

Ta mère est un monstre.

19

STEPHANIE

Je savais à quels mensonges Davis faisait allusion.

À compter du jour où Chris est entré chez ma mère, nous sommes tombés amoureux l'un de l'autre – tout en étant conscients que ce que nous faisions n'était pas bien. Pourtant, à aucun moment nous n'avons envisagé de renoncer à notre relation. Nous nous promettions de le faire, nous nous jurions d'arrêter. Puis Chris m'appelait, ou passait me voir, et c'était reparti.

Quand je suis entrée à l'université, il est parti de Madison et a loué un appartement près de ma résidence. C'était un charpentier très habile, et il trouvait à se faire embaucher n'importe où. J'allais chez lui à la sortie des cours et j'attendais qu'il rentre. On passait la fin de l'après-midi et le début de la soirée sur son lit – un simple matelas posé par terre dans une chambre mal chauffée – pendant que le soleil d'hiver de la Nouvelle-Angleterre se couchait et que la lumière passait du gris foncé au bleu. Nous étions si heureux d'être ensemble, nus, peau contre peau. Nous étions l'un pour l'autre la drogue et le dealer.

À ceux qui ne comprennent pas pourquoi nous étions incapables de rompre, de nous comporter raisonnablement et de passer à autre chose, je dirai simplement qu'ils n'ont jamais vécu cela. Notre liaison a duré pendant des années, par intermittence. Avec des périodes très chaudes : les premiers mois, il me suffisait de voir la photo de mariage de mes parents pour avoir envie de lui. C'est dingue, non ? Est-ce qu'il existe des thérapies de groupe pour ça ? Il y en a probablement pour les gens qui ont survécu à tout ce qui m'est arrivé, mais je n'y serais pas allée.

On se disait : on ne doit pas continuer, c'est malsain, pour les autres et pour nous-mêmes. On se séparait… jusqu'à ce que cela devienne intenable.

J'ai rencontré Davis pendant l'une des périodes où nous tenions notre promesse. C'était l'homme le plus gentil de la terre – à condition de ne pas le contredire sur un coloris de peinture ou l'emplacement du canapé. Solide, sain, généreux, il s'intéressait à l'avenir de la planète, voulait fonder une famille, posséder une maison. Il était sérieux, sincère. Il donnait l'impression de vivre dans un monde ensoleillé où les gens se comportaient normalement et ne couchaient pas avec leur demi-frère. Je pouvais – presque – imaginer qu'il me pardonnerait si je lui avouais la vérité à propos de Chris. À condition que notre histoire ait pris fin. Je ne lui ai rien dit. Et elle n'a pas pris fin.

Il aurait paru bizarre qu'il ne fasse pas connaissance avec mon frère. Je lui avais raconté, en partie, comment ma mère et moi avions appris la double vie de mon père.

J'ai décidé qu'ils se rencontreraient dans un lieu public, ce qui est recommandé lorsqu'on redoute une scène ou un conflit. J'ignore ce qui motivait cette crainte : le conflit était uniquement dans ma tête.

Nous sommes allés dîner à Brooklyn, dans un restaurant italien un peu désuet que Davis aimait parce qu'il était authentique et n'avait pas changé depuis des lustres.

Chris avait une copine, une grande blonde – comme toutes les filles avec qui il sortait à l'époque. Elles ne pouvaient pas être plus différentes de moi. Celle-là s'appelait Chelsea, je crois. Il voulait sans doute me prouver qu'il était passé à autre chose. Mais il était tellement distant et froid avec elle que je n'étais pas dupe : je savais comment il se comportait lorsqu'il était accro à quelqu'un et qu'il lui accordait de l'importance. Je n'étais même pas jalouse, alors qu'il aurait aimé que je le sois.

Davis n'était pas du genre à imaginer sa compagne, qu'il pensait connaître et qu'il aimait, faisant l'amour avec son demi-frère. Ce soir-là, il ne s'est pourtant rien passé qui aurait pu lui donner des soupçons. Chris et moi avions appris à être discrets.

Ils se sont lancés dans une discussion oiseuse sur Frank Lloyd Wright – comme par hasard. Davis a fait une longue tirade sur son génie. Chris a répondu : « C'est vrai, il était génial. Mais un véritable génie n'aurait pas laissé fuir le toit de ses clients, et Wright s'est contenté de leur suggérer de mettre un seau dessous ou de déplacer leurs meubles. » J'étais d'accord avec lui sur ce point. Je ne me voyais pas habiter dans une splendide demeure dont le toit n'était pas étanche. Il n'était pas judicieux que je prenne parti pour mon frère. Pourtant, il aurait été tellement facile que cette conversation se déroule de façon amicale, qu'elle crée un lien entre eux : ils aimaient tous les deux Frank Lloyd Wright, avaient des opinions tranchées, étaient férus d'architecture et de techniques de construction, avec une approche différente.

J'ai cherché des yeux le serveur. « Apportez-nous du vin ! Où en sont nos pâtes ? »

Pour finir, Chris a déclaré : « Accordons-nous sur le fait que nous ne sommes pas d'accord ?

— Parfait ! » J'ai lancé un regard reconnaissant à mon frère.

Plus tard, à la maison, Davis m'a fait ce commentaire : « Si ce type n'était pas ton frère, je dirais que c'est un crétin. »

J'ai répondu : « C'est mon frère, alors fais gaffe à ce que tu dis. » On a ri, et je me suis dit : *Je l'ai échappé belle. Pour cette fois.*

Un jour que Davis était parti au Texas visiter le site d'un futur musée pour la conception duquel son cabinet concourait, Chris est passé à l'improviste. Je jure que je ne l'avais pas appelé. Son sixième sens, ou une intuition, lui avait soufflé que je serais seule. Il est entré, m'a prise dans ses bras pour me dire bonjour, m'a embrassée. Et c'est reparti.

Notre aventure a cessé quand je suis tombée enceinte de Miles ; après sa naissance, nous n'avons eu qu'une rechute, de courte durée. Je ne voulais pas que mon trésor soit élevé par une femme adultère et incestueuse : moi.

Une seule fois, Davis m'a interrogé de façon directe sur mon demi-frère. C'était peu de temps avant leur accident. Il avait organisé un barbecue à la maison pour ses collaborateurs, et je lui avais demandé si je pouvais convier Chris pour avoir quelqu'un avec qui discuter. Ses invités n'auraient à la bouche que des problèmes de design ou des histoires de bureau, après m'avoir glissé une question polie sur Miles pour me remercier d'avoir préparé la salade de pommes de terre et acheté les saucisses – et d'être la mère du fiston du patron. Ils n'avaient aucun intérêt pour mon fils – ni pour moi, d'ailleurs : ils n'avaient d'yeux que pour Davis, le génie, la star.

Mon mari m'a répondu : « Bien sûr, pourquoi pas ? Propose-lui. » Il devait se dire que cela vaudrait mieux que de m'entendre me plaindre ensuite que tout le monde s'était comporté comme si j'étais transparente. La présence de mon frère n'était pas sans risque, mais on ne s'était pas vus depuis un moment et j'étais sûre de ne pas m'ennuyer si je pouvais simplement le voir, même de l'autre côté de la cour.

Au début de la soirée, j'ai remarqué que Davis m'observait. Il se rendait probablement compte que j'avais l'esprit ailleurs – jusqu'à l'arrivée de Chris. J'étais au buffet. Il s'est approché par-derrière. Je me suis retournée et je l'ai vu. Mon expression de bonheur n'était pas celle d'une sœur devant son frère. Cela semblait si évident. Cela n'a pas échappé à Davis, un peu en retrait sur la pelouse.

Le soir, il m'a dit : « Stephanie, il faut que je te pose une question qui va peut-être te paraître bizarre… Est-ce qu'avec Chris, tu as une relation… particulière ? Je suis peut-être parano, mais vous me donnez l'impression d'être… trop proches, et ça me gêne. Vos liens sont si forts qu'on dirait que vous êtes amants. »

Assise devant ma coiffeuse, en train de me brosser les cheveux, j'ai fait semblant de ramasser un objet par terre pour qu'il ne voie pas mes yeux.

« Je croyais que dans notre couple, c'était moi la parano ? Tu dis n'importe quoi. On est proches, c'est tout. Peut-être parce qu'on n'a pas passé notre enfance ensemble et qu'on rattrape le temps perdu. »

Il savait que je mentais. Comme on sent confusément ce qu'on n'a pas envie de savoir de la personne qu'on aime. Mais il savait.

Nous possédions un service de jolies assiettes plates – blanc cassé à bordure vert jade – que Davis aimait beaucoup. Il les avait sélectionnées une à une au fond d'une caisse de vaisselle ancienne, dans une boutique de Lower Broadway. Ce soir-là, après mon refus d'admettre que mon attachement à Chris dépassait l'affection normale pour un frère, Davis est parti dans la cuisine. Peu après, j'ai entendu, à deux reprises, le fracas d'objets qui se brisaient. Je me suis précipitée pour voir : il avait lancé plusieurs assiettes contre le mur.

« Qu'est-ce qui te prend ?

— Je ne sais pas, m'a-t-il répondu. Peut-être que je veux rattraper le temps perdu. »

Cela ne lui ressemblait pas. Ce qu'il a fait ensuite

était plus dans son caractère : il s'est excusé et a passé l'aspirateur sur les débris de faïence.

J'ai cru que l'arrivée de Miles, que notre nouveau statut de parents changeraient la donne. Que cela nous obligerait, Chris et moi, à reprendre nos esprits. Mais cela n'a fait que nous enfoncer plus loin, où l'air était plus rare, plus moite, plus chaud.

Ce jour-là, il faisait une chaleur suffocante. J'étais au bord de la piscine, à l'arrière de la maison ; Miles pataugeait dans le petit bain, près de moi, et Davis s'était abrité sous un parasol à l'autre extrémité ; contrairement à mon frère et moi, il avait la peau claire et attrapait facilement des coups de soleil.

En fin d'après-midi, j'ai entendu la camionnette de Chris s'arrêter devant chez nous. Je me suis focalisée sur Miles pour ne pas me tourner vers mon frère, qui s'approchait dans l'allée. Je ne voulais pas non plus regarder Davis : il aurait lu sur mon visage. Nous nous sommes fait une rapide accolade et une bise ; Davis nous observait.

Il savait. Je savais qu'il savait.

J'ai fermé les yeux pour qu'il ne voie pas mon désir et je suis allée chercher une bière pour Chris. On s'est assis, tous les trois, devant Miles qui promenait son singe en plastique dans un bateau orange.

Ce fameux jour, quand ils sont montés dans la voiture après leur dispute, je me souviens avoir pensé : *Et maintenant, qu'est-ce qu'on fait ?* Le camion qui a foncé sur eux et l'arbre ont répondu à la question pour moi.

Les funérailles de Davis se sont déroulées dans

le cimetière d'un village du New Hampshire où sa famille maternelle possède une maison depuis plusieurs générations. J'ai confié Miles à la femme de ménage de sa grand-mère pour ne pas qu'il voie le cercueil de son père s'enfoncer dans la terre. Davis avait laissé un testament, sans m'en informer, dans lequel il demandait à être enterré de façon écoresponsable et me léguait tous ses biens, y compris les droits d'auteur de ses créations.

L'assistance était nombreuse. Tous ses employés avaient fait le déplacement de Manhattan, ainsi que quelques-uns de ses clients, qui vivaient dans des maisons qu'il avait conçues ou restaurées : des inconnus qui avaient collaboré avec lui et l'appréciaient. Il avait aussi des oncles, des tantes, des cousins en Nouvelle-Angleterre, que je n'avais jamais rencontrés ; un véritable clan qui s'était rassemblé afin de lui dire adieu et, pour certains, me rencontrer pour la première et la dernière fois.

Lors de la réception qui a suivi, ma belle-mère a servi de la viande froide et une roue de fromage que personne n'a réussi à entamer ; des biscuits salés, des bâtonnets de carottes ; du café, du thé. C'est tout. J'ai pensé : *Il y a donc des gens qui ne savent pas qu'on a besoin de boire dans ces circonstances ?* Cela en disait long sur la façon dont Davis avait été élevé, mais il était trop tard pour que ces détails sur son éducation me soient d'une aide quelconque – ou pour que je m'y intéresse.

Le lendemain, j'ai laissé Miles à sa grand-mère et j'ai pris l'avion pour assister à l'enterrement de Chris, à Madison. J'étais sa plus proche parente. Il n'y avait personne pour m'aider à prendre les décisions ; j'étais tellement anesthésiée que j'ai agi comme une automate. J'ai supposé que Chris, qui n'avait pas rédigé de testament, aurait souhaité reposer près de sa mère ; j'ai eu du mal à repérer sa tombe, mais cela m'a occupé l'esprit.

La cérémonie a été très différente de celle de Davis. Pas de famille, à part moi. Ni tantes, ni oncles, ni cousins. Beaucoup d'amis, en revanche. Une annonce avait été publiée dans le journal local et ses copains avaient posté un message sur Facebook. On aurait dit que la moitié de sa classe de lycée était présente. Ils l'aimaient tous, et à l'exception d'un certain Frank qui avait travaillé sur les chantiers avec lui et lui ressemblait vaguement, tous furent surpris d'apprendre qu'il avait une sœur. Ils le croyaient fils unique d'une mère célibataire – ce qui, en un sens, était vrai. Ils étaient contents de faire ma connaissance, en dépit des circonstances, et malheureux que j'aie perdu un être cher. Comme s'ils pouvaient savoir ce que j'avais perdu !

Une des femmes présentes – une ex de Chris – me dévisageait avec insistance. Le plus étrange, c'est qu'elle me ressemblait un peu. Je suis sûre qu'elle savait, ou qu'elle se doutait vaguement… à propos de mon frère et moi. Les coupables s'imaginent toujours que quelqu'un a percé leur secret.

Apparemment, personne n'était au courant – et je n'ai pas jugé utile de le révéler – que mon mari avait péri dans le même accident. J'ai fait comme si Chris était seul dans la voiture qui avait percuté l'arbre. Cela me paraissait plus simple : moins d'explications à donner, moins de témoignages de compassion à recevoir. Il y en avait déjà suffisamment.

Après la cérémonie, nous sommes allés dans un bar du quartier. Chacun a payé sa tournée et porté un toast ému à la mémoire de Chris. On était tous ivres. Je me tenais à côté de son ami Frank, fascinée pas ses expressions et ses gestes, si proches de celles de mon frère. Nous sommes partis les derniers.

Je me suis alors comportée de façon vraiment honteuse, et je n'en suis pas fière. J'ai dit à Frank que j'avais trop bu pour reprendre ma voiture jusqu'à mon motel, ce qui était vrai. Je lui ai demandé de me raccompagner, en prétendant qu'il y avait un minibar dans ma chambre et que nous pourrions boire un dernier verre. Je savais que c'était faux. L'établissement était trop bas de gamme pour que les chambres en soient équipées.

Dès que la porte s'est refermée derrière lui, je l'ai embrassé. Il savait que je n'étais pas dans mon état normal. C'était un type bien, et il m'a demandé à plusieurs reprises : « Tu es sûre que tu en as envie ? » Il se doutait probablement que tout cela avait à voir avec Chris et non avec lui ou une envie de faire l'amour. Il sentait peut-être que je me servais de lui – comme nous, les femmes, pensons que les hommes se servent de nous.

On s'est allongés sur le lit. Il a relevé mon chemisier, a dégrafé mon soutien-gorge et a commencé à m'embrasser les seins. Je lui ai demandé de m'excuser et je suis allée vomir dans la salle de bains.

Il ne s'est ni offusqué, ni énervé. Nous étions tous les deux en deuil de Chris. Il a attendu que je me recouche et m'a bordée, puis m'a donné son numéro de portable et m'a dit de l'appeler si j'avais besoin de lui – ou si je voulais le revoir. Nous savions l'un et l'autre que je ne le rappellerais pas.

Je me suis réveillée avec une migraine épouvantable et un dégoût de moi encore plus atroce. Je me suis aperçue qu'inconsciemment j'avais retiré mon alliance et l'avais glissée dans mon sac avant l'enterrement de Chris. Et je me suis sentie deux fois plus coupable en réalisant que j'avais été tellement soûle la veille, et si occupée à faire ce qu'il ne fallait pas, que j'avais oublié d'appeler la mère de Davis pour m'assurer que Miles allait bien.

Je me suis préparé un café avec la machine minable de la chambre et l'eau chlorée du robinet. J'ai bu les deux tasses, ainsi que le décaféiné, et suis allée vomir à nouveau.

J'ai composé le numéro de ma belle-mère, qui n'a pas décroché. J'étais convaincue qu'un malheur était arrivé.

J'ai appelé un taxi et me suis débrouillée, je ne sais comment, pour retrouver le bar où j'avais laissé ma voiture de location ; elle était encore dans le parking. J'ai roulé jusqu'à l'aéroport de Madison, où j'ai refait le numéro de la mère de Davis, en vain. J'ai essayé sa ligne fixe. Pas plus de succès. J'ai eu toutes les peines du monde à ne pas me laisser gagner par la panique.

J'étais persuadée que mon avion allait s'écraser, que je ne reverrais pas mon fils. Ce serait mon châtiment pour ce que j'avais fait la veille – pour ce que j'avais fait si souvent avec Chris. Je ne savais plus à quoi je croyais, mais au décollage, j'ai prié. *Je vous en supplie, laissez-moi revoir Miles et je ne recommencerai plus jamais. Faites qu'il aille bien.* Je me suis promis de me consacrer exclusivement à lui, de renoncer à la compagnie des hommes, de ne plus me laisser tenter par des relations foireuses avec des partenaires mal choisis. Seul son bonheur m'importerait. Je me passerais du reste. *Laissez-moi rentrer à la maison.*

Une fois arrivée dans le New Hampshire, je suis passée prendre Miles chez sa grand-mère. Je lui ai demandé pourquoi elle n'avait pas répondu à mes appels. Elle m'a avoué qu'elle était tellement bouleversée qu'elle avait laissé son appareil se décharger et avait oublié de le recharger. Quant à sa ligne fixe, elle tombait en panne chaque fois qu'il y avait de fortes pluies, ce qui s'était produit la nuit précédente. Elle s'est excusée : j'avais dû être extrêmement inquiète. Je me suis dit qu'elle aurait pu avoir l'idée de m'appeler. Je l'avais toujours soupçonnée de ne pas m'aimer vraiment. Maintenant que son fils n'était plus de ce monde, cela n'allait probablement pas s'arranger.

Miles a sauté de joie en me voyant, et je l'ai serré si fort dans mes bras qu'il a poussé un cri. J'étais tellement soulagée que j'avais les jambes qui tremblaient ; je me suis retenue à l'accoudoir du canapé pour ne pas tomber ou m'évanouir. Pendant le trajet du retour vers le Connecticut, il est resté éveillé dans son siège auto et a fait appel à tout son vocabulaire pour me raconter (si j'ai bien compris) que sa mamie l'avait emmené voir un poney.

J'étais si heureuse d'être en vie que c'est seulement

devant ma porte que je me suis souvenue que Chris et Davis étaient morts.

J'ai tenu ma promesse. Plus d'hommes. Plus de mauvais choix. Seul Miles comptait.

Jusqu'à ce qu'Emily disparaisse et que je me rapproche de Sean.

Il se peut que les disparitions provoquent chez moi un déséquilibre. Que les chagrins libèrent un démon profondément enfoui.

20

LE BLOG DE STEPHANIE

MISE À JOUR SUR… DIFFÉRENTS SUJETS

Bonjour à toutes !

Vous devez me maudire de n'avoir rien écrit depuis si longtemps. Me voici de retour, avec de nombreuses nouvelles à vous communiquer : les événements se sont succédé depuis mon dernier post.

Je crois que dans la vie, il vaut toujours mieux être honnête et franc. Ce que je m'apprête à vous révéler froissera peut-être certaines d'entre vous. Je leur demande d'ouvrir leur cœur et leur esprit et de me lire jusqu'au bout pour essayer de me comprendre avant de me juger.

Sean et moi avons décidé de vivre ensemble. Lorsque l'attention à l'autre et le partage se transforment en amour, qui est en droit de condamner ? Nous le savons toutes : c'est le cœur qui décide.

Rien ne nous ramènera Emily. Sa perte nous affectera à jamais, Sean, Nicky et moi. Malgré tout, nous pouvons nous aider les uns les autres à devenir meilleurs, former une famille pour que les garçons deviennent frères. Sean, pas plus que moi, ne souhaite quitter sa maison et les souvenirs qu'elle contient ; nous avons décidé de nous partager entre les deux domiciles. L'école étant plus proche de chez moi, le plus souvent, j'emmène les garçons et vais les récupérer.
Ils ont une chambre, une brosse à dents, des vêtements dans chaque foyer et peuvent apporter et reprendre ce qu'ils veulent. Posséder deux adresses, alors que tant de gens dans le monde n'en ont même pas une, peut être vu comme du gaspillage, je le sais. Les autres options nous auraient contraints à prendre une décision à laquelle nous ne sommes pas prêts. Un jour, je le serai. Nous le serons.

Parfois, Sean et moi passons la soirée chacun de notre côté. Seuls avec notre fils, ou avec les deux. Je n'étais pas sûre que ce mode de vie me plairait, mais en fait, si. J'aime être avec lui, j'aime aussi être avec Miles.

Cet arrangement inhabituel semble nous convenir pour le moment. Nous faisons de notre mieux pour donner à nos deux minots la meilleure enfance possible, dans des circonstances que personne n'aurait choisies, sans les obliger à renoncer à leur foyer ni à leur relation privilégiée avec leur parent.

Le thérapeute de Nicky nous est d'une grande aide. Cela n'empêche pas que ce petit est triste, et il a toutes les raisons de l'être. Si parmi vous, certaines souhaitent faire part de leur expérience ou ont des conseils à donner sur la façon d'aborder le thème de la mort avec un enfant, n'hésitez pas à poster un commentaire.

Le matin, après avoir déposé les enfants à l'école, je conduis Sean à la gare. Il a repris son travail à temps partiel, ce qui est formidable pour lui. Au début, Nicky a pleuré, car son papa n'était plus là quand il rentrait à la maison. L'employeur de Sean l'a assuré qu'il limiterait au maximum ses déplacements ; lui, de son côté, m'a promis de me laisser le moins possible seule avec nos fils.

Au retour, je passe la maison en revue pour voir si Nicky n'a pas commis un de ses « mini-sabotages » : un camion de pompiers jeté dans la cuvette des toilettes, ou la télécommande dissimulée au fond de la caisse à jouets. Les regards sombres qu'il me lance parfois me glacent le sang. Il a adopté certaines habitudes qui s'apparentent à des TOC : il ne prend ses repas qu'avec certaines fourchettes, sinon il pleure pendant une heure ; il n'accepte que des radis ou des frites maison ; après avoir énoncé son choix, il refuse d'ouvrir la bouche si on lui présente autre chose ; il compte le nombre de pas jusqu'à sa chambre, ou ceux qui séparent la porte d'entrée de la voiture de son père. Le psychologue nous a conseillé d'attendre, pour lui prescrire des médicaments (Sean lui a posé la question), qu'il ait franchi toutes les étapes du processus de deuil.

Je suis contente qu'il voie un médecin, mais nous n'avons pas besoin de lui pour nous rappeler que le pauvre vient de perdre sa mère. Je passe le peu de temps libre dont je dispose sur Internet, à chercher des sites fiables où la belle-mère d'un petit de cinq ans qui vit une perte cruelle peut se renseigner utilement.

Je me dis qu'Emily aurait su quoi faire. Je ne peux même pas mettre Sean dans la confidence car je ne souhaite pas ajouter à sa peine. À quoi cela servirait-il que je l'informe du comportement hostile de son fils ? J'essaie de l'épargner. Ai-je tort ?

Voilà pourquoi je demande à notre communauté de mamans si l'une de vous a déjà vécu cette situation. Qu'avez-vous appris qui vous a été utile ? Auriez-vous un livre à me recommander ? Je vous suis reconnaissante de tous vos conseils, quels qu'ils soient. À l'avance, merci.

Je vous embrasse,
Stephanie

21

STEPHANIE

Quand on vit en famille, on devient forcément moins attentif et on finit par ne plus remarquer ce qui se passe. C'est comme ça qu'on sait qu'on est une famille : tout paraît aller de soi. Certains y voient de la tolérance, d'autres de la paresse ou du déni. Pour moi, c'est simplement une façon de tenir jusqu'à la fin de la journée.

Je me suis vite habituée à l'attitude agressive de mon beau-fils, non officiel, qu'il dirige principalement contre moi. Avec Miles, il est gentil, et ils s'aiment comme des frères autant qu'avant. Si leur amitié s'était détériorée, j'aurais probablement alerté plus rapidcment son père.

Sean essaie de rattraper le temps perdu au bureau. Il n'est pas souvent à la maison et me laisse m'occuper de son fils. Quand il est présent, Nicky ne veut pas gâcher les quelques heures qu'il passe avec son père à piquer des colères ou à se plaindre.

C'est mon boulot de gérer tout cela, et je suis heureuse de m'y atteler. Pour Sean, pour Emily, pour Nicky. Mais je ne peux pas m'empêcher de redouter qu'une violente tempête se déclenche et qu'un événement terrible détruise notre paix.

Chaque fois que le sujet de l'intelligence des chiens venait dans la conversation, mon frère Chris racontait cette histoire : il était allé rendre visite à un ami dans le Sud-Ouest et ils étaient partis marcher dans le désert. Les chiens aboyaient, les oiseaux pépiaient, le vent soufflait. Brusquement, le silence s'est fait : les oiseaux et les chiens se sont tus, le vent est tombé. Chris a baissé les yeux et a vu, à un peu plus de cinq mètres, un serpent à sonnette agiter sa queue. Il concluait, je me souviens, en disant que le silence peut être un avertissement bien plus sonore qu'une sirène.

Pour moi, cette anecdote était fascinante et très sensuelle. Chris l'a racontée un jour devant Davis, qui l'a toisé avec tant de haine et de mépris que, pendant une seconde, j'ai été certaine qu'il savait ce qu'il y avait entre Chris et moi.

Tout cela pour dire que je me suis habituée au comportement hostile de Nicky et que mon indulgence à son égard et ma patience n'ont pas diminué. C'est lorsqu'il a cessé de l'exprimer que j'ai pris peur.

Un jour, en rentrant de l'école, on aurait dit qu'il était redevenu gentil comme avant. Alors que dernièrement, il m'adressait à peine la parole et refusait de répondre quand je l'interrogeais sur ce qu'il avait fait en classe, cet après-midi-là, il m'a demandé comment s'était passée ma journée et à quoi je l'avais occupée.

Un enfant qui demande à un adulte ce qu'il a fait ? *Sérieusement ?* Je ne lui ai pas répondu que j'avais cherché pendant des heures sur Internet des conseils pour mieux gérer ma relation avec lui, mais que je l'avais consacrée en partie à ranger la maison, ce qui était également vrai.

Au dîner, il a déclaré qu'il mangerait ce que j'avais cuisiné, même si c'était un plat végétarien : rien à voir avec le gosse insupportable de la veille. J'étais ravie : le temps commençait à faire son effet réparateur. On progressait doucement, on quittait l'obscurité pour entrer dans la lumière.

Pourtant… Pourtant… Je n'étais pas tranquille. Ce n'était pas normal. J'ignorais d'où me venait cette impression ; pourtant, elle était réelle. L'intuition maternelle.

Le monde était devenu silencieux ; j'entendais le sifflement du crotale.

J'étais sûre que les garçons me faisaient des cachotteries. Ils chuchotaient sans arrêt, à la façon des gosses qui préparent un mauvais coup dans les films d'horreur. Qu'est-ce qu'ils ne me disaient pas ? Pourquoi Nicky était-il soudain si prévenant ? Lorsqu'ils jouaient dans leur chambre et que je venais les voir, ils levaient la tête comme si j'interrompais une conversation secrète.

Un soir qu'il était à la maison parce que Sean travaillait tard, Nicky est entré à pas de loup dans le salon. Il n'arrivait pas à dormir ; est-ce que je voulais bien lui lire une histoire ? Je l'ai raccompagné dans l'ancienne chambre d'amis qui est devenue la sienne et lui ai lu autant de livres qu'il voulait. J'ai attendu qu'il se dise fatigué, ce qui est très rare à cet âge. J'ai éteint la lampe, l'ai bordé, puis j'ai caressé son front un peu moite.

Dans le noir, on fait plus facilement des confidences que l'on n'exprimerait pas au grand jour. Je lui ai demandé : « Il s'est passé un truc marrant ou bizarre aujourd'hui ? » Il est resté silencieux si longtemps que j'ai cru qu'il s'était endormi, puis il a soufflé : « J'ai... vu ma maman. »

J'ai été parcourue de frissons. Le thérapeute nous avait prévenus que les enfants ont beaucoup de mal à accepter la mort d'un être cher. J'allais devoir faire face, sans son père pour m'aider, convaincre ce petit garçon malheureux que même s'il désirait plus que tout voir sa maman, c'était impossible parce qu'elle n'était plus là. Pour de bon. J'ai pris une grande respiration.

« Tu as sûrement cru la voir, mon chéri... Cela arrive qu'on pense voir les gens qu'on aime, même si ça n'est pas vraiment...

— Je l'ai vue. J'ai vu ma maman. »

L'important, c'était qu'il s'exprime, qu'il raconte ce qu'il voulait tellement être vrai qu'il s'en était persuadé.

« C'était où ? Et quand ?

— Elle était derrière la clôture, pendant la récréation. On nous a laissés jouer dehors aujourd'hui parce qu'il faisait beau. J'ai voulu courir vers elle, mais la récré était presque finie et on a dû rentrer tout de suite.

— Tu es certain que c'était elle ? Il y a des gens

qui ressemblent à d'autres, sans que ce soit réellement eux...

— J'en suis sûr. J'ai lu sur ses lèvres. Elle m'a dit : "À demain. Dis bonjour à Stephanie."

— Cette phrase ? "Dis bonjour à Stephanie" ?

— Oui. Je l'avais déjà vue... il y a deux jours... : la dernière fois qu'on a joué dehors. Je l'ai raconté à Miles, mais il croit que je l'ai inventé. Je l'ai fait jurer de ne rien répéter. »

Il ne doutait pas de ce qu'il disait.

J'étais partagée entre divers sentiments, mais j'étais surtout triste. J'avais de la compassion pour lui, mêlée à une certaine frustration : il n'arrivait toujours pas à accepter d'avoir perdu sa mère – pour toujours. Je ne pouvais me résoudre à lui dire qu'il avait tout imaginé, à lui expliquer qu'on a parfois des hallucinations, dues à l'envie très forte de voir ses désirs se réaliser. De toute façon, c'était à Sean de s'en charger ; c'était lui son papa. J'ai embrassé son front et ai remonté sa couette.

Sean est rentré du travail. Je lui ai servi un verre de whisky – un double – et me suis pelotonnée contre lui sur le canapé.

« Il s'est passé un événement curieux ce soir. Nicky m'a annoncé qu'il avait vu Emily devant la cour de l'école. »

Il s'est redressé et m'a regardée fixement. Différentes émotions sont passées dans ses yeux : le choc, l'incrédulité, l'espoir, la peur, le soulagement.

« En effet, c'est étrange. Ce n'est pas bon pour lui. C'est malsain, même. On a pourtant dispersé ses cendres ensemble. Que dois-je faire ? Lui faire un cours sur l'ADN ? Lui raconter que j'ai envoyé la brosse à dents de sa maman et que le coroner a confirmé la correspondance génétique ? »

Il n'avait jamais pris avec moi ce ton agacé et irritable. Je lui ai dit : « Stop, je ne supporte pas ça. Arrête.

— Le pauvre… »

J'ai éteint la lumière et nous sommes restés dans l'obscurité. Je l'ai pris dans mes bras et il a posé la tête sur mon épaule. Au bout d'un moment, il a repris : « On ne va pas lui briser le cœur tout de suite. S'il veut vivre dans ce rêve encore un jour, ne l'obligeons pas à se réveiller. »

Le lendemain soir, en allant au lit, Nicky m'a dit, très calmement, comme s'il exposait un fait : « J'ai revu ma maman aujourd'hui. » Je lui ai expliqué que dans les rêves, on voyait de temps en temps les gens qui n'étaient plus : « Ils semblent tout à fait réels, parlent comme s'ils étaient avec nous. Mais ils ne sont pas présents ; ils sont un effet de notre imagination. Au réveil, on est triste. Ils nous manquent toujours beaucoup, et on comprend qu'ils nous accompagnent, mais seulement dans nos songes. »

Il m'a répondu : « Non, tu te trompes. Ma maman était là, je l'ai vue. J'ai couru vers elle. Je me suis approché tout près de la clôture. Elle a passé la main à travers le grillage, elle a touché mes cheveux et ma figure. Et elle m'a dit de partir rejoindre les autres. Et…

— Et quoi ? » Ma voix me paraissait inquiète, tendue, presque effrayée. De quoi avais-je peur ?

« Qu'elle ne me laisserait plus. Elle m'a demandé de le répéter à toi et papa. »

En me penchant pour l'embrasser, j'ai noté quelque chose de familier. Il m'a fallu quelques instants pour comprendre ce que c'était, pour retrouver un souvenir qui commençait à s'estomper.

En respirant la peau et les cheveux de Nicky, j'avais senti le parfum d'Emily.

Sean travaillait chez lui et les garçons étaient censés dormir chez moi. Je l'ai appelé pour lui dire qu'il fallait qu'on se voie. Il a entendu à ma voix qu'il y avait urgence. Sans poser de questions, il m'a proposé de venir avec eux et de lui envoyer un texto en arrivant. Je les ai portés, en pyjama, dans ma voiture, et il est sorti pour m'aider à les monter dans leur chambre.

Je lui ai raconté que j'avais senti le parfum d'Emily sur Nicky, que celui-ci m'avait affirmé qu'il l'avait vue et qu'elle l'avait touché. Il semblait à bout de nerfs. Le visage sombre, il m'a asséné sèchement : « Pitié, Stephanie, épargne-moi ce délire *Twilight* ! » Il ne s'était jamais adressé à moi de cette façon, et pour la première fois, j'ai envisagé qu'Emily pourrait avoir le dernier mot. Jusqu'alors, pour moi, il n'y avait pas de compétition. Mais si. Il ne cesserait de l'aimer, il aimerait son souvenir plus que moi. Comme Nicky, il ne se remettrait pas de l'avoir perdue.

« Tu dérailles complètement. Emily n'est plus. Personne n'a envie que ce soit vrai, et pourtant, si. Ce n'était pas censé arriver, mais c'est arrivé. »

J'avais un vague souvenir de l'avoir déjà entendu

prononcer cette phrase. Et à nouveau, je me suis demandé : *Qu'est-ce qui était censé arriver ?*

Il a repris : « Il faut que nous aidions Nicky à l'accepter au lieu de le conforter dans ces rêveries qui ne font que le déprimer et le faire souffrir plus. »

Il avait raison. Pourtant, ce parfum m'avait troublée. C'était peut-être moi qui prenais mes désirs pour des réalités, qui voulais la croire vivante. Et si c'était le cas, j'aurais un certain nombre d'explications à lui donner. Je me suis dit : *Reprends-toi. Nous sommes tous en deuil, et le deuil fait imaginer des choses bizarres et agir bizarrement...*

Sean a poussé un long soupir. Il s'est relevé, m'a pris la main et m'a entraînée dans l'escalier, vers la salle de bains à l'étage. Tout en haut du placard à linge, il a attrapé un vaporisateur du parfum d'Emily et a appuyé sur le bouton pressoir. Comme c'était étrange ! Lilas et lis. Les religieuses italiennes. L'espace d'un instant, Emily est revenue avec nous, dans la pièce.

« J'en ai gardé un flacon. Nicky a dû tomber dessus. Il a tiré l'escabeau jusqu'à l'étagère, attrapé la bouteille et s'en est aspergé dans les cheveux. Pauvre ange. Je suppose qu'il voulait se rapprocher de sa maman. »

Je sentais confusément que cela n'avait aucun sens : cela faisait deux jours que Nicky n'était pas venu chez lui, et je n'avais senti l'odeur dans ses cheveux que ce soir. Mais j'avais envie d'une explication logique et j'avais envie de croire Sean. En outre, il n'y avait pas d'autre interprétation possible : j'avais vu le rapport d'autopsie et l'urne qui contenait les cendres de mon amie.

Avec la douce fragrance fleurie du parfum d'Emily dans l'air, nous avons fait l'amour. Il n'y avait pas de quoi en être fiers, mais nous étions excités. Était-ce si surprenant ? Peut-être voulions-nous simplement nous prouver quelque chose l'un à l'autre, et à nous-mêmes.

Notre chère Emily était morte. Nous étions en vie.

Un soir, j'étais avec Miles et j'avais préparé des pâtes à la sauce tomate fraîche, le genre de plat végétarien dont nous raffolions lorsque nous vivions tous les deux. C'était réconfortant, en quelque sorte. Réconfortant et agréable.

Je me sentais très zen, ce qui fait que j'ai été doublement choquée quand Miles m'a annoncé : « Tu sais quoi ? J'ai vu la maman de Nicky aujourd'hui. Elle rentrait dans la forêt derrière la cour au moment où on est sortis pour la récréation. On aurait dit qu'elle nous attendait. Après, elle s'est mise à courir parce qu'elle ne voulait pas que les autres la voient. Elle courait vite. Mais c'était elle. »

Est-il possible que le cœur cesse de battre et que le reste du corps continue à fonctionner ? Certainement. Mon cœur a fait une pause.

« Tu en es sûr ?

— Oui, maman.

— Sûr et certain ? » J'essayais de garder mon calme.

« Sûr et certain. »

J'avais l'habitude de lui lire un livre inspiré du dessin animé Bugs Bunny. Il m'avait été recommandé par une abonnée de mon blog à la suite d'un post que j'avais rédigé à l'époque où j'étais angoissée parce que Miles passait son temps à jouer à cache-cache. C'est l'histoire d'un lapereau qui se cache pour faire peur à sa mère – l'enfant qui lit le livre peut le retrouver dans les illustrations. Maman lapin est très inquiète car elle ne sait où il est. À la fin, le lapereau lui promet qu'il ne le fera plus.

« Tu me le promets avec ton petit nez rose ? lui demanda sa mère.

— Oui, répondit Bugs Bunny.

— Tu me le promets avec chacun de tes jolis petits petons ?

— Oui ! » répondit Bugs Bunny, et plus jamais il ne se cacha de sa maman.

C'était devenu un jeu entre nous lorsque je voulais qu'il me fasse une promesse. Je lui ai donc demandé :

« C'était vraiment elle ? Tu me le promets avec ton petit nez rose ?

— Oui.

— Tu me le promets avec chacun de tes jolis petits petons ?

— C'était elle, je te promets. »

22

LE BLOG DE STEPHANIE

ENCORE UN PETIT SERVICE

Bonjour à toutes !

Ce post va être court. Y en a-t-il une parmi vous qui se souvient du titre d'un film français que je suis presque certaine d'avoir vu lorsque j'étais étudiante, dont l'intrigue est la suivante : un directeur de pensionnat sadique met au point avec sa maîtresse (Simone Signoret ?) une machination pour se débarrasser de sa riche épouse aux nerfs fragiles en lui faisant croire, d'abord qu'elle l'a tué, puis qu'il est ressuscité ?

Je ne peux pas croire que j'aie inventé cette histoire. Dites-moi si je me trompe.

Merci à l'avance !

Je vous embrasse,
Stephanie

SUITE DU POST

Les Diaboliques !

Merci, mesdames, de m'avoir donné la réponse en quelques clics ! Je suis impressionnée par votre réactivité. J'ai ainsi la preuve que des mamans me lisent en ce moment même, et que si j'ai besoin d'aide – dans ce cas précis, pour un simple trou de mémoire –, elles passent à l'action immédiatement.

Les Diaboliques.

J'ai pu le visionner en streaming une poignée de minutes après avoir posté ma requête. Nous vivons vraiment une période extraordinaire : on cherche une information, sans être très précis, on envoie la question dans le cyberespace, et la solution arrive. Si seulement ça se passait de la même façon dans la vraie vie !

J'hésite un peu à vous le recommander. La maman qui m'a rappelé le titre m'a aussi confié dans son message qu'elle s'en souvenait surtout parce que c'était le film le plus effrayant qu'elle ait jamais vu, et qu'elle ne le reverrait pour rien au monde. Elle m'a fortement incitée à ne pas imposer à d'autres le mauvais moment que ce fut pour elle.

Si vous faites partie de celles que les romans de Patricia Highsmith dérangent (il me suffit de taper ce nom pour penser à Emily), il n'est peut-être pas conseillé, en effet. Mais j'ai été absolument captivée par son intrigue complexe et le jeu époustouflant de sensualité de Simone Signoret, qui incarne la maîtresse du directeur.

Dans la première scène, on voit une nuée de jeunes écoliers en short sortir en courant d'un pensionnat, dirigé par un homme hyper-autoritaire, qui terrorise tout le monde et se croit tout permis parce que c'est lui qui commande.

Simone Signoret porte des lunettes de soleil pour dissimuler les marques de coups de son amant violent (ce même directeur). Celui-ci maltraite aussi psychologiquement sa riche épouse, à qui l'établissement appartient, et qui a le cœur fragile. Il est si sadique à son égard qu'elle le soupçonne de vouloir la faire mourir d'humiliation et de chagrin.

Grâce à des films comme celui-ci, je me rends compte qu'en dépit de mes erreurs et de mes mauvaises actions, j'ai eu de la chance avec les hommes. Car comme tant d'entre vous l'ont découvert, rien n'est plus facile que de s'attacher à quelqu'un qui semble très bien, d'avoir un enfant de lui, et de découvrir, un jour…

L'épouse et la maîtresse haïssent le directeur au point qu'elles décident de le tuer. Elles lui font boire du whisky dans lequel elles ont versé de la drogue, puis placent son corps dans une malle qu'elles jettent dans la piscine. Elles ont l'intention de faire passer leur crime pour un accident. Ce plan est totalement irréaliste, mais cela s'avère sans importance, car quand la piscine est vidée, le corps n'y est plus.

Je n'en dévoilerai pas plus, mesdames, au cas où vous décideriez de le regarder… même si je ne vous y pousse pas.

Je me contenterai d'ajouter que le mort réapparaît en différents lieux, pas comme dans les films d'horreur (le coup de téléphone vient de l'intérieur de la maison !), mais de façon plus pernicieuse et inquiétante.

C'est une histoire alambiquée, où tout n'est que faux-semblant et où les personnages ne sont pas ce qu'ils paraissent être.
Je suis allée jusqu'au bout. J'en avais froid dans le dos. La fin est très inattendue. Quoi qu'il en soit, je n'ai pas regretté d'avoir revu ce film.

À vous de décider. Vous ne manquez ni de cran ni de jugeote.

Je vous embrasse, et comme toujours, merci,
Stephanie

23

STEPHANIE

Une fois de plus, ce que je viens d'écrire dans mon blog n'est pas la vérité : en réalité, ce film m'a fait complètement flipper. Tétanisée de peur, je retournais dans ma tête toutes sortes de pensées : *Si ça se trouve, tout le monde ment. Ils me manipulent. Et si Emily était vivante ? Si elle a tout manigancé avec Sean pour me faire du mal ? Mais dans quel but ? Qu'est-ce que je leur ai fait ?* J'étais au fond du trou.

Je l'ai visionné chez moi, toute seule ; j'étais aussi mal à l'aise que s'il s'était agi d'un porno. Dès que le mot « Fin » est apparu à l'écran, j'ai eu envie d'aller chez Sean. J'avais besoin de l'entendre me dire que c'était simplement une crise de parano. J'avais besoin de le croire. J'ai décidé que ça valait la peine de réveiller les garçons et de les emmener avec moi. Ils se rendormiraient en route.

Dans sa salle de séjour, la table était couverte de

papiers. Il travaillait. On a recouché les petits et il m'a servi un cognac. Il y avait du feu dans la cheminée, le canapé était moelleux et confortable.

« Sean, à ton avis, est-ce qu'il y a une chance – *même infime* – qu'Emily soit en vie ?

— Aucune. Absolument aucune.

— Pourtant, Miles l'a aperçue. Il a une très bonne vue, c'est mon fils, et je le crois.

— Les gosses voient sans arrêt des choses qui n'existent pas.

— Pas lui. Il sait faire la différence entre ce qui est réel et ce qui ne l'est pas. »

Son visage a d'abord exprimé l'agacement, puis la répulsion, la peur… Je n'avais aucune idée de ce qu'il avait en tête. Il s'est levé, est sorti de la pièce un long moment. J'étais désemparée. Devais-je aller le chercher ? Reprendre Miles et rentrer ? Attendre ? J'ai attendu. C'était le plus simple. Il a fini par revenir, s'est rassis dans le canapé et m'a prise dans ses bras.

« Je suis désolé, Stephanie. Vraiment.

— De quoi ?

— Je ne me suis pas rendu compte à quel point cette période était stressante pour toi. Je croyais que Nicky et moi étions les seuls à souffrir. Tu en as bavé, toi aussi. »

Je me suis mise à pleurer. « Elle me manque.

— Elle nous manque à tous. Écoute, viens t'installer ici. On va tout faire pour que ça marche. Emily n'est plus. Elle est morte. »

J'ai pleuré plus fort. Lui aussi.

« Nicky veut tellement que sa mère soit encore de ce monde qu'il s'est convaincu qu'elle l'est. D'une façon ou d'une autre, il a réussi à faire croire à Miles qu'il l'avait vue. Mais ce n'est pas vrai. Elle aurait souhaité qu'il ait une maman, un foyer stable. Viens vivre avec nous, à plein temps. S'il te plaît.

— D'accord. » En un instant, ma peur et mes doutes des derniers jours se sont envolés, comme une maladie dont j'aurais guéri soudainement et miraculeusement.

Il a ajouté : « On va se serrer les coudes pour se protéger des fantômes et des chimères des gamins. On va mettre les chariots en cercle. C'est ce que vous dites, en Amérique, n'est-ce pas ? » Il a ri au milieu de ses larmes.

Miles est aux anges. Il aime la maison de Nick et s'y sent bien – sans compter que l'écran de leur télé est plus grand que le nôtre ! Nos soirées « chacun chez soi » ne me manquent pas. Ma maison ne me manque pas – pas vraiment. À certains moments seulement. Je suis heureuse d'être là avec nos fils et Sean – presque toujours.

Chaque journée qui passe éloigne Emily un peu plus. J'ai longtemps voulu la garder près de moi ; maintenant, j'ai envie qu'elle soit loin. Je veux être celle que Sean aime, et un jour, celle que Nicky aimera. Je dois être patiente.

Il y a tant de sujets que je ne peux pas aborder dans mon blog. Le fait de ne plus l'alimenter me donne le temps de réfléchir, de penser à mon amie. Comment peut-on se croire proche de quelqu'un et l'être aussi peu ? Comment a-t-elle pu laisser son fils et partir dans le Michigan pour se droguer et se soûler ? Ce n'est pas l'amie que je connaissais.

Je suis obsédée par toutes ses affaires qui remplissent la maison. Après une conversation difficile, j'ai convaincu Sean d'en placer un certain nombre dans un garde-meuble. Je lui ai proposé de chercher l'endroit le plus adéquat et d'organiser le transport.

J'ai d'abord eu l'idée de demander à mes lectrices si elles pouvaient me conseiller une société de stockage à la frontière du Connecticut et de l'État de New York, mais j'ai eu peur qu'elles fassent le lien et comprennent que j'étais en train de me débarrasser des possessions d'Emily.

Sean est d'accord pour faire de la place afin que Miles et moi nous sentions vraiment chez nous. Il a fixé un rendez-vous avec les déménageurs un samedi après-midi, pendant que je serais au cinéma avec les garçons. Ainsi, il pourra déterminer ce qu'il souhaite garder et ce qu'il désire voir partir. Cela m'intéresse de voir ce qui restera, ce dont il ne pourra pas se défaire.

Jusqu'alors, chez lui, j'avais pris soin de respecter la vie privée d'Emily. Je n'osais pas ouvrir ses tiroirs et ses placards. Sean a gentiment vidé une commode et une penderie pour que je range mes vêtements. Après mon installation, j'ai commencé à prendre des libertés.

Dès que quelque chose me paraît intéressant ou peut m'apporter des informations, je l'examine dans l'espoir d'en savoir un peu plus sur les raisons qui l'ont poussée à agir comme elle l'a fait.

C'est à peu près à cette époque que j'ai arrêté de bloguer. J'ai envoyé un message à mes abonnées pour annoncer que je me mettais en congé et que je reviendrais sous peu. C'était trop difficile de raconter ma vie avec un minimum d'honnêteté. J'aurais pu, bien sûr, poster des chroniques sur l'alimentation de Miles et comment je m'y prenais pour l'aider à grandir et devenir quelqu'un de bien ; ou sur ma nouvelle famille recomposée et nos techniques pour en éviter les écueils. Les mamans ne sont pas stupides : elles auraient senti que cela sonnait faux. Elles auraient compris que mon attention était ailleurs et que j'avais mis les pieds dans une zone plus sombre, dont il fallait que je sorte.

Je ne pense qu'à amasser le maximum de renseignements sur Emily.

Car à supposer que Miles et Nicky disent la vérité ? Est-elle quelque part, près d'ici ? Se peut-il qu'elle complote avec Sean contre moi ? Ou pour l'argent de l'assurance ? Il semble de plus en plus probable que Sean, avec l'aide de son service juridique, va établir que le décès était accidentel et empocher les deux millions – moins les honoraires des avocats.

Dès que les enfants sont à l'école et Sean à son bureau, je m'adonne à une sorte de jeu, qui consiste à trouver chaque jour un indice ou un objet qui m'en dise plus sur sa vraie personnalité. Dès que j'en ai un, j'arrête.

J'ai commencé par l'armoire à pharmacie. Pas très original ! Elle contenait un flacon entier de Xanax 10 mg, prescrit à Emily par un médecin de Manhattan. C'était curieux : pourquoi ne l'avait-elle pas emporté ? À sa place, si j'avais eu l'intention de quitter mon mari et de laisser mon fils à ma meilleure amie pour aller me droguer, boire et nager, je les aurais pris avec moi.

Sauf si elle en avait tellement que ceux-ci ne lui étaient pas utiles. Je ne me souvenais plus ce qu'indiquait le rapport de police : y avait-il dans le chalet des emballages de médicaments et des bouteilles vides ?

Le lendemain, dans un placard de l'entrée, j'ai déniché un porte-monnaie en crocodile violet portant le logo Dennis Nylon, rempli de billets. Des petites coupures, quelques euros, mais surtout des pesos, des roubles et des dinars aux couleurs vives, ornés de fleurs et de portraits de héros de différentes nations. Des souvenirs de voyages professionnels. J'imaginais les fêtes au bord de la piscine, avec des jeunes gens, des top-modèles, la drogue qui circulait pendant qu'elle rédigeait les communiqués de presse et gérait la communication. Mon amie n'était pas une bonne à rien au cerveau embrumé par les substances illicites, mais une mère de famille responsable et une femme amoureuse qui occupait un poste à responsabilités. Ou alors, elle était tout cela réuni. C'était elle qui avait rapporté cet argent. C'était son journal de bord.

Ou alors il y avait eu un crime : la mafia russe cherchait à infiltrer le milieu de la mode et Emily était devenue gênante ? Mon esprit partait dans tous les sens. Il fallait que je me calme.

J'ai découvert ensuite une boîte remplie de photos. Cela m'a paru bizarre qu'il n'y en ait aucune d'elle très jeune ou datant d'avant son mariage. Est-ce que Sean s'en était débarrassé ? Y avait-il dans son passé un événement qu'elle avait voulu gommer ? Il m'avait appris qu'elle s'était brouillée avec ses parents, tout en restant vague quant au motif. C'était curieux qu'il ne le sache pas alors qu'ils étaient mariés. J'avais beaucoup parlé à Davis de moi, de mes parents. Quoique… J'avais gardé pour moi un détail important : ma relation avec Chris.

Les photographies représentaient toutes Emily et Nicky. Je me souvenais que Sean avait donné à la police celles où elle était seule, et nous ne les avions pas récupérées. Je l'avais aidé à mettre de côté les clichés où Nicky était présent, car nous avions décidé qu'il n'était pas utile que son visage apparaisse dans les journaux ou sur Internet.

Au fond du grenier, dans un placard aménagé à côté du conduit de cheminée, je suis tombée sur une robe bleu pâle pendue à un cintre au-dessus d'élégantes sandales à talons assorties. Elle s'est balancée quand j'ai ouvert la porte – comme si quelqu'un attendait dans le noir pour me sauter dessus. J'ai eu la chair de poule.

Était-ce la robe de mariée d'Emily ? Je ne me voyais pas demander. Je ne voulais pas que Sean sache que je fouillais sa maison. En m'assurant qu'il voulait que je m'y sente chez moi, il n'avait sûrement pas cela en tête.

Je l'ai fait glisser du cintre et l'ai portée, avec les chaussures, dans notre chambre. La robe était un peu juste et les sandales me serraient, mais j'ai rallongé les brides. Je me faisais l'effet d'être la demi-sœur de Cendrillon glissant à grand-peine son pied dans la pantoufle de vair. Je me suis regardée dans la glace. J'avais honte, et j'étais triste. Je faisais semblant d'être elle.

Je me suis allongée sur notre lit, en laissant pendre mes jambes au bord pour voir mon reflet. J'ai glissé une main sous le tissu vaporeux et me suis caressée. J'étais Emily et Sean me contemplait.

Mon orgasme est venu très vite. Au moment de jouir, j'ai ri. Je savais déjà que j'étais perverse, mais étais-je aussi lesbienne ? Non, je n'avais pas envie de faire l'amour avec elle, juste de faire semblant d'être elle. J'ai remonté les vêtements au grenier et les ai rangés soigneusement dans le placard.

Dans la chambre d'amis, il y a une coiffeuse avec un grand miroir rond. Le genre de meuble kitsch devant lequel les stars des années 1930 se repoudraient le nez, auquel on ne peut résister dans une vente aux enchères mais dont on se demande, dès qu'on l'a installé chez soi, comment on a pu s'imaginer en avoir l'utilité.

Dans un des tiroirs, une pochette en papier kraft débordait de cartes d'anniversaire. Des cartes de supermarché dans leurs enveloppes, toutes adressées à Emily Nelson (elle n'avait jamais pris son nom de femme mariée) aux domiciles qu'elle avait occupés aux différentes étapes de sa vie : sa résidence universitaire à Syracuse, puis son premier appartement à Manhattan, dans Alphabet City. On suivait son ascension sociale à mesure que les adresses devenaient plus chics, jusqu'à East 86th Street – où elle avait vécu avec Sean après la naissance de Nicky, lorsqu'elle travaillait pour Dennis Nylon Inc. Mais à quel moment avait-elle habité Tucson ? Elle ne m'en avait rien dit. Ou alors elle n'avait fait qu'y passer et sa mère lui avait écrit là à cette occasion ?

Ces cartes ornées de fleurs ou de ballons étaient banales. JOYEUX ANNIVERSAIRE À MA CHÈRE FILLE.

JOYEUX ANNIVERSAIRE À NOTRE FILLE CHÉRIE. Aucun commentaire personnel, pas de paroles affectueuses ni de phrases manuscrites, à part la dédicace, *Pour Emily*, et la signature, *Baisers, Maman*. L'écriture, à l'encre brune et au stylo à plume, datait de l'époque où l'on notait les filles pour leur calligraphie. Celle-ci était excellente : des pattes de mouche, mais parfaitement formées. Sur chaque enveloppe, dans l'angle supérieur gauche, on pouvait lire, de la même écriture : *M. et Mme Wendell Nelson*. Et une adresse à Bloomfield Hills, dans le Michigan.

L'adresse de ses parents.

J'en ai pris une et l'ai mise dans ma commode. Sans que je sache pourquoi, il me semblait important de l'avoir. Si quelqu'un pouvait m'aider à éclaircir le mystère de mon amie, c'était sans doute sa mère. Je la savais atteinte de démence, mais je me souvenais avoir entendu qu'elle était certains jours plus lucide que d'autres. Pourquoi ne pas lui rendre visite pendant l'un d'eux ? Aurais-je l'audace, le temps, ou la liberté d'aller la voir ? Quoi qu'il en soit, j'étais contente d'avoir ses coordonnées.

J'ai fait une dernière trouvaille, importante. Le hasard m'a aidée.

Un jour, Sean m'a appelée du bureau dans l'après-midi pour me demander de chercher dans le premier tiroir de son bureau un morceau de papier sur lequel il avait gribouillé le numéro d'un client. Il était allé à ce rendez-vous sans son téléphone et avait ensuite oublié d'entrer les coordonnées dans sa liste de contacts. Il en avait besoin immédiatement.

J'ai senti qu'il était ennuyé, qu'il estimait avoir fait une connerie. Je l'ai rassuré en lui disant que ce n'était rien. On oublie des choses bien plus graves, et il avait subi beaucoup de stress. Je n'ai pas ajouté : « Détends-toi, tu viens de perdre ta femme » mais nous savions tous les deux que c'était ce que je voulais dire. Je lui ai promis de chercher ce papier et de le rappeler dès que j'aurais mis la main dessus.

Le feuillct – détaché d'un bloc de papier jaune – était bien où il l'avait annoncé, au milieu d'un fatras de factures et de reçus, de vieux chargeurs de téléphone et de badges de conférences enchevêtrés. Ce fouillis m'a surpris, car Sean est quelqu'un de très ordonné. Mais personne n'est parfait. Et j'avais remarqué qu'il lui arrivait de se laisser submerger dès qu'il était question du travail. Lorsque nous nous sommes installés ensemble, j'ai souvent été obligée de faire de la place et de repousser des dossiers et des liasses de feuilles sur la table de salle à manger pour que nous puissions dîner.

En refermant le tiroir, j'ai remarqué une boîte recouverte de velours bleu marine un peu passé. Un écrin. Il m'a semblé entendre une petite voix m'avertissant de ne pas y toucher, mais je n'ai pas pu résister, et je l'ai ouverte. À l'intérieur, il y avait un anneau. Un saphir entouré de diamants. La bague d'Emily.

Je l'ai prise entre deux doigts. Et j'ai vu mon amie. Les pierres qui scintillaient dans l'air quand on s'asseyait sur son canapé et qu'elle parlait des livres et des films qu'elle aimait, de Nicky et Sean, de ce qui l'intéressait. À l'époque où l'on riait, on plaisantait, on profitait du cadeau de notre merveilleuse amitié.

Sans réfléchir, je l'ai approchée de mon visage. J'ai cru sentir les eaux froides et sombres du lac du Michigan, avec, en arrière-plan, une vague odeur de décomposition. De mort. Il est impossible qu'un bijou prenne cette odeur. Pourtant, j'en étais sûre.

Mon amie n'était plus. Il ne restait d'elle que cette bague et nos souvenirs. Je l'ai remise en place, j'ai rangé l'écrin dans le tiroir, que j'ai refermé d'un coup, et j'ai éclaté en sanglots. Depuis l'annonce de son décès, je n'avais pas pleuré aussi fort.

Je me suis ressaisie et j'ai rappelé Sean. J'ai failli craquer en lui dictant le numéro de son client. Il m'a remerciée. J'aurais voulu lui dire que je l'aimais, mais ce n'était pas le moment. Lui dire aussi que j'étais tombée sur la bague d'Emily, mais ça, je savais que je ne le ferais pas.

J'ai arrêté de fouiller la maison. Il n'y avait plus rien que je voulais – ou avais besoin de – savoir.

Une certaine routine s'est mise en place ; les garçons à l'école et Sean au travail. Je n'ai pas à me charger du ménage car Maricela vient le mercredi. Je m'occupe, je range les chambres, je vais acheter des fournitures pour les activités de fin d'après-midi – préparer des muffins, ou construire des maquettes d'avion…

J'essaie de n'avoir pour Emily que des pensées positives. J'ai décidé que les affirmations des enfants qu'ils l'avaient vue, Nicky qui portait son parfum, mes propres doutes, n'étaient que des manifestations de notre processus de deuil, de notre refus d'admettre qu'elle n'est plus de ce monde.

Mais elle l'est. Sean a lu le rapport d'autopsie, les

résultats d'analyses ADN. Si ce n'était pas elle au fond du lac, qui était-ce ? Même dans le Michigan, ils ne se trompent pas à ce point.

Comme je ne veux pas servir de la viande à chaque repas, je compulse des livres de cuisine et je prépare des aubergines au parmesan ou du ragoût de tofu coréen. Ils ont fait la grimace, puis ont fini par apprécier – ou du moins, ils les ont mangés pour me faire plaisir. Je commence à me sentir bien dans la cuisine d'Emily, à nourrir ceux qu'elle aimait. La nourriture est la subsistance, la vie. Emily a aménagé son intérieur, épousé son mari et s'est fait une amie pour s'occuper de son fils après son départ.

Nous faisons des compromis. Nicky ne pique plus de colères et se comporte aussi gentiment avec moi, ou presque, qu'avant le départ de sa mère. Le vendredi après-midi, nous partons en balade tous les quatre. J'ai transformé la chambre d'amis, celle avec la coiffeuse, en bureau et j'ai décidé de me remettre à mon blog. Il s'est passé suffisamment de temps pour que mes lectrices acceptent que Sean et moi soyons en couple.

J'aurais beaucoup à dire sur les inconvénients et les avantages d'avoir deux gosses à élever au lieu d'un seul. C'est plus facile à certains égards, plus difficile à d'autres. Ils ne se sont pas encore chamaillés. Je m'en réjouis, mais est-ce que cela va durer ?

L'amour avec Sean est aussi fantastique qu'au début… ou presque. Le désir diminue forcément lorsque l'autre est disponible chaque fois qu'on en a envie. C'est normal. Sauf si l'on fait l'amour tous les jours, ce qui est le cas au début, puis un peu moins. Certains soirs, on reste chastement allongés l'un à côté de l'autre ; et l'on s'en fait la remarque, même si on préférerait ne pas le faire. Voilà peut-être ce qui explique que l'excitation n'a jamais faibli entre Chris et moi : nous n'étions pas présents l'un pour l'autre en permanence. Au contraire.

Nos fils n'ont plus mentionné avoir vu Emily, à l'école ou ailleurs. J'ai décidé de faire comme si cela n'était pas arrivé. Je me souviens avoir entendu parler de cas d'hystérie collective – lorsque plusieurs personnes ont la même hallucination au même moment. Ce phénomène est particulièrement fréquent chez les écoliers. Il s'est produit pour Nicky et Miles, mais cela ne semble pas leur avoir laissé de marques durables.

Je crois que nous avons traversé l'épreuve.

Nous avons fêté Thanksgiving tous les quatre, tranquillement. Les garçons m'ont aidée à préparer la dinde. Elle était parfaitement cuite, avec une peau croustillante et une chair moelleuse, et la farce était délicieuse. Sean a fait semblant d'ignorer pourquoi ce jour était férié afin qu'ils puissent lui raconter ce qu'ils avaient appris en classe : comment les pèlerins étaient arrivés et comment les Indiens leur avaient appris à planter du maïs et faire pousser leurs premières récoltes pour qu'ils puissent survivre aux hivers rigoureux de la Nouvelle-Angleterre.

Après avoir couché les petits, nous nous sommes installés sur le canapé pour finir notre verre de vin. Il m'a prise dans ses bras et m'a proposé que nous partions tous ensemble pendant les vacances de Noël. Un pays chaud. Une île. Un endroit à nous. Il n'a pas eu besoin d'ajouter : où il n'était pas allé avec Emily. Le Mexique, les Caraïbes. Un de ses collègues était revenu enchanté de Vieques. Des cocktails au rhum. Un hamac sur la plage. J'ai répondu que cela me paraissait merveilleux. Et c'était vrai. On a veillé tard et on a fait l'amour. Je me suis dit : *Cela va peut-être marcher.*

Le lendemain matin, j'ai déposé les enfants et j'ai conduit Sean à la gare avant de rentrer à la maison, que je commence à considérer comme la mienne. Plus celle d'Emily, ou de Sean : la mienne. Je me suis préparé un café et me suis assise à la table de la cuisine, au soleil. Puis j'ai pris ma tasse pour m'installer sur le canapé du salon. Une seconde, je me suis dit : *le canapé d'Emily*, puis je me suis reprise. Désormais, c'est le mien.

J'ai pensé à ma vie, au fait que la situation semble s'apaiser. Avec un peu de chance, on allait pouvoir continuer ainsi, et cela me convenait très bien.

La sonnerie du téléphone a retenti. La ligne fixe qui ne sert jamais. Je me suis précipitée pour répondre. Sur l'écran s'affichait : INCONNU. J'ai décroché, et je m'en suis voulu : j'ai entendu le silence qui précède habituellement les appels commerciaux préenregistrés. J'étais sur le point de raccrocher quand une voix a dit : « Stephanie, c'est moi. »

Je l'aurais reconnue entre mille.

« Où es-tu ? Dis-moi !

— Dehors. Je t'observe. »

J'ai couru de fenêtre en fenêtre. Personne.

« Va dans la cuisine et fais un chiffre avec les doigts. »

J'en ai levé deux.

« Deux. Essaie encore. »

J'ai levé les deux mains. Sept doigts.

« Le numéro de la chance. Tu es maline. Bon, il faut que j'y aille. Pour l'instant. À très vite. » C'était toujours avec ces mots qu'elle prenait congé : *À très vite*.

J'ai crié : « Attends ! » J'avais tant à lui demander. Pourtant, comment avoir cette conversation, moi installée chez elle, avec son mari ?

« Non. C'est toi qui attendras. » Son ton m'a paru soudain menaçant. Elle a raccroché.

J'ai regardé autour de moi : les affaires d'Emily, les meubles d'Emily. Sa maison.

C'était impossible. Ce n'était pas arrivé. En quelques heures, j'avais réussi à me convaincre que j'avais imaginé ce coup de fil : je m'étais allongée sur le canapé, je m'étais assoupie et j'avais rêvé. Depuis sa mort, je faisais des rêves pénétrants, où elle apparaissait parfois. C'en était peut-être un.

Au fond, je n'étais pas convaincue : je savais confusément que cela s'était réellement produit.

Le lendemain matin, au retour de l'école, j'ai posé mon panier de courses, pris mon courage à deux mains et je suis allée dans la forêt. J'ai évalué à peu près où elle s'était postée pour me voir et j'ai scruté la maison. Aucun mouvement. J'en avais la chair de poule.

J'ai entendu des branches craquer un peu plus loin. J'osais à peine respirer. Puis je me suis vue dans la fenêtre. À l'intérieur. C'est ce qui m'a fait le plus peur.

C'était moi. Et ce n'était pas moi.

J'étais quelqu'un d'autre. J'étais seule. Dehors, dans la forêt.

Je m'espionnais.

DEUXIÈME PARTIE

24

EMILY

Voyeuse. Ce mot me donne la nausée, et en même temps, je l'adore. *Voyeuse.* Il me procure la même sensation de malaise et d'effroi que celle qui saisit au sommet des montages russes, juste avant d'entamer la descente. Certaines personnes feraient n'importe quoi pour l'éprouver. J'en fais partie.

Je mate Stephanie, Sean et les enfants. Le simple fait de penser que je m'adonne au voyeurisme me révulse et m'excite presque autant que lorsque je m'approche de ma fenêtre sur la pointe des pieds pour voir Stephanie faire semblant d'être moi, coucher avec mon mari, élever mon fils, carboniser des morceaux de barbaque dans ma cuisine. Pour être honnête – j'emprunte une des expressions qu'elle emploie toujours ; est-ce parce qu'elle l'est si peu ? –, ça me fascine plus que ça ne m'agace.

L'espionner, c'est un peu comme jouer à un jeu vidéo en 3D intitulé « La maison de poupée ». Les personnes qui évoluent à l'intérieur sont des figurines animées que je peux faire bouger à ma guise, téléguider grâce à mon arme magique : le téléphone à carte prépayée. Compose le numéro et la poupée Stephanie se précipite à la fenêtre.

Elle peut garder la maison si elle veut, mais il y a certaines choses que je veux récupérer. Elle peut aussi garder le mari, dont l'insondable bêtise est confirmée par le fait qu'il la saute. Ce que je veux, c'est Nicky. Je veux mon fils.

Petite, déjà, je passais mon temps à épier les gens. Accroupie sous les fenêtres ou allongée dans l'herbe, j'attendais que les adultes fassent des trucs plus cochons ou plus intimes que préparer le café, ouvrir le frigo ou, dans le cas de mon père, fumer une cigarette en douce sur le pas de la porte. Je savais où ma mère planquait ses réserves et à quelle fréquence elle allait consulter le gros dictionnaire sur l'étagère : elle allait chercher un mot… et la bouteille était juste derrière. Je la voyais boire si souvent que ce n'était plus vraiment un secret, simplement une de ses activités parmi d'autres. Je ne lui en voulais pas. La pauvre avait épousé mon père, un gynécologue passionné d'orchidées exotiques qui donnait à ses obtentions biogénétiques le nom de ses « patientes préférées ».

À quelques rares occasions, j'ai brisé le code des espions basé sur le silence et la vigilance. Lorsqu'elle était soûle, ma mère avait l'air si stupide ! J'ai versé de l'eau dans sa bouteille de gin. Depuis la fenêtre, je l'ai vue attraper le goulot – elle qui m'aurait tuée si elle m'avait surprise à boire du lait directement de la brique. Après la première gorgée, elle a semblé surprise, comme si elle essayait de se souvenir quel goût il était censé avoir. Puis elle l'a vidée, l'a glissée dans un sachet en papier et est sortie la jeter dans la poubelle au bout de l'allée.

Une fois au lycée, je me suis mise à goûter de plus en plus souvent à son gin. Elle ne s'en est pas aperçue, ou en tout cas, n'a rien dit. Mes parents s'intéressaient tellement peu à moi qu'ils auraient pu être des silhouettes en carton. Chez Dennis Nylon, les employés racontent souvent, après quelques verres, à quel point ils se sont sentis délaissés par leurs parents, et je me dis : *Toi, il faudrait que tu rencontres mes non-parents*. Ce qui ne risque plus de se produire : mon père a passé l'arme à gauche il y a huit ans et ma mère n'est plus en mesure de tenir une conversation sur ses conneries en matière d'éducation.

On a tous eu une enfance cauchemardesque, et pourtant, on persiste à penser qu'elle aurait dû se dérouler comme dans un rêve, ou que celle des autres était parfaite. C'est le message que véhiculent le cinéma et la télévision. On croit que sa famille est la seule à ne pas être aussi heureuse et décontractée que dans les séries télé. Le plus drôle, c'est que je ne laisserais jamais Nicky regarder les versions actuelles de ces émissions débiles, alors que sa vie, avec des parents aimants, dans une banlieue aisée, est bien plus proche de la réalité qu'elles décrivaient que celle que Sean ou moi avons eue – et nous, nous n'en rations aucun épisode.

Je veux que Nicky soit heureux. C'est la seule et unique chose que je suis sûre de vouloir.

En grandissant, on se rend compte qu'on n'était pas seul à être malheureux petit, ce qui est plutôt bien – si l'on est capable de se consoler en apprenant que d'autres ont eu autant de malchance. Stephanie veut croire que tout le monde rencontre les mêmes difficultés. Même si elle répète sans arrêt qu'on ne connaît pas les gens, elle est persuadée que c'est possible. Elle aime se dire que d'autres souffrent autant, voire plus, qu'elle. Si elle a un problème avec son fils, ça lui est utile de savoir que d'autres mères l'ont aussi. Si sa meilleure amie disparaît, c'est censé lui faire du bien de tout savoir sur les femmes qui ont vécu la même expérience.

Dans la journée, elle s'installe dans le coin bureau qu'elle a aménagé dans la véranda – *ma* véranda –, avec un vieux bureau à cylindre de la taille d'un tank et un tapis rond en lirette. Très moche, très cucul. Le paradis de la maman blogueuse. Cela dit, on dirait qu'elle a arrêté de bloguer.

De parfaites inconnues lui ont exprimé leur compassion quand elle a annoncé que j'étais introuvable. Sa meilleure amie. Elles ont posté des messages affectueux, parsemés de cœurs et de smileys tristes.

Depuis ce jour, j'ai dû me retenir de toutes mes forces pour ne pas jouer avec ses nerfs. J'avais l'impression de ligoter mon cerveau. Je viens tout juste de commencer à la tourmenter, et c'est assez divertissant. Douloureux, aussi, car en fin de compte, il s'agit de ma maison, de mon mari, et de mon fils.

Du coup, je m'intéresse moins à Sean. Comment peut-il supporter cette fille, même si elle lui permet de tenir le coup ? En théorie, je pourrais lui accorder une deuxième chance. Lui faire savoir que je ne suis pas morte. Voir à quelle vitesse il la largue. Ce serait amusant. Mais il a déjà raté un examen, deux examens. Je ne vais pas lui donner droit à un repêchage.

Au départ, l'idée, c'était que Stephanie n'était pas très futée. C'était ce qu'il nous fallait. C'est pour cela que je l'ai choisie.

À elle, je n'ai jamais dit que ma mère buvait. Je n'avais envie de le confier à personne. Sean était au courant, parce que la sienne ne crachait pas sur son grand verre de sherry et que cela nous faisait un point commun.

C'est à peu près tout ce qu'il a su sur moi. J'ai toujours été d'une extrême prudence dans mes révélations. Chez Dennis, contrôler l'information est – était – mon métier. J'étais payée pour ça. Avant que la désinformation se généralise, j'étais capable de faire passer une cure de désintoxication ordonnée par un juge dans un camp en plein désert de l'Arizona pour quinze jours d'orgie de drogue et de sexe à Marrakech. Je pouvais créer l'illusion de toutes pièces ; par exemple, présenter l'actrice qui avait fait un flop dans le rôle de Batgirl comme la fille la plus en vogue de la planète.

Je me suis contentée de dire à Sean ce qui pouvait lui donner à penser que nous étions semblables, et surtout pas ce qui nous différenciait. J'ai donc passé sous silence certains détails essentiels. Quand je repense à tout ce que Stephanie racontait sur les secrets ! En l'écoutant d'une oreille, je me disais : *Il faut avoir des secrets. Ils sont indispensables pour vivre en société. J'en ai des tas. Plus que ma part. Tu n'imagines même pas.*

En surveillant ma mère, j'ai appris que l'on n'a pas conscience d'être espionné. On se croit vigilant, on est sûr d'avoir conservé son instinct de bête sauvage, mais en fait, on a perdu ce sixième sens. On ne tiendrait pas plus d'une journée dans la nature si elle était peuplée de prédateurs. Il en suffit d'un. Et pour l'instant, le prédateur, c'est moi.

Même si on ne voit ou on n'entend rien, la forêt derrière notre maison pourrait être remplie de snipers ; un pervers pourrait habiter de l'autre côté de notre cour, longue-vue collée aux yeux, priant le dieu des pervers pour qu'on se déshabille.

Quand j'ai commencé à travailler pour Dennis Nylon à New York, il y en avait un qui vivait dans la ruelle en face du premier appartement où j'ai logé. Je l'ai repéré : tricot de corps sur grosse bedaine molle, jumelles de précision, pantalon sur les genoux. Je lui ai fait un doigt d'honneur. Il a répondu avec le même geste et a baissé ses jumelles sans me quitter des yeux.

Je ne pouvais rien faire. J'ai déménagé, perdu ma caution, emménagé dans un appartement plus joli. Et demandé une augmentation – que j'ai obtenue. Dennis était content d'avoir le pouvoir de me jeter quelques pièces et de me sauver des pattes d'un tordu.

Maintenant, je suis le tordu du quartier. Il faut délivrer Stephanie – de moi.

Il y a un film britannique des années 1960 que j'adore : *Le Voyeur*. C'est l'histoire d'un tueur en série qui se filme en train d'assassiner des femmes : il a fixé au pied de sa caméra une lance avec laquelle il empale ses jolies victimes en enregistrant la peur sur leur visage. Un véritable artiste, un obsessionnel à l'état pur. C'est le préféré de Dennis Nylon. Nous étions d'accord sur ce point.

Il fait partie de ces longs-métrages qui brisent la carrière d'un réalisateur. Tout le monde découvre que le type est malade et plus personne ne veut travailler avec lui – surtout si le film n'a pas rapporté d'argent. Celui-ci était trop avant-gardiste pour son époque. Il le serait d'ailleurs encore aujourd'hui – sauf pour moi, ou pour Dennis.

J'étais surprise que Sean n'en ait pas entendu parler, alors qu'il est anglais et qu'il a fréquenté dans sa jeunesse les milieux artistiques. Ses amis ne s'intéressaient pas à ce cinéma ? Il n'y avait personne à qui je pouvais demander, il n'était plus en relation avec sa bande de l'époque. Ses copains de fac n'avaient pas fait carrière dans la finance, et il ne les voyait plus lorsqu'on s'est rencontrés.

Je savais que pour lui mettre le grappin dessus, il me suffirait de lui faire croire qu'avec moi, il resterait un mec super-cool. Il savait mener des négociations, gagner de l'argent, faire des affaires, mais il n'avait pas vécu de véritable histoire d'amour. Je lui ai fait découvrir ce qu'était la passion. Je l'ai convaincu qu'il ne pourrait plus se passer de moi. Il a été si simple de le reprogrammer pour qu'il s'imagine que c'était lui qui maîtrisait la situation. Cela faisait partie de son charme. La cerise sur le gâteau, c'est qu'il s'est révélé un bon amant : patient, inventif, sexy. Ça a pesé dans la balance, plus que cela n'aurait dû si cette qualité était plus répandue parmi la gent masculine. Tellement d'hommes font l'amour comme si un taxi les attendait dans la rue avec le compteur qui tourne.

Je pouvais le soumettre à ma volonté. Il ne me restait plus qu'à décider ce que je voulais faire de lui.

On s'est rencontrés au Muséum d'histoire naturelle, à l'occasion d'un gala de bienfaisance particulièrement ennuyeux. J'avais passé la moitié de la soirée en larmes parce que tout allait de travers : d'abord, l'un des principaux investisseurs est tombé dans l'escalier ; ensuite, le chef cuisinier, que nous avions payé une fortune, s'est coupé un doigt. Je m'agitais dans tous les sens pour que personne ne se rende compte de ce merdier, qui aurait mis Dennis hors de lui et nous aurait coûté à tous notre poste.

Sean s'est présenté, en disant qu'il travaillait pour le cabinet d'investissement qui sponsorisait l'opération avec Dennis Nylon. J'ai fait comme si nous nous étions déjà rencontrés, au cas où, mais j'étais certaine que je m'en serais souvenue. Il m'a glissé : « On pourrait dîner ensemble un soir ? » Très mignon, très à l'aise, très direct.

Peu après, à notre troisième rendez-vous, je l'ai invité chez moi pour visionner *Le Voyeur* en DVD. C'était un test, mais aussi un pari risqué, de proposer à ce beau mec, riche, plutôt comme il faut et conventionnel, de regarder mon film favori sur un psychopathe. Si j'avais annoncé que j'adorais *La Mélodie du bonheur*, j'aurais pu laisser tomber tout de suite : qui a envie d'être avec un type qui aime ce genre de fille ?

Il avait posé son bras sur mes épaules. On avait déjà fait l'amour. Bien. Même *très* bien. Pour lui, c'était sans doute une façon de me montrer qu'il était capable de se tenir et de faire étalage de ses bonnes manières, au lieu de faire une nouvelle fois l'amour très bien. Je ne veux pas paraître dure ou prétentieuse en insinuant qu'il surestimait ses capacités sexuelles. Je crois plutôt qu'il n'avait pas beaucoup d'expérience, à part quelques aventures avec des étudiantes revêches ou des stagiaires frustrées.

Il voulait m'être agréable et voir avec moi un film que j'aimais. J'avais eu suffisamment de copains pour savoir qu'ils font ça au début d'une relation. Ensuite, ils sortent de la pièce ou demandent qu'on aille voir l'autre poste ; ou alors, ils attrapent la télécommande et passent sur la chaîne de sport.

Nous n'avons pas échangé un mot de toute la projection. À la fin, il a dit : « Génial, en traînant sur la dernière syllabe avec son accent anglais un peu snob. Mais il pousse le bouchon un peu loin, non ? »

Recalé ! « Un peu loin » ? Encore un qui vit dans le monde des Bisounours, qui veut croire que tout le monde est gentil, qui évite les livres et les films comportant des scènes pénibles ou violentes ? Ils sont nombreux, bien plus qu'on ne pense.

Pas lui. Il faisait juste semblant d'être gentil. Ou c'était un gentil qui faisait semblant d'être méchant. Ça l'excitait, ça le branchait que j'aime ce film ; pour lui, c'était sexy. Inquiétant, mais agréablement inquiétant. C'était une histoire pour les mecs, pas pour les filles, qui pour lui – probablement à cause de ses ex-petites amies fadasses – n'avaient qu'une envie en rentrant à la maison le soir : se pelotonner dans le canapé avec un verre de pinot gris devant la dernière adaptation de Jane Austen sur la BBC.

Pour ma part, je préfère la tequila – ou, mieux, le mezcal. Mais pas en sa présence.

Plus tard, j'ai découvert qu'il adorait les séries de polars noirs, comme *Breaking Bad* ou *The Wire*. Un genre que je n'apprécie pas tellement, alors que mes jeunes collègues adorent : je n'arrive pas à me souvenir de tous les personnages.

Sans rien dire à personne, on est partis à Las Vegas, on s'est mariés à la Elvis Chapel et on a passé trois jours au lit dans une suite du Bellagio. Une petite escapade avec au programme sexe, *room-service*, champagne, télé. La frime réciproque.

Son idée d'aller rendre visite à « maman » dans le nord de l'Angleterre en guise de voyage de noces n'a pas été ce qu'il a fait de plus malin. Il n'arrêtait pas de me vanter la beauté romantique des étendues de landes. Il savait que j'aimais *Les Hauts de Hurlevent* et Haworth Parsonage, la résidence des sœurs Brontë, n'était qu'à une heure de route.

Deux journées de grisaille, de brume et de pluie froide continuelle, sous des nuages si bas qu'on ne voyait rien du paysage. Je déteste cette sensation de froid qui s'insinue sous la peau jusqu'aux os. Et tout ça pour quoi ? Pour déambuler dans une baraque sinistre, remplie d'adolescentes pleurnichardes en pèlerinage, et pour rentrer dormir dans la maison mitoyenne humide, mal chauffée et couverte de salpêtre de cette femme rabougrie, qui n'aimait pas son fils et moi encore moins ?

En règle générale, j'évite autant que possible d'avoir de la compassion. J'estime que ce n'est bon ni pour la personne qu'on plaint, ni pour celle qui s'apitoie. Mais quand j'ai vu cette bicoque, avec le lino craquelé, les radiateurs à gaz qui puaient, les lourdes tentures sombres, le mobilier imprégné de l'odeur de tous les ragoûts d'agneau qui avaient été cuisinés depuis le règne d'Henry VIII… Pauvre Sean !

Un jour qu'il était parti faire les courses, j'ai offert à sa mère de boire une gorgée à ma flasque. J'ai fait les présentations : « Belle-maman, voici Jose Cuervo. Jose, la maman de Sean. » Herradura, en réalité ; la tequila bon marché me donne la migraine. Après toutes ses années de sherry, elle a eu une révélation. Je l'ai assurée que je la tuerais si elle en parlait à son fils, et elle a eu un petit rire coincé : elle a cru que je plaisantais.

Elle est allée se coucher tôt et Sean ne s'est pas rendu compte qu'elle était soûle. Cela m'a permis de signer avec elle un pacte secret qui a rendu notre séjour presque divertissant. Presque.

Et puis il s'est passé un truc drôle.

Toute ma vie, j'ai souffert, par périodes, de bouffées d'ennui suffocantes. J'en connaissais les signes annonciateurs, comme on sent l'arrivée d'une migraine ou d'une crise de vertiges. Je savais que je devais agir pour éviter de sombrer ou de partir en vrille. Depuis mon enfance, j'avais appris à me débrouiller pour les évacuer. Comme une piqûre d'insecte que je devais gratter.

J'ai volé la bague de ma belle-mère.

C'était un bijou ravissant : un saphir encadré de

deux gros diamants, enchâssés sur une monture simple en or. J'avais complimenté ma belle-mère à son sujet peu après notre arrivée, et elle m'avait fait tout un baratin sur la taille et le sertissage des pierres, les circonstances dans lesquelles son mari la lui avait offerte avant leur mariage, la liste de tous les propriétaires et un historique qui remontait à l'époque de Néandertal. J'ai arrêté d'écouter. Je ne sais plus si j'ai décidé de la subtiliser à ce moment-là ou si l'idée m'est venue d'un coup, lorsque la possibilité s'est présentée.

Un soir, je l'ai fait boire un peu, comme d'habitude. Je m'étonnais que son fils ne remarque pas qu'elle devenait alors encore plus désagréable et amère. Je suppose qu'il en avait pris son parti depuis longtemps. Elle lui a cassé les pieds pour qu'il aille dans le « petit salon » regarder la « télé » pendant que les « filles » allaient ranger. Elle a pris soin de poser son anneau sur le rebord de la fenêtre au-dessus de l'évier pour laver la vaisselle, puis elle est partie en trottinant au « petit coin ».

Je l'ai mise dans ma poche. Aussi simple que ça. *Elle est là – elle n'y est plus*. Impulsion ? Préméditation ? Aucune idée, et aucune importance. Je ne suis pas kleptomane de nature. L'occasion a fait le larron.

Elle n'y a repensé qu'une fois la vaisselle terminée. Elle est devenue hystérique. Elle poussait des gémissements d'animal blessé. Sa bague ! Sa belle bague ! Où était-elle ? Elle n'était nulle part ! Était-elle tombée dans l'évier ? Pourquoi n'avait-elle pas été plus attentive ? Comment pourrait-elle s'en passer ?

On a retourné toute la maison et le fiston obéissant

a dû descendre au sous-sol démonter la plomberie et tripoter des tuyaux répugnants.

Devinez quoi ? Il est revenu bredouille. En nous disant au revoir, sa mère avait les larmes aux yeux, plus affectée par la perte de son alliance que par le départ de son fils et de sa nouvelle bru. Je l'ai fait remarquer à Sean dans l'avion qui nous ramenait à New York. En classe affaires.

« Ta mère aime cette bague plus que toi.

— Ne sois pas dure avec elle. »

Je l'ai sortie de mon sac et la lui ai montrée. Il était fou de joie.

« Tu l'as trouvée ? C'est gentil ! Elle va être tellement contente !

— Non. Je l'ai, je la garde et je n'ai aucune intention de la rendre. Elle l'emportera dans sa tombe et ce serait du gâchis. »

Était-ce un trait de mon humour américain si particulier ? Une blague ? Il a souri pour montrer qu'il comprenait la plaisanterie.

Ce n'en était pas une.

« Tu l'as piquée ? »

J'ai levé les sourcils, haussé les épaules.

« J'en avais envie, je l'ai prise.

— Il faut absolument lui rendre. Je lui dirai qu'elle est tombée dans ton sac quand vous étiez dans la cuisine et que tu viens de t'en rendre compte.

— Plus bas, chéri. » Les hôtesses nous observaient. Sean leur avait dit que nous étions en voyage de noces Le charmant couple de jeunes mariés était déjà en train de se quereller ?

« Je ne la rendrai pas. Qu'est-ce qu'elle fera, à ton

avis ? Demander l'extradition de sa belle-fille et la faire emprisonner ? Si tu t'avises de lui annoncer que je l'ai récupérée par hasard, je lui dirai que je l'ai dérobée. Exprès. Qu'est-ce qui serait pire, pour elle ? Croire qu'elle a perdu sa bague ou savoir que son fils a épousé une voleuse, une menteuse et une sadique qui cherche à vous faire souffrir tous les deux ? »

Ce n'est d'ailleurs pas la raison pour laquelle je me l'étais appropriée. Je ne voulais faire souffrir personne : je voulais simplement cette bague. Elle me plaisait. Je ne voyais pas pourquoi elle ne serait pas à moi. J'ai poursuivi : « À moins que je ne lui raconte que c'est toi qui l'as chipée pour me la donner. »

Il m'a dévisagée. Il a vu que je ne changerais pas d'avis, et moi, j'ai vu qu'il avait peur de moi, de cette facette de ma personnalité qu'il découvrait subitement. Il y en avait beaucoup d'autres qu'il ne connaissait pas, certaines qu'il ne connaît toujours pas, et qu'il ne connaîtra sans doute jamais.

Qu'a-t-il redouté de ma part ? Je ne sais pas vraiment. Pourquoi aurait-il accepté d'avoir un enfant avec une femme en qui il n'avait pas confiance et qui l'effrayait ? Probablement parce qu'il m'aimait – ou qu'il aimait avoir peur.

J'ai commandé du champagne et lui ai dit : « Maintenant, tu vas me la passer au doigt. Et me jurer que tu m'aimeras toujours avec cette phrase : “Avec cet anneau, je te promets fidélité éternelle.”

— Tu as déjà une bague de fiançailles !

— C'est celle-ci que je veux. J'ai revendu celle que tu m'avais offerte, tu ne t'en es pas rendu compte ? »

En fait, je l'avais portée la veille, mais j'avais l'intention de la vendre dès notre retour.

Sean a pris ma main, a glissé le bijou de sa mère à mon doigt. Sa voix s'est brisée lorsqu'il a prononcé : « Avec cet anneau, je te promets fidélité éternelle.

— Éternelle… En attendant, rejoins-moi aux toilettes dans vingt secondes. Frappe deux fois. »

On a fait l'amour debout, dans cet espace minuscule, mon cul sur le lavabo. Je l'avais. Il était à moi.

***

Jusqu'à aujourd'hui, il ne m'était jamais venu à l'esprit qu'il puisse être aussi con et faible. Con au point de sauter sur la première femme qui lui ferait comprendre qu'elle était disponible.

Je sais qu'il pense que je suis morte, même si je l'ai prévenu clairement qu'il ne devait pas y croire. Pourquoi n'a-t-il pas suivi mes instructions ? Fallait-il que j'ajoute qu'il ne fallait pas prêter foi au rapport d'autopsie ? Que même s'il récupérait ma bague – la bague de sa mère –, cela ne signifierait pas pour autant que j'étais décédée ? Pour être juste, je ne m'attendais pas à ce qu'elle lui soit rendue. Ce fut un bonus imprévu. Cette bague a accompli un nouveau miracle.

Ce type est honnête – trop honnête. Trop confiant aussi, on s'en est rendu compte. Et beaucoup trop simple.

Je lui avais répété : « Je ne serai pas morte. Quoi qu'il arrive, ne crois pas à ma mort. » C'était comme l'avertissement dans les légendes : « En sortant de l'enfer, ne te retourne pas. » Une fois de plus, le héros n'a pas été à la hauteur.

Et en admettant qu'il gobe ma baignade fatale dans l'eau glaciale du lac après avoir avalé des comprimés et bu de l'alcool, n'aurait-il pas dû respecter une période de deuil décente ? Pour me pleurer, commencer à m'oublier et reprendre le dessus ? Se résoudre à « aller de l'avant », pour citer à nouveau Stephanie. Ensuite, il se serait trouvé quelqu'un qu'il n'aimerait ni ne désirerait pas autant que moi, mais qui ferait la cuisine, le ménage et s'occuperait de Nicky.

Mais ma « meilleure amie » Stephanie ? C'est la honte. C'est même insultant qu'après moi, il puisse s'intéresser à cette malheureuse créature dévorée par la culpabilité et déterminée à se repentir de ses péchés en devenant la meilleure mère de l'histoire. On ne peut pas dire qu'elle joue dans la même catégorie que moi. L'idée qu'il couche avec elle me rend dingue. Comment ai-je pu épouser un homme qui saute sur cette fille une seconde après qu'il m'a perdue ?

Une punition s'impose.

C'est la connerie de Sean que je contemple, derrière un arbre au fond de la cour, pendant que Stephanie bat des ailes de fenêtre en fenêtre comme un oiseau en cage. Elle cherche à me voir, à repérer où je suis. Elle lève deux doigts, puis sept. Elle scrute la forêt en pensant : *Au secours ! Au secours !*

Je la laisse sautiller de pièce en pièce. Elle n'ose pas sortir. J'attends un peu, puis je repars vers ma voiture, que j'ai garée juste après l'allée.

Je retourne dans ma chambre du motel Hospitality Suites, à Danbury, où je me suis inscrite sous un nom d'emprunt en donnant un faux numéro de carte de crédit. Je conduis la voiture de ma mère ; je l'ai prise au chalet après avoir abandonné dans les bois celle que j'avais louée.

Je fais le pari que Stephanie ne dira pas à Sean que je l'ai appelée ni que je les espionne. Elle racontait toujours qu'elle avait peur que les gens la considèrent comme folle ou parano. Je l'entends encore : « N'est-il pas scandaleux qu'on cherche toujours à faire passer les mamans (cela m'insupportait qu'elle emploie ce mot sans arrêt) pour des déséquilibrées ? » C'est ce que j'étais obligée d'écouter tous les vendredis après-midi, pendant que j'essayais d'imaginer comment j'allais pouvoir aller au bureau le lundi et gérer la dernière crise de Dennis.

Si elle prétend qu'une femme, que tout le monde croit défunte, est non seulement vivante mais qu'en plus elle la surveille, cela peut effectivement donner à penser qu'elle a perdu la boule – voire en donner la preuve. Voilà bien une préoccupation que je n'ai pas, moi la responsable de l'image publique de Dennis Nylon, la mère et épouse efficace et bien dans sa peau, impeccablement habillée et maquillée. Sûr que si la vérité se savait, on en conclurait que je suis bien plus folle que Stephanie, qui n'est qu'une bécasse pas bien maline et très angoissée.

Si Sean reconnaît quelque chose, il devra tout reconnaître : que nous avions mis au point une combine pour subtiliser à la compagnie d'assurances de son entreprise une (relativement) petite fortune. Il travaille dans la finance ; il a donc appris à ne pas dévoiler son jeu. C'est une science que les banquiers partagent avec les joueurs de poker. Et les amateurs d'émotions fortes, dont je fais partie.

***

Cette combine est née d'un jeu auquel s'adonnent, je n'en doute pas, de nombreux couples : que ferions-nous si nous étions en possession de plusieurs millions de dollars ? On imaginait qu'on arrêterait de travailler, qu'on irait vivre avec Nicky dans un bel endroit et qu'on dépenserait tout en prenant du bon temps.

Sean gagnait bien sa vie, et j'avais une situation confortable. Nous avions une jolie maison, un gosse adorable : largement de quoi être satisfaits de notre sort. Et pourtant, ce n'était pas le cas. L'insatisfaction n'est probablement pas ce qu'il y a de mieux à partager, ni la frustration la base la plus solide d'un mariage. En tout cas, il vaut mieux qu'elles soient ressenties par les deux membres du couple plutôt que par un seul. Sean méprisait les escrocs qui l'employaient et se plaignait que son travail lui pompe trop de temps et d'énergie. Du coup, il a été plus simple de le persuader que mon projet était une opération à la Robin des Bois, que nous étions, comme Bonnie et Clyde, des héros hors-la-loi. De mon côté, je n'en pouvais plus de l'industrie de la mode, de tous ces gens persuadés que la fin du monde était arrivée si un mannequin se tordait un orteil pendant un défilé. Les top-modèles étaient des caractérielles qui ne se nourrissaient que d'eau et de cigarettes.

Nous achetions chaque semaine des billets de loterie : si nous gagnions le jackpot, nous donnerions notre démission et nous partirions vivre dans la campagne italienne ou le sud de la France jusqu'à ce que nous n'ayons plus d'argent. Ensuite, on réfléchirait à l'étape suivante.

Et puis j'ai eu l'idée d'une autre sorte de loterie, où nous aurions une marge de manœuvre plus importante : le gros lot qu'il nous fallait pour nous échapper, avoir une existence de rêve, le temps de profiter de notre fils sans être épuisés et stressés en permanence, même lorsque nous ne travaillions pas.

C'est ce que nous voulions. Il s'avère que ce qu'il veut, maintenant, c'est Stephanie. Ça me convient. Moi, c'est Nicky, mon fils, que j'ai toujours voulu. C'est encore vrai.

J'ai montré à Sean les films que j'aimais : des polars en noir et blanc des années 1930 et 1940, que je téléchargeais le soir. C'est ainsi qu'on a commencé à cogiter sur cette arnaque à l'assurance. Au début, c'était juste pour rire. Il n'a pas vu où je l'entraînais. Je lui ai exposé les différentes étapes et il a suivi, comme les types crédules de ces intrigues policières qui se font mener par le bout du nez. Il était Fred MacMurray et moi, Lana Turner.

Il nous fallait une Stephanie – ou quelqu'un dans son genre. Elle convenait presque trop bien. J'ai eu parfois le sentiment effrayant qu'elle correspondait exactement à ce dont nous avions besoin et que nous allions pouvoir lancer notre projet en sautant plusieurs étapes. Elle était tellement parfaite que, d'un coup, notre machination est devenue possible. Bien plus qu'avant que je la rencontre et qu'elle en devienne un rouage involontaire, bien plus que lorsqu'on se disait « chiche », qu'on agitait simplement une idée marrante.

Elle ne pouvait pas soupçonner quoi que ce soit, j'en étais convaincue : c'était un tel bonheur pour elle d'avoir une amie ! Chaque fois qu'elle m'appelait sa « copine maman », j'en avais des haut-le-cœur.

Je l'ai repérée dans la foule – le troupeau de mères de famille qui attendaient leurs gosses à la sortie de l'école. On associe généralement les prédateurs au sexe, à l'emprise psychologique, à l'abus de faiblesse, à la criminalité, aux pédophiles ou aux violeurs. Dans la nature, la prédation est motivée par la faim : le requin avale les petits poissons ; le loup dévore l'agneau.

On n'était pas dans ce cas de figure : Stephanie est une adulte. C'était idéal que son fils soit le copain de Nicky. C'était écrit.

Depuis le début, tout cela, c'était pour Nicky. Sean et moi, on travaillait tellement – tard le soir, souvent le week-end – qu'on le voyait à peine. Il grandissait et on n'était jamais avec lui. C'était notre seul enfant. Nous n'en aurions pas d'autre.

Si le concevoir avait été facile, le mettre au monde a été un cauchemar. Le médecin nous a convoqués dans son bureau – ce qui n'est jamais bon signe – pour nous annoncer qu'une seconde grossesse pourrait m'être fatale, ainsi qu'au bébé, dans l'éventualité (faible) où je parviendrais à la mener à terme.

J'avais pris une pilule faiblement dosée et je la supportais en apparence très bien, sans effets secondaires. En tout cas, aucun qui soit reconnu par le corps médical. Si vous voulez mon avis, j'étais très irritable, anormalement agitée et impatiente. Peut-être que ce n'était pas la pilule, mais la vie, tout bêtement. Tout et tout le monde m'ennuyait. Tout le monde, sauf Nicky.

Je me demande quelle méthode de contraception Sean emploie avec Stephanie ; elle a eu une conduite assez irresponsable en la matière. Elle m'a raconté que Miles n'était pas prévu, qu'ils l'ont conçu par accident après un mariage auquel ils étaient invités.

Mon coup monté et la capitulation de Sean ont résulté de plusieurs éléments combinés : ces vieux films et son nouveau contrat de travail, que j'ai épluché attentivement – une vingtaine de feuillets, une succession de clauses, des dizaines de Post-it colorés indiquant les endroits qu'il devait parapher. Et – surprise, surprise ! –, à la page 22, un formulaire d'assurance-vie pour lui et son épouse, avec une énorme prime en contrepartie d'une infime retenue sur salaire.

Je ne l'ai pas lâché. Je le relançais tous les matins, chaque fois qu'on était ensemble. Il m'arrivait de le réveiller en pleine nuit pour reprendre la conversation où je l'avais laissée. Au début, il était réticent, il n'avait pas la vision d'ensemble qui lui aurait permis de voir la beauté de mon projet. Il pensait probablement que j'étais folle. Mais il savait que j'étais déterminée. S'il refusait, les conséquences seraient bien pires que ce que je lui proposais. Pires que ce qu'il pouvait imaginer.

Un soir, après avoir fait l'amour – le meilleur moment pour aborder un sujet avec lui, comme avec n'importe quel homme –, j'ai remis ça sur le tapis. C'est quand même fou : on a beau leur présenter la meilleure idée du monde, il faut néanmoins baiser d'abord.

Il m'a dit : « Notre existence n'est pas si nulle que ça. On travaille comme des malades, mais ça ne durera pas. Nicky a l'air heureux.

— C'est ce que tu veux ? Bosser non-stop sans quasiment voir notre fils, le seul qu'on aura ? Te réveiller et te rendre compte qu'il est déjà parti à la fac ? C'est ce que tu souhaites, jour après jour, la même chose, cet… ennui ? »

J'en avais trop dit. Je m'étais approchée très près d'une révélation que j'avais intérêt à taire. Tout le monde a ses secrets, ainsi que le serine Stephanie.

Il m'a demandé : « Es-tu en train de me dire que tu t'ennuies avec moi ? »

C'était le cas, mais il n'était pas question de l'admettre.

« Tu n'as pas envie de prendre des risques ? De placer tous tes jetons sur une case, jouer, vivre dangereusement, sur le fil du rasoir ? Tu veux en arriver au point où on va se dire : “Il n'y a rien de plus ?” »

Ça l'a calmé. Il a compris qu'en fait, mon message, c'était : « Rien de plus que toi ? » Qu'est-ce qui m'empêcherait de trouver quelqu'un de plus riche et de plus disponible que lui et de me barrer avec Nicky ?

Je ne le ferais pas : il est le père de Nicky. On ne peut rien y changer, et personne ne peut le remplacer.

Je suis revenue à la charge. Si nous voulions continuer à mener le même train de vie, ou plutôt à être menés par notre train de vie – le remboursement de l'emprunt de la maison, la voiture, les œuvres d'art sur les murs, la garde-robe coûteuse, même avec les rabais dont je bénéficiais –, nous étions coincés, il n'y avait pas d'autre issue. La valeur de l'immobilier avait chuté depuis notre emménagement dans le Connecticut, et si nous vendions la maison, ce serait à perte. Nous n'avions pas les moyens de retourner habiter à Manhattan, sauf si nous acceptions de loger dans le quartier de Bushwick ou de nous entasser dans un deux pièces d'un immeuble d'après-guerre de Midtown. Même avec nos deux salaires, il nous faudrait contracter un énorme emprunt ou louer, ce qui serait ruineux et pas du tout intéressant.

Pour la première fois, je ne rouspétais pas s'il voulait se détendre devant la télé. Je sélectionnais *House Hunters*, *House Hunters International*, toutes ces émissions de recherche de logements où, soir après soir, un couple décide de refaire sa vie dans un lieu exotique – Antigua, Nice, la Sardaigne, Belize. Dans quel but ? Échapper à la course infernale et passer plus de temps en famille.

« Tu vois, ces *losers* n'hésitent pas ! Ils font ce que tu n'oses pas tenter.

— Où dégottent-ils l'argent ? Il n'en est jamais question.

— L'argent, je sais où il est, ce n'est pas le

problème. Le problème, c'est de savoir si tu as les couilles de faire ce qu'il faut pour l'obtenir. »

Je n'avais pas oublié l'expression de son visage lorsqu'il m'avait passé au doigt la bague de sa mère, dans l'avion. Ce n'était qu'une question de temps avant qu'il se soumette à ma volonté.

Le scénario était le suivant : il signait pour le montant maximum de l'assurance-vie conseillée par sa boîte. Ensuite, je disparaissais, je ne donnais plus signe de vie, je me faisais passer pour morte. C'était la partie la plus délicate. Mais on voyait ça sans arrêt dans les livres, au cinéma, et dans la réalité. En toute impunité ! C'était donc possible. Il suffisait de bien réfléchir.

Je resterais invisible aussi longtemps que nécessaire, en fonction de l'énergie que mettrait la police à me rechercher. Je changerais de look et me ferais établir un faux passeport. Sean toucherait la prime de l'assurance, et on partirait s'établir en Europe, dans un coin idyllique où personne ne s'interrogerait sur ce couple de jeunes et beaux expatriés américains et leur adorable bambin. On réglerait le loyer en liquide. Une fois l'argent dépensé, on ferait le point. Mais en étant prudents, on aurait de quoi voir venir. On profiterait de l'existence, on se laisserait vivre. On ne s'ennuierait plus.

Ce plan n'était pas bien ficelé. Il avait des défauts, qu'il allait falloir aplanir. Aucune personne sensée ne pouvait imaginer qu'il fonctionne. Cela me plaisait qu'il comporte des risques : on était loin du truc bateau et gagné d'avance.

Je m'étais informée sur ce qu'on appelle la « folie à deux », lorsque l'association de deux personnalités provoque l'irruption de leur trouble mental réciproque. J'ai repris *De sang-froid* en me concentrant sur la chimie diabolique qui s'instaure entre les personnages quand ils se rencontrent, sur ces meurtres qu'ils n'auraient pas perpétrés s'ils n'avaient pas été mis en présence l'un de l'autre. Est-ce que nous aussi, en menant à bien ce projet, nous nous pousserions à des actes que nous ne commettrions pas seuls ? À qui portions-nous tort, en réalité ? Notre but n'était pas de supprimer un fermier honnête et travailleur, sa femme et leurs deux enfants, mais de profiter de fonds appartenant à une entreprise qui volait l'argent des honnêtes travailleurs comme cet homme et sa famille.

L'idée nous excitait tous les deux, ce qui n'était peut-être pas très bon signe. Il nous suffisait de l'évoquer pour avoir envie l'un de l'autre. On en discutait en guise de préliminaires, et on faisait l'amour avec presque autant de fougue que lorsqu'il m'avait glissé la bague au doigt dans l'avion qui nous ramenait d'Angleterre. Presque autant. Ça, en revanche, je considérais que c'était bon signe que notre relation soit passionnée – pour notre corps, pour notre esprit, et pour Nicky.

En apparence, nous étions parfaitement normaux. Plus que normaux : un couple de cadres supérieurs occupant des postes à responsabilité, propriétaires d'une maison splendide, parents d'un gentil petit garçon. J'allais oublier : et dotés d'une amie très chère.

J'avais besoin que quelqu'un croie ma version de l'histoire et la raconte à tout le monde. Et surtout, s'occupe de Nicky pendant une période qui allait être difficile pour lui, avant que nous soyons à nouveau réunis. Alison, son excellente nounou, voulait absolument retourner à la fac et n'avait jamais accepté de travailler plus qu'à temps partiel. Il me fallait quelqu'un qui fasse de Nicky sa priorité absolue, éventuellement juste après son fils, mais pas plus.

Notre entreprise était déraisonnable. Une de ces combines désespérées qu'on découvre en lisant le journal et dont on se dit : *Qui peut tomber dans ce panneau ? Comment s'imaginer qu'on va croire ça ?* Mais nous ne trouvions pas le temps de mettre au point une autre stratégie de sortie raisonnable et logique. Cela n'aurait pas été bon pour notre couple. Sean avait encore besoin de voir en moi la rebelle qui l'avait invité, au troisième rendez-vous, à regarder *Le Voyeur* – et en lui le mari de cette fille prête à tout.

Je me suis mise en chasse d'une meilleure amie. Il n'était pas question de sexe ni de pouvoir, mais de proximité, de confiance. À propos de l'éducation de nos enfants, de notre rôle de mère.

Le vendredi après-midi, je partais plus tôt du travail. Je ne l'avais pas obtenu sans difficulté, alors que Dennis Nylon Inc. communiquait abondamment sur ses horaires flexibles et son attitude tolérante vis-à-vis de la vie de famille de ses salariés. C'était moi qui rédigeais les communiqués de presse, et cela n'aurait pas fait bon effet si Blanche – l'adjointe et chien de garde de Dennis – avait refusé qu'en fin de semaine je parte à temps pour aller chercher mon fils à l'école.

Je me suis plantée sous un arbre, près de l'entrée. J'ai observé les autres mamans. J'attendais Nicky tout en cherchant celle qui conviendrait.

La meilleure amie.

C'était une tâche plutôt simple en comparaison de ma mission pendant les défilés, les salons et les réunions de travail, qui consiste à surveiller l'assistance en permanence pour repérer le moindre incident. Catastrophe ! Une vedette a pris la mauvaise marque de vodka !

Pendant que j'attendais cette mère avec qui me lier, je me faisais l'effet du désaxé qui traîne dans le centre commercial à la recherche de la préado grassouillette et mal dans sa peau qui mâchouille ses cheveux.

Je cherchais une « Supermaman ». C'était ainsi qu'avec Sean on surnommait celles qui ne sortent pas sans sac à dos, poussette, lit pliant, chaise haute, porte-bébé, vêtues d'une doudoune matelassée qui leur donne une allure de cosmonaute. Prêtes à aller jusqu'à la planète Mars si nécessaire, avec bébé bien au chaud et en sécurité.

J'en cherchais une désireuse de se faire une meilleure amie. Celle qui me cherchait, moi.

Stephanie avait raison de dire que les autres mères n'étaient pas sympathiques. Sean et moi avons vécu dans Upper East Side quand Nicky était bébé, ce qui fait que leur froideur n'était pas une nouveauté : au bout de plusieurs mois, elles nous réservaient le même accueil glacial.

Au cours des semaines qui ont suivi la rentrée,

Supermaman a regardé plusieurs fois dans ma direction. C'est seulement le jour où elle a oublié son parapluie que nos yeux se sont croisés. Même de loin, on voyait qu'elle était paniquée. Comme si cet oubli était un drame, alors qu'il ne faisait pas froid et qu'il ne pleuvait pas très fort. J'étais habituée à ce genre de comportement de la part des VIP, mais pas chez les personnes « normales ». Puis j'ai vu qu'elle fixait anxieusement la porte de la classe, et j'ai compris qu'elle n'était pas inquiète de se faire mouiller, mais que son fils le soit pendant le court trajet jusqu'à sa voiture.

Je lui ai fait signe de me rejoindre. J'avais pris le parapluie qu'un fournisseur avait livré en quelques exemplaires à Dennis. Celui-ci voulait un modèle large, ultrarésistant et léger. Pour finir, il avait annulé sa commande car il le considérait trop kitsch pour le prix. Il avait opté pour une forme classique, inspirée du pépin traditionnel des banquiers anglais. Le prototype suivant était splendide, aussi grand qu'une tente. Sean a été touché que je lui en offre un, comme si je l'avais fait fabriquer sur mesure pour lui. Lorsque nous avons emménagé ensemble, il a compris que j'en avais récupéré une demi-douzaine à la fin d'un cocktail au cours duquel nous avions distribué des cadeaux haut de gamme. Ces soirées représentaient tellement de travail ! Systématiquement, une diva essayait de convaincre mon assistant de lui obtenir des chaussures que nous ne fabriquions pas. Dennis Nylon a vendu cent mille exemplaires du parapluie de banquier, surtout au Japon.

Bref, j'ai invité cette mère hyper-anxieuse – qui m'a

dit : « Bonjour, je suis la maman de Miles » – à venir sous mon immense parapluie haute couture décoré de canards hilares. Il était fait pour elle ; il lui était destiné. Dennis avait eu raison en décrétant qu'il ne convenait pas pour la tranche d'âge de ses clientes.

On aurait dit que j'avais recueilli à bord de mon yacht son radeau de sauvetage dansant sur une mer infestée de requins. L'inviter à s'abriter revenait à faire partager son bol de croquettes à un chaton affamé.

Je lui en ai fait cadeau parce que je voulais qu'elle se sente élue entre toutes. Je lui ai raconté que c'était le seul que Dennis avait reçu. Plus tard, en arrivant chez moi, j'ai vu qu'elle découvrait les autres et je me suis dit : *Fais gaffe aux histoires que tu racontes.* Depuis, je fais attention.

Elle était persuadée que je savais que Nicky et Miles étaient copains. Sinon, compte tenu de la mentalité snob des habitantes du Connecticut, pourquoi lui aurais-je fait signe ? J'étais effectivement au courant que Nicky avait un copain dénommé Miles, mais à l'époque, j'avais peu d'échanges avec lui : souvent, il dormait déjà quand je rentrais à la maison. Alison l'avait fait dîner et mis au lit. Il arrivait aussi que son père ne le voie pas de la semaine.

C'était pour cela – du moins en partie – que nous avions échafaudé notre plan. Raison n° 1 : voir mon fils. Raison n° 2 : faire quelque chose de risqué pour échapper à l'ennui. Raison n° 3 : laisse-t-on passer une chance de gagner deux millions de dollars sans se fatiguer ?

J'ai invité Stephanie à venir à la maison avec Miles. On était vendredi soir, mais je savais que

Sean travaillerait tard. Les garçons sont partis jouer, ravis d'être ensemble.

J'ai peu beaucoup de souvenirs de cette première conversation. J'ai probablement acquiescé à tout ce qu'elle a dit. Oui, élever des enfants est épuisant. Oui, cela demande un engagement total. Non, on ne s'attend absolument pas aux émotions et aux responsabilités que cela implique. C'est un véritable choc. Ça en vaut la peine. Un cauchemar. Une grande joie. J'opinais du chef, encore et encore.

Elle était en extase : elle avait déniché l'âme sœur. Et moi le volontaire qui enfonce l'épée dans la boîte du prestidigitateur d'où la jolie assistante s'est mystérieusement envolée.

Il y a plusieurs années, Pam, la directrice artistique de Dennis Nylon Inc., a organisé une séance de photos de mode. Elle avait eu l'idée de photographier des joueurs de poker professionnels, fréquemment invités sur les plateaux télé, vêtus des costumes de la dernière collection de Dennis : thème tropical, coupe gangster près du corps, tissu anthracite satiné.

Elle n'avait pas assez réfléchi : les champions de poker ne s'habillent pas dans des tailles standards. Ce sont des cow-boys adipeux, des Asiatiques baraqués ou des matheux fondus d'informatique, qui gardent une dégaine de plouc quel que soit ce qu'ils ont sur le dos. Un seul sortait du lot : un joueur assez connu, que tout le monde appelait George Clooney. (Ce n'était pas l'acteur, mais il lui ressemblait.) Sa copine, Nelda, qui avait chanté du punk dans les années 1980, était également une bonne joueuse, capable de gagner ou perdre trente mille dollars en une soirée et de revenir le lendemain.

La séance s'est assez mal passée et, à la fin, il était évident qu'elle avait coûté une fortune et qu'on ne pourrait sans doute pas la publier. Le concept de départ était bon, mais tous les gens qui avaient été photographiés, à l'exception de George Clooney, donnaient l'impression d'avoir une serpillière sur le dos. Cela avait coûté un fric fou, pour un résultat désastreux. La pauvre Pam a perdu son boulot.

Après la prise de vues, j'ai invité George Clooney et Nelda à boire un verre au nom de la boîte, pour nous faire pardonner cette journée calamiteuse. Je faisais, vainement, mon possible pour sauver la mise. Ils n'avaient pas vraiment envie d'y aller, surtout une fois qu'ils ont compris que Dennis Nylon ne nous accompagnerait pas, mais ils n'ont pas pu concocter d'excuse assez rapidement. Nous nous sommes rendus dans un bar à tequila sympa que je fréquentais, juste à côté, et très vite, ils se sont mis à me raconter des histoires de poker.

J'aimerais me souvenir de ce qu'ils m'ont dit ce soir-là : leurs astuces et techniques me seraient plus qu'utiles dans la vie quotidienne. Je ne me souviens que d'une seule : aux tables où l'on mise gros, il y a toujours un joueur que les autres appellent « le poisson ». À la fin de la partie, le poisson a tout perdu. George Clooney a ajouté : « Si tu ne sais pas qui est le poisson, il y a de fortes chances que ce soit toi. »

Stephanie était le poisson. En temps normal, je n'aurais pour rien au monde souhaité me lier avec une fille qui tenait un blog dans lequel elle écrivait qu'elle voulait contacter des mamans partageant ses points de vue.

Au cours de ce premier après-midi, j'ai parlé de mon boulot, Stephanie de son blog. Je l'ai assurée que j'étais impatiente de le lire. Pour elle, la boucle était bouclée : nous n'étions pas amies uniquement parce que nous étions mères de famille ; nous avions un cerveau et une carrière, de l'estime pour notre parcours professionnel respectif.

J'avais appris qu'elle avait perdu son mari dans un terrible accident : comment vivre dans notre petite ville sans le savoir ? Il valait mieux que je fasse semblant de l'ignorer, que j'attende qu'elle l'aborde elle-même.

Son blog a été l'élément décisif. Une succession de banalités, de billets ringards sur la meilleure façon d'être une mère parfaite, des appels lancés aux « autres mamans », la volonté de les aider, et, à l'occasion, un petit rappel des pressions qu'exerce la société pour nous transformer en machines à faire des bébés et à les élever, sans vie personnelle, sans identité propre. Surprise, chères mamans : c'est déjà le cas !

J'étais rassurée : je pouvais lui laisser mon mari et mon fils sans crainte qu'ils gobent ses conneries. Comme c'est drôle… Il y a de quoi rire jaune, non ?

On veut toujours ce qu'on n'a pas. Stephanie m'enviait ma carrière chez Dennis Nylon, même si elle ne l'admettait pas. Moi, je rêvais – du moins, je le pensais – de rester à la maison avec Nicky et du pognon, dans un bel endroit, sans avoir à travailler. Je voulais courir le risque de me faire prendre – et ne pas me faire prendre. Je m'occuperais de mon ennui ensuite. Si je devenais trop agitée, Nicky et moi, on trouverait une solution.

Stephanie se trompait lourdement en se voyant occuper mon poste. Avec ses bavardages incessants sur Miles, elle ne serait pas restée cinq minutes dans cette boîte, où personne n'a envie d'en entendre parler. À mon arrivée, aucun des employés n'avait fondé une famille, soit parce qu'ils étaient homos, soit parce qu'ils étaient trop jeunes et flippés dans le cas des hétéros. Ensuite, les couples gays se sont mis à avoir plus de gamins que les autres. Il arrive qu'on me demande des nouvelles de Nicky, mais c'est rare. Dennis, jamais. Absolument jamais.

Sur le papier, l'entreprise est tolérante vis-à-vis des enfants. Seulement sur le papier. Nicky n'était pas né quand Dennis m'a embauchée, et je ne suis pas persuadée qu'il m'aurait prise si j'avais été mère de famille. Dès que je mentionne mon fils, il se ferme, et je change de sujet en l'interrogeant sur ses projets pour la prochaine collection. Il tire son pouvoir à la fois de son génie et de sa capacité à brancher et débrancher son attention dans la seconde.

Si j'avais besoin de quelqu'un pour s'occuper de Nicky lorsqu'il serait temps pour moi de disparaître, je ne pouvais pas dénicher quelqu'un de plus qualifié que Supermaman. C'est le genre de prestation que l'on ne peut pas rétribuer. Qui aurait pu prédire qu'elle pousserait la conscience professionnelle jusqu'à coucher avec mon mari ?

En fait, j'aurais dû m'en douter. Au départ, il m'a

semblé que son blog était juste un catalogue de gentillettes considérations écolos. Une fois que je l'ai mieux connue, cela m'a intéressée d'observer le décalage entre la femme qu'elle prétendait être sur la Toile et celle qu'elle était réellement. Dans ses posts, elle était la respectabilité incarnée, la meilleure mère, la plus honnête. Ce qui ne l'avait pas empêchée d'entretenir pendant des années une liaison passionnée avec son demi-frère, qui avait peut-être provoqué le suicide de son mari.

J'ai choisi de voir ce qui m'arrangeait. Ses mensonges auraient dû me servir d'avertissement.

Bien sûr, elle ne m'a pas dévoilé ses secrets tout de suite. Mais elle a laissé entendre que son passé comportait une part d'ombre, qui m'intéresserait certainement si j'éloignais mon attention de la fascinante question de savoir si les garçons aimaient leur institutrice ou de ses efforts pour amener Miles à manger végétarien.

Elle les faisait fructifier comme un capital. Au début, nos conversations ressemblaient à un jeu de devinettes : elle parlait par allusions et je devais manœuvrer pour qu'elle finisse par me révéler ce que c'était, ou du moins de quoi il était question. Mais au fond, elle avait très envie de me faire ces confidences. Elle était même impatiente.

J'avais fait semblant de ne pas savoir comment son mari et son frère avaient perdu la vie. L'histoire, quand elle me l'a racontée, était si triste que j'ai pleuré. De vraies larmes. Elles ont beaucoup compté pour elle, parce qu'à ses yeux j'étais réticente, limite froide, alors que je faisais des efforts surhumains pour avoir l'air chaleureuse.

Quand on a eu fini de pleurer toutes les deux, elle m'a dit que c'était tellement formidable d'avoir une « meilleure amie ». J'ai eu du mal à répondre, mais ce n'était pas très important : elle était persuadée de savoir qui j'étais et ce que je ressentais pour elle qu'elle n'a pas cherché à connaître la vérité.

Elle était fragile, mais ambitieuse, et ne manquait pas de persuasion. Elle voulait que nous soyons amies pour la vie, comme des ados. Elle étudiait ma façon de m'habiller, mon style, ma relation avec Nicky. C'est aussi flatteur qu'inquiétant que quelqu'un souhaite vous ressembler à ce point. *Jeune fille partagerait appartement* est l'un des films les plus angoissants de l'histoire du cinéma.

Sean et moi, on se répétait sans cesse : on fait ça pour Nicky.

Je n'avais pas envie d'une meilleure amie. Je voulais juste un témoin de moralité qui s'occupe de mon fils pendant une brève période.

Stephanie a déversé son cœur sur moi. J'aurais pu être un prêtre, un pasteur, un rabbin, un psychothérapeute. Comment réagir lorsque la mère du meilleur copain de votre fils vous raconte qu'elle a eu une aventure avec son demi-frère depuis le jour où elle l'a rencontré, à dix-huit ans, et pratiquement jusqu'à ce qu'il meure – et que cela a peut-être provoqué le suicide de son mari ?

Je n'ai rien trouvé d'autre à dire que : « Waow !

— Waow, en effet », a-t-elle répondu.

Quelle révélation lui offrir en échange ? N'est-ce pas ainsi qu'est censée fonctionner une amitié ? Je me suis plainte de Sean et de notre séjour atroce en Angleterre chez sa mère. J'ai raconté que c'était un amant extraordinaire, que ça me gonflait qu'il travaille trop. Je me suis lamentée sur le fait qu'il se croyait plus intelligent que moi et qu'il ne tenait pas compte de ce que je faisais. C'était vrai, mais je ne pouvais pas lui dire le grand secret : chacune de nos conversations, chaque verre de vin blanc après l'école, chaque hamburger dégoulinant de graisse, chaque partie de minigolf – tout cela faisait partie d'un plan que j'avais échafaudé avec lui.

Je ne suis même pas certaine qu'elle m'écoutait. Elle avait besoin de s'épancher, d'insinuer qu'elle avait plus à dire, qu'elle me confesserait un jour un événement plus sombre, qu'elle gardait pour elle. La carotte au bout du bâton de ma fausse amitié.

Elle a choisi un curieux endroit pour me confier ce dernier grand secret – que j'avais en fait déjà plus ou moins deviné.

C'était un samedi, au mois d'août. Sean était resté travailler en ville. On a décidé toutes les deux d'emmener les garçons à la fête du comté. Je m'étais dit que ça pourrait les amuser de voir les anciennes races de poules, les cochons primés, les conserves artisanales. Ils allaient adorer les animaux de la ferme, la barbe à papa et le manège.

Il faisait une chaleur écrasante. Le champ de foire était poussiéreux et étouffant. Les bassines d'huile fumante où ils faisaient frire les oignons et, grande première, des beignets aux biscuits Oreo, faisaient planer dans l'air une vapeur grasse et collante. Pendant quelques minutes, j'ai cru que j'allais être malade ou tourner de l'œil.

Miles et Nicky couraient devant, toujours à portée de vue, pendant que nous nous demandions quelle mère saine d'esprit laisserait ses gosses monter sur les montagnes russes, qui semblaient dater du siècle dernier. J'aurais adoré le faire, mais j'ai compris qu'il valait mieux ne pas l'avouer.

La seule attraction sur laquelle ils étaient en âge de monter seuls et qu'ils ne considéraient pas trop puérile était un manège de petits sous-marins à roulettes, reliés à un pilier central par des montants, qui s'élevaient gentiment avant de redescendre vers un bassin rempli d'eau. Il ne présentait apparemment aucun danger, mais j'étais néanmoins surprise que Stephanie, si névrosée et hyper-protectrice, accepte que Miles y aille.

Nous nous sommes appuyées à la rambarde pour les regarder tourner. Est-ce qu'elle se souvenait du film *L'Inconnu du Nord-Express*, que nous avions visionné ensemble ? La scène du manège l'avait beaucoup perturbée, et je crois qu'elle n'avait pas fini le livre, bien qu'elle m'ait assurée du contraire.

Elle m'a dit : « Observe Miles quand il passera devant nous.

— Pourquoi ?

— Fais bien attention. Tu te souviens des photos de mon frère Chris ?

— Bien sûr. » Un beau brun musclé, en jean et tee-shirt blanc, l'air intimidé par l'objectif, le regard un peu fuyant. Je pouvais comprendre qu'il l'ait attirée, parce que j'avais vu des portraits de son mari, et le frère était beaucoup plus séduisant. En me montrant sa photo et celle du mariage de ses parents, elle avait insisté sur la ressemblance entre son père et son demi-frère, entre sa mère et elle.

« Il faut que je te dise une chose que je n'ai dite à personne. Absolument personne. »

Elle avait déjà entamé quantité de conversations ainsi. Si certaines de ses histoires valaient le coup – son aventure avec ce frère, par exemple –, bien d'autres de ses « révélations » m'avaient paru tellement insignifiantes que je les avais oubliées aussitôt.

Les enfants sont passés devant nous dans leur sous-marin et nous ont souri en agitant la main. Nous avons répondu de la même façon.

Je pensais à la scène du film d'Hitchcock, où le manège s'emballe et devient incontrôlable pendant que Farley Granger et Robert Walker se livrent un combat à mort. La seule personne qui peut l'arrêter est un vieux monsieur qui rampe sous le manège. Le voir avancer au péril de sa vie est bien plus effrayant et plein de suspense que la lutte des deux hommes.

Que ferions-nous si Miles et Nicky se mettaient à tourner de plus en plus vite ? Qui se faufilerait sous le manège pour les sauver ? La fille du guichet était en train d'envoyer des SMS. Je me suis rendu compte que j'avais le même genre de réflexions que Stephanie. Je me suis dit : *Toi, c'est Emily.*

Je me suis rapprochée et j'ai branché l'enregistreur miniature que je transportais toujours dans ma poche pour des occasions comme celle qui se dessinait. Le manège diffusait des tubes de musique disco, mais pas très fort : l'employée laissait le volume assez bas au cas où elle recevrait un appel sur son téléphone.

Stephanie s'est lancée : « Je suis pratiquement certaine que mon demi-frère, Chris, est le père de Miles. »

Elle a appelé son fils : « Coucou, chéri ! » et j'ai fait signe au mien.

Je lui ai répondu d'un ton calme : « Qu'est-ce qui te fait penser ça ? Tu en es sûre ou pas ?

— Oui, j'en suis sûre. Davis était parti visiter un site au Texas. Chris est passé me voir. Miles lui ressemble énormément, et pas du tout à Davis. Ma belle-mère affirme qu'il n'a pas un seul gène de sa famille. »

Je savais qu'elle allait me dire ça, je m'y attendais. Il n'empêche que j'ai été choquée qu'elle me l'avoue.

« Miles te ressemble.

— Tu crois que les gens s'en doutent ?

— Bien sûr que non. » Qui pourrait avoir cette idée ? Certainement pas le personnel de l'école. Peut-être Miles, plus tard, s'il demandait à voir des photos de son père et de son oncle.

J'ai pensé : *Personne, à part ton mari décédé*. Mais je n'allais certainement pas l'exprimer tout haut.

« Emily, tu me connais tellement bien. Tu comptes beaucoup pour moi. C'est si bon de pouvoir se confier à quelqu'un, de ne pas tout garder à l'intérieur. Est-ce que je suis un monstre ? »

Quand ils sont apparus à nouveau dans leurs sous-marins, Miles et Nicky étaient en transe.

J'ai répondu : « Nos gamins sont super. » Elle comprendrait que c'était ma façon de lui répondre.

Le tour était presque terminé. Prise par le temps, elle s'est dépêchée de finir. « Chaque fois que j'emmène Miles chez le médecin, j'ai l'impression d'être une menteuse et une usurpatrice. Lorsqu'il me demande les antécédents médicaux du côté paternel, je lui donne ceux de Davis. Je ne peux évidemment pas lui annoncer que son père est mon demi-frère. »

Le manège a ralenti, s'est arrêté. Les garçons, en descendant, étaient intarissables. Ce n'était pas le moment d'insister pour en savoir plus sur le père de son fils.

Je n'arrivais pas à croire qu'on puisse faire une telle confession : elle donne tant de pouvoir à la personne qui la reçoit, qui peut l'exercer de toutes sortes de façons. Stephanie avait beau affirmer qu'on ne connaît pas les gens, elle s'imaginait me connaître, me croyait digne de confiance. Elle avait tort. Elle avait préféré oublier que je gagnais ma vie en manipulant l'information. En la biaisant pour l'utiliser de la façon la plus utile.

Quelques jours plus tard, j'ai fait écouter à Sean mon enregistrement de la fête. Il a commenté : « Pas étonnant qu'elle paraisse toujours avoir peur de se faire arrêter. »

Pouvais-je en déduire qu'il la trouvait séduisante ? Je ne crois pas. Je ne croyais pas. Là encore, je ris jaune.

***

Il me restait à mettre au point un dernier élément : comment simuler mon décès sans que nous ayons à attendre une éternité pour toucher la prime ?

Une solution s'est présentée. Elle m'est tombée dessus comme ça et j'ai compris que c'était le moment de foncer. Sean a eu l'intelligence de ne pas me poser de question. Il valait mieux qu'il ne le sache pas.

Est-ce que tout se serait déroulé différemment s'il m'avait crue lorsque je lui ai dit : « Quoi qu'il arrive, ne crois pas à ma mort » ? Il n'aurait peut-être pas couché avec Stephanie. Je ne me serais pas retrouvée à les espionner dans la forêt derrière notre maison.

Elle ne regarde pas Sean comme si elle redoutait de se faire arrêter, alors qu'elle devrait se sentir coupable – plus que jamais –, mais plutôt comme s'il était un dieu, le seigneur du château qui descend en catimini dans la cuisine pour se taper la soubrette.

L'une des raisons qui m'a poussée à la choisir comme poisson, c'étaient tous les articles qu'elle écrivait dans son blog sur son idée fixe : offrir une alimentation saine à son fils. C'était presque insupportable de l'entendre radoter à ce sujet, mais si je devais lui laisser le mien, cela me convenait qu'elle ne le gave pas de céréales de toutes les couleurs, de frites et de hamburgers.

Je ne m'attendais pas à éprouver la fureur qui m'envahit quand je la vois dans ma cuisine, radieuse – elle dirait : comblée. Pour me calmer, je me répète en boucle : *Elle nourrit mon fils*. Ma rage serait bien pire si je m'attardais sur ce qu'elle fait à mon mari.

Est-ce qu'elle se doute qu'il sait qui est le père de Miles ? Ça m'étonnerait. Elle s'imagine qu'elle rend Sean plus heureux, Nicky moins malheureux, en prenant la place de sa meilleure amie défunte. Elle joue le Bon Samaritain, et elle est persuadée que je la remercierais si j'étais au courant. Si j'étais en vie.

Elle est aussi transparente que Sean se révèle opaque. Qu'est-ce qu'il fait avec elle ? C'est lui que je ne cerne pas. Ce type qui s'approche dans le dos de mon « amie » pendant qu'elle fait la vaisselle et l'embrasse dans le cou comme s'il voulait lui faire l'amour sur le plan de travail, mais dommage, les gamins sont dans la pièce à côté… Comment ne pas être révoltée ? Est-il amoureux d'elle ? A-t-il perdu l'esprit ? Pour moi, cela reviendrait au même.

Nous avions décidé que nous n'aurions aucun contact pendant six mois, jusqu'à ce que l'intérêt sur l'affaire s'estompe. Pendant cette période, je serais morte. On penserait à un suicide. Les avocats de Sean défendraient la thèse de l'accident, dû à l'absorption simultanée d'alcool et de médicaments, et gagneraient.

Notre séparation n'était pas censée être permanente, et nous n'étions pas censés refaire notre vie avec quelqu'un d'autre. C'est une grave entorse à notre projet. Et cela change tout.

L'un des avantages du milieu de la mode, c'est la moyenne d'âge des gens qui y travaillent : ils sortent à peine de l'adolescence et savent utiliser un téléphone à carte prépayée, ouvrir un compte factice de carte de crédit, créer des adresses mails bidon et obtenir des faux papiers d'identité – autant de compétences qui laissent à penser qu'être jeune et célibataire à New York revient à être délinquant et rebelle. S'ils ignorent comment faire un truc illégal, ils connaissent quelqu'un qui connaît quelqu'un qui sait – généralement dans le quartier de Bushwick.

Nous avons obtenu un passeport pour Nicky, et un faux pour moi, qui servirait le moment venu. Pour la photo, j'ai mis une perruque et des lunettes qui me changeaient totalement le visage, et que je reprendrai lorsqu'il sera temps de partir en voyage. En dix secondes, je les ai retirées et j'ai repris mon allure « naturelle ». Quel soulagement d'être à nouveau moi-même !

Sean et moi avons signé sous serment un document autorisant chacun des deux époux à sortir du territoire seul avec Nicky. Je serai cette inconnue que Sean rencontrera en Europe, avec qui il se remariera après avoir porté pendant une période convenable le deuil de sa femme – moi. Nous vivrons de la prime d'assurance versée à la disparition accidentelle de cette première épouse – toujours moi.

J'ai raconté aux jeunes de mon boulot que j'avais un amant et qu'il me fallait une fausse identité pour appeler l'hôtel et réserver les chambres. Ça leur a beaucoup plu que la directrice de la com', cette Supermaman bourgeoise de banlieue, trompe son beau mari anglais. Ils se sont mis en quatre pour m'aider en jurant de se taire. J'avais peur qu'ils ne parlent, mais ils ne l'ont pas fait. Ils ont adoré l'idée d'une romance clandestine.

En apprenant ma mort, ils ont été sincèrement tristes – mais aussi satisfaits de connaître les dessous de l'histoire, d'être les seuls informés de ma liaison. Ils ont supposé qu'elle était en lien avec les comprimés et l'alcool, le suicide ou l'accident. Une vraie tragédie.

J'ai organisé ma planque : je suis d'abord restée quelque temps dans le chalet du lac, au nord du Michigan. Puis j'ai abandonné la voiture de location, j'ai pris celle de ma mère et je suis allée dans une maison des Adirondacks qui appartient à des amis de mes parents, où j'allais petite. Je savais qu'elle serait vide, et où était la clé. Comme celle de mes parents, elle n'avait pas de télévision ni de connexion Internet. Quel bonheur de sortir des réseaux ! Les gens considèrent que c'est dur ; moi, j'ai adoré. Je ne me manquais de rien – à part mon fils.

C'est seulement plus tard que j'ai commencé à lire le blog de Stephanie et à comprendre ce qui se tramait – et ce qu'elle faisait avec Sean. Comment Nicky se portait – ou plutôt comment elle pensait qu'il se portait.

Franchement, j'étais sur le cul. Il a bien fallu que je finisse par admettre que j'aurais dû m'en douter.

Nicky était tout pour moi. Je ne pouvais pas rester loin de lui, il me manquait trop.

Pour une fois, je ne mentais pas quand j'avais dit à Stephanie que j'étais d'accord avec elle : la maternité avait été un choc. La force de l'amour que j'ai ressenti pour mon bébé m'a saisie à la seconde où je l'ai eu dans les bras. J'avais de la chance, je le savais : chez certaines, c'est plus long à venir. Encore aujourd'hui, dès que je regarde le film d'une naissance, n'importe laquelle, j'ai les larmes aux yeux. Pourtant, je ne pleure pas facilement et je ne suis pas sentimentale. Devenir mère, c'est comme recevoir un coup sur la tête. Voilà, je suppose, qui résumerait en une phrase passe-partout le blog débile de Stephanie.

Pendant tout le temps où j'ai fait la morte, j'ai rêvé chaque nuit de mon fils. Il était sans arrêt dans mes pensées. Je me demandais en permanence ce qu'il faisait. J'en suis arrivée à un point où j'avais l'impression que je ne pourrais pas vivre un jour de plus sans le voir. Comment avais-je pu imaginer que je supporterais cette séparation ? C'était de la folie. Six mois sans lui, c'était comme vivre avec un seul bras, ou sans cœur. Étrangement, je ne ressentais rien de tel vis-à-vis de Sean – et c'était bien avant que je sache ce qu'il fricotait avec Stephanie.

Je me suis postée devant la cour de l'école, où les élèves sortent jouer pendant la récréation. J'ai fait en sorte que Nicky m'aperçoive et pas les institutrices. Il m'a suffi de l'entrevoir pour être envahie d'un sentiment de bonheur total. Je lui ai fait signe. J'ai mis mon doigt sur mes lèvres. J'étais vivante : c'était notre secret.

J'ai décidé de ne pas m'éloigner, avant tout parce que je voulais rester en lien avec lui.

Je suis descendue au motel Hospitality Suites de Danbury. Je prenais un risque en m'installant si près de chez moi alors que j'étais censée ne plus être de ce monde. Cela en valait la peine, puisque cela me permettait de me rapprocher de mon fils. Et puis, j'aime prendre des risques. C'est même ce que je préfère. Il y avait une chance, relativement faible, que cela mette notre plan en danger. Sauf que désormais, c'était *mon* plan. Nicky était mon seul objectif.

J'ai dit au type de la réception que j'acceptais de payer le supplément qu'il me demandait pour bénéficier de l'accès à Internet, mais que c'était une pratique commerciale scandaleuse. Je me suis connectée, j'ai tapé mon mot de passe et j'ai commencé à lire le blog de Stephanie et tous les posts que j'avais manqués depuis que je lui avais laissé Nicky.

En parcourant les premiers, lorsqu'elle attendait que je vienne le chercher, je me suis dit : *C'est elle tout craché.* Une pauvre petite chose terrifiée, qui lançait des appels émouvants à ses lectrices. Ces femmes submergées n'avaient pas mieux à faire que de courir les rues à la recherche de son amie, dont elle ne donnait même pas une description précise ? Elles n'étaient déjà pas suffisamment occupées à changer les couches, cuisiner des croque-monsieur, préparer des biberons ?

J'étais curieuse de voir ce que lui avait inspiré ma disparition : ses hypothèses, son analyse de mon caractère et de mes motivations, sa nostalgie de notre amitié. Alors qu'en fait, elle se préparait à séduire mon mari et prendre ma place – comme si c'était possible !

Jamais je ne leur pardonnerai.

Je ne pouvais pas prévoir qu'ils agiraient ainsi. Maintenant, il faut que je les aie à l'œil, que je les surveille de près jusqu'à ce que je décide de la prochaine étape.

Du temps de notre « amitié », je lisais son blog avec juste assez d'attention pour pouvoir ensuite évoquer les thèmes qu'elle traitait (elle-même et les « bambins » ;

surtout elle, en réalité). Je n'aurais certainement pas choisi de m'abonner à de telles niaiseries. Quel aveuglement, quelles poses ! Cette folie de considérer son fils comme le centre du monde…

Quand j'ai lu ce qu'elle écrivait sur Sean, je me suis mise en colère. Ce chapelet de mensonges, d'illusions égoïstes ! C'était mon mari, mon fils, auprès de qui elle essayait de me remplacer afin qu'ils m'oublient. Je l'avais sélectionnée parce que je cherchais quelqu'un qui s'occuperait de Nicky, non quelqu'un qui voulait un autre enfant. Elle me faisait penser à ces désaxées qui enlèvent des nouveau-nés dans les maternités. J'ai envie d'un bébé, je vole celui d'une autre. Mais Stephanie n'était pas folle à ce point. Et cet enfant était le mien.

***

J'aime bien ce motel. Il est calme et je m'y sens en sécurité. Ma chambre est propre, le décor beigeasse reposant. Les draps et les couvertures sont impeccables, tout est à sa place, il n'y a pas de mauvaises odeurs. Je me suis faite aux taches indélébiles sur la moquette. Il n'a pas les défauts habituels des motels (je n'ai pas eu besoin de bricoler un bouchon pour la baignoire). J'ai séjourné dans des endroits pires à l'époque où je voyageais pour Dennis Nylon. Je prends souvent des bains. J'ai acheté du gel et du shampoing corrects chez Target.

Il y a un restaurant salvadorien assez bon au coin de la rue et une supérette bien approvisionnée au carrefour suivant, où je peux me rendre à pied. J'achète des fruits frais et des nouilles japonaises, que je réchauffe dans la cafetière de ma chambre. Le gérant m'a à la bonne. Il a bien vu depuis mon arrivée que je ne le regardais pas avec méfiance en le soupçonnant d'être musulman, ce qu'il n'est pas : derrière son comptoir, le dieu éléphant des Hindous bénit les tickets de loto.

J'ai un frigo dans ma chambre, et la machine à glaçons est dans le couloir. J'achète du bon mezcal chez le marchand de vins et du jus de mangue à la boutique bio. Tous les soirs, je me prépare un cocktail dont Dennis Nylon m'avait donné la recette (c'est sa boisson préférée), dans un verre spécial que j'ai trouvé au centre commercial. Je le déguste en lisant des ouvrages que je commande sur mon iPad. Je n'avais jamais lu Beckett : il décrit ce que c'est d'être moi en ce moment.

Curieusement, mon boulot, qui occupait tellement de place dans ma vie, me manque très peu. Je n'ai pas non plus le moindre regret pour toutes les catastrophes dont j'étais responsable jusqu'à ce que je leur invente une solution. Ni pour la surconsommation de drogue de Dennis ou les explosions de colère de Blanche. Ni même pour tous les bons côtés de l'excitation. Je suis plus heureuse dans cette piaule de motel à Danbury qu'en représentation pour Dennis Nylon Inc. à Milan ou Paris : que dois-je en conclure ?

La télévision fonctionne assez bien, mis à part qu'ils ne proposent pas le meilleur bouquet. Je regarde les concours culinaires, les émissions sur des gens qui cherchent une maison au bord de la mer, ou qui en construisent une petite roulante dans laquelle ils vont se déchirer ou s'entre-tuer. Je le faisais déjà avec

Sean, mais c'est plus drôle seule. Je ne suis pas obligée de me taper les remarques sur le thème : « Ces gens refont leur vie et pourquoi pas nous ? » C'est le comble, quand j'y pense : je suis censée être morte et lui refais sa vie sans moi.

Va-t-il toucher l'argent si mon décès reste accidentel ? Une défunte ne peut pas s'occuper de Nicky, il va donc falloir agir.

Aux infos locales, il est surtout question d'accidents de la route, de faits divers domestiques ou liés aux gangs de Newburgh, Hartford, ou plus loin en Nouvelle-Angleterre en fonction du nombre de victimes. Les journalistes sont souvent noirs ou d'origine hispanique. Les femmes ont les cheveux permanentés et brillants. Je me connecte chaque jour pour lire, sur le blog de Stephanie, ce qu'elle raconte sur sa vie avec Nicky, Miles et Sean – la famille recomposée qui nage en plein bonheur. Ça m'exaspère de vouloir savoir ce qu'elle écrit, de m'en préoccuper. Quand nous étions « amies », je ne le lisais que parce qu'elle insistait.

Deux jours après que je l'ai appelée pour l'affoler en l'informant que j'étais près d'elle, elle a posté ce billet sur son blog :

25

LE BLOG DE STEPHANIE

L'AU-DELÀ

Bonjour à toutes !

Certaines d'entre vous vont croire que j'ai fini par perdre la boule, que les tragiques événements de ces derniers mois m'ont totalement déstabilisée. tout ce que je peux dire, c'est que je suis encore là. en dépit de tout, je suis toujours moi-même : Stephanie, la maman de Miles.

Aujourd'hui, j'ai envie de vous parler d'un sujet que l'on traite uniquement dans les cours d'éducation religieuse ou à l'église. Lorsqu'on s'exclame : « Plût au ciel ! » ou « Qu'il aille en enfer ! », on ne pense pas au ciel ou à l'enfer comme à un endroit où l'on pourrait un jour se retrouver. Ce n'est pas un thème qu'on aborde dans un dîner, autour d'un verre ou devant un café.

L'au-delà.

Même si nous ne fréquentons pas l'église, la synagogue ou la mosquée, nous avons, pour la plupart, remarqué qu'une fois qu'on devient parent, les questions spirituelles prennent une place plus importante. Miles m'a dit qu'après notre mort, on serait tous réunis sur un gros nuage et qu'on serait heureux. Quelle jolie façon d'envisager les choses ! Pourtant, jamais les adultes ne se demandent : « Où vont ceux qui nous sont chers ? » C'est plus tabou que le sexe ou l'argent.

Les défunts restent-ils à nos côtés ? Peuvent-ils nous entendre ? répondre à nos prières ? nous rendre visite dans nos rêves ? J'ai beaucoup réfléchi à ces questions ces derniers temps. Je me demande où est Emily, ce que je lui dirais si je pensais qu'elle pouvait m'entendre.

Alors, avec ce blog, j'aimerais faire une expérience, aller un peu plus loin que d'habitude.

Je vais écrire comme si je pouvais communiquer avec mon amie qui a perdu la vie. Comme si elle pouvait me lire. En espérant que ces mots m'apaiseront. Et je vous incite, vous toutes, à rédiger votre propre message à une personne qui n'est plus et à qui vous souhaitez vous adresser.

Voici :

26

LE BLOG DE STEPHANIE
(suite)

CHÈRE EMILY, OÙ QUE TU SOIS

Ma chère Emily,

Je ne sais par où commencer. Que dit-on aujourd'hui dans les e-mails ? J'espère que tout va bien pour toi. Que tu es en paix.

Je suis certaine que si tu pouvais me lire, tu voudrais avant tout savoir comment va Nicky. Il est en pleine forme. Tu lui manques, bien sûr. Tu nous manques à tous, plus que je ne saurais l'exprimer. Il sait que tu seras toujours sa maman, que personne ne peut te remplacer, mais il ne pleure plus chaque soir comme avant. Je suis certaine que tu n'aurais pas voulu que ça dure, n'est-ce pas ?

Parfois, je voudrais que les défunts soient avec nous, près de nous. Que Davis, Chris et toi – ainsi que mes parents – se tiennent juste derrière moi et me protègent, m'épaulent, me conseillent, même à mon insu. À d'autres moments, je prie pour que la douleur de voir la vie se poursuivre sans eux leur soit épargnée.

Je sais que ce serait difficile pour toi de me voir dans ta cuisine, mais je veux que tu saches que j'y prépare des plats savoureux et nourrissants pour ton fils. Il n'est pas question pour moi de prendre ta place. Tout ce que je peux faire, c'est aimer les gens que tu aimais et m'efforcer de leur rendre la vie plus douce.

Je sais que c'est ce que tu souhaiterais, si tu les aimais.

Repose en paix, ma chère et meilleure amie.

Ton amie pour la vie,
Stephanie

Donnez-moi votre avis, chères lectrices. Envoyez-moi vos messages, vos commentaires, vos préoccupations. Et merci, comme toujours, pour votre affection et votre soutien.

Je vous embrasse,
Stephanie

27

EMILY

Quelle salope ! Non seulement elle débite des mensonges, mais en plus, elle fait du chantage !

J'ai refermé mon ordinateur si brutalement que j'ai craint de l'avoir cassé. En le rouvrant, j'ai été rassurée de voir le selfie que Nicky avait pris sur mon écran s'afficher sur ma page d'accueil.

Cette conne sait parfaitement que je ne suis pas morte et que je l'observe. Et pas depuis les cieux. Elle n'est tout de même pas assez bête pour croire qu'elle blogue à l'intention des trépassés ? Ou alors elle a réussi à se convaincre que mon coup de fil n'était qu'un rêve ? Elle a essayé de le sortir de son esprit. Mais elle ne peut pas. Elle sait.

Elle ne peut pas le raconter aux mamans de sa blogosphère. Elle s'adresse à moi, pour le cas où je la lirais. Cela me révolte qu'elle s'imagine que je lise son blog – mais pas autant que son emménagement dans ma maison, avec mon mari et mon fils.

Elle s'est faite à l'idée de ma disparition ; elle commence même à l'aimer. C'est ça, l'amitié ? C'est ça, le deuil ? C'est pour cela que je l'ai appelée : pour qu'elle sache que je suis encore de ce monde.

Mon numéro ne s'affiche pas sur son téléphone ; elle voit uniquement : INCONNU. Elle n'a pas d'autre moyen de me joindre que par l'intermédiaire de son blog. Elle pense que tout le monde le lit, mais je suis la seule à avoir une bonne raison de le faire. Elle aimerait probablement que je sois morte. Quelqu'un qui souhaite ma mort borde tous les soirs mon fils dans son lit et dort avec mon mari. Et elle ose écrire que c'est ce que je voudrais ? Ou alors elle est cinglée. Ce qui signifie que mon fils est entre les mains d'une folle.

Cela me chagrine d'admettre qu'elle avait raison en disant qu'on ne connaît jamais vraiment autrui. Si elle veut jouer au chat et à la souris… elle va être la souris, et moi le chat. Un chat très patient. La souris a peur. Elle a raison d'avoir peur.

Parce que c'est toujours le chat qui gagne. Et qui s'amuse.

28

STEPHANIE

Je ne sais plus que croire. Pendant un temps, je me suis persuadé que j'avais rêvé le coup de fil d'Emily, comme lorsqu'une douleur préoccupante s'apaise : d'abord, on veut absolument l'oublier, et on l'oublie.

J'ai toujours pensé qu'un jour, je serais punie d'avoir eu une liaison avec Chris, trompé mon mari et conçu un enfant avec mon demi-frère. J'ai commis une grave erreur en révélant à Emily qui est le père de Miles. C'est le genre d'information qu'il ne faut confier à personne. J'avais l'espoir stupide qu'en parler allégerait mon châtiment. Je me suis confessée auprès de la mauvaise personne. Et le châtiment est tombé.

Si elle est vivante, quelqu'un sait ce que j'ai fait. Quelqu'un qui me veut du mal.

Elle est bien plus intelligente que moi, cela m'a toujours paru évident. Comment me suis-je embringuée dans cette histoire ? J'aurais mieux fait de dépérir de solitude et de frustration sexuelle plutôt que de coucher avec Sean et d'emménager chez Emily.

Je ne suis pas de taille à lutter contre elle. Elle devait probablement être pliée de rire en lisant mon post pathétique où je disais vouloir la contacter, en faisant comme si je la croyais morte. Elle seule sait tous les mensonges que contient mon blog.

Qu'est-ce qu'elle a raconté à Sean ? Pas tout, je suppose. Lorsque j'évoque Chris, il ne me regarde pas d'un air bizarre ; il ne cherche pas non plus sur le visage de Miles les signes d'une relation consanguine.

Apparemment, il adore mon fils, qui est très mignon. J'ai appris à aimer Nicky. Est-ce que lui et moi nous aimons ? Je n'ai pas envie d'y penser.

Emily n'aurait-elle pas souhaité que cela se passe ainsi ?

Pas si elle est en vie. Elle l'est. Probablement. Et je suis punie.

Qu'ai-je fait pour mériter ça ? Je voulais simplement que la mère du copain de mon fils devienne mon amie. Mauvaise pioche, Stephanie.

Quelle va être sa prochaine action ? Rien. Elle est morte. Ou elle est dehors, en train de m'épier ?

Je redoute en permanence que quelqu'un – un inspecteur – vienne me demander pourquoi j'ai agi d'une façon plutôt que d'une autre, et que je réponde que je l'ignore. Je ne sais plus ce qui est logique. Je me concentre sur ce qui vaut mieux pour Miles. Est-ce de vivre avec le mari de ma meilleure amie alors que celle-ci, pour autant que je sache, nous espionne ?

Je ferme les rideaux, mais c'est inutile. Elle est

là. Ou alors c'est mon imagination. C'est une autre possibilité.

Je ne sais pas pourquoi je n'en parle à personne. Ou plutôt si, je sais : qu'est-ce que je pourrais déclarer à la police ? « Vous vous souvenez de mon amie qui a disparu ? Pour laquelle vous n'avez pas bougé le petit doigt ? Je vis maintenant avec son mari. Et il se peut qu'elle soit revenue et qu'ils projettent de récupérer plusieurs millions de dollars d'assurance suite à son décès supposé. » Qui me croirait ? Je suis une maman blogueuse. Des femmes comme moi, on en enferme tous les jours dans les services de psychiatrie. Elles voient les morts, entendent des voix, refusent la réalité, racontent des histoires délirantes jusqu'à ce qu'un fonctionnaire de la protection infantile décide que leur enfant sera plus en sécurité dans une famille d'accueil.

Je redoute aussi que l'histoire de mon amitié avec Emily et ma liaison avec Sean conduisent la police à la vérité sur le père de Miles. Ils ont fait une fausse déclaration de disparition inquiétante, et peut-être monté une escroquerie à l'assurance, et je suis tellement centrée sur moi-même que je me persuade que les flics s'intéresseraient à un possible cas d'inceste ?

Quel que soit le projet d'Emily, elle sait qu'elle a un pouvoir sur moi : je le lui ai donné, devant le manège, à la fête foraine.

Je n'ai pas dit à Sean qu'elle avait appelé. Je n'ai pas confiance en lui. Je ne sais plus à qui me fier, à part Miles – et Nicky, en principe.

Je suis presque sûre que Sean la croit morte. Et si elle ne l'est pas, qu'elle n'a pas essayé d'entrer en contact avec lui. En tout cas, dans l'hypothèse où elle l'a fait, il ne m'en a rien dit. Si elle est en colère à cause de lui et moi, pourquoi m'en veut-elle ? Il était son mari. Il *est* son mari.

Je ne sais comment aborder la question avec lui. Ce n'est jamais le bon moment. Nous vivons ensemble et pourtant, je ne parviens pas à lui dire : « Je crois que ta femme décédée m'a appelée au téléphone. »

Je me rends compte que je n'aurais pas dû poster ce billet à mon amie dans « l'au-delà ». Il pourrait même aggraver la situation. Le seul point positif, c'est que cela m'a changé les idées d'essayer de trouver les mots pour lui écrire.

Ma messagerie est pleine de récits de fantômes, qui me réconfortent. Partout, des mamans voient des proches qui ne sont plus. Certains témoignages sont particulièrement touchants. Dans l'un d'eux, l'esprit d'une défunte apporte à sa fille un recueil de nouvelles ; en tombant, le livre s'ouvre sur un texte qui traite d'une mère décédée, et la fille sent la présence rassurante de sa maman dans la pièce. J'ai pleuré en le lisant ; il m'a fait penser à ma propre mère et à l'enfer qu'elle a vécu.

Dans aucun, en revanche, la personne disparue n'est encore en vie. Je suppose que c'est une consolation.

Je n'ai pas eu de nouveau contact avec Emily. Je me persuade qu'elle est morte, que quelqu'un s'est amusé à imiter sa voix. Une de ses anciennes collègues, pour faire une blague de mauvais goût ? Qui peut avoir envie de ça ? Cela dit, les gens font bien pire. Mais comment cette personne a-t-elle pu savoir combien de doigts je levais ? Le hasard, sans doute.

Il faut que j'arrête d'y penser. J'aime mon amie, et elle me manque. Mais en vérité, il vaudrait mieux qu'elle soit morte plutôt que tapie derrière les arbres à nous espionner, moi et son mari.

***

La deuxième fois qu'Emily m'a appelée, elle a encore attendu que je sois seule. Sur l'écran s'est affiché : INCONNU.

Elle a entamé la conversation par cette phrase : « Je suis toujours là.

— Où es-tu ?

— Si je peux lire ton blog débile, c'est la preuve que je ne suis pas au ciel. M'envoyer un message dans l'au-delà était vraiment stupide. Même de ta part. »

J'ai poussé un cri de chat en colère. « *Grrr.* Tu es méchante ! Cela ne te ressemble pas.

— Comment peux-tu savoir ce qui me ressemble ou pas ? Tu n'en as aucune idée. Tu n'en as jamais eu la moindre idée.

— Mais si. Évidemment que si. » Je n'en étais pas si certaine. Quelqu'un imitait peut-être sa voix. Il fallait que je sache.

« Comment puis-je être certaine que c'est bien toi ?

— Écoute. » Après un silence, j'ai entendu des parasites et un choc, comme si on tapait sur le téléphone avec un objet, puis une musique de fête foraine… et ma propre voix : « Je vais te dire quelque chose que je n'ai dite à personne… », suivie de ma révélation que Miles était le fils de Chris. L'enregistreur s'est éteint.

« Les techniques de reconnaissance vocale sont très au point. S'il s'avère nécessaire d'authentifier cet extrait. »

J'ai tenté de bluffer : « Ça intéresserait qui ?

— Tout le monde. À commencer par ton fils. Pas maintenant, plus tard.

— Je ne peux pas croire que tu ferais cela. Qu'est-ce que tu veux ?

— Nicky. Tu peux garder tout le reste. Et que tu la boucles. Pour une fois.

— Je le ferai. Je te le promets.

— À très vite. »

Elle a raccroché.

Après cela, j'ai ressenti l'envie viscérale de retourner, rien qu'un après-midi, dans ma maison. Pas celle de Sean et Emily : celle que j'avais aménagée avec Davis, dans laquelle j'avais vécu avec lui et Miles, et ensuite pendant trois ans seule avec Miles. J'avais été folle de croire que je pourrais m'installer dans un lieu que venait de quitter ma prétendue meilleure amie, prétendument morte.

Je m'étais raconté que vivre tous les quatre serait préférable pour les garçons. Mais pour moi, c'était pire. J'avais la tête qui tournait. Le trajet que j'avais effectué si souvent me paraissait étranger. Je me suis forcée à rester concentrée au volant.

J'ai fini par arriver. Chez moi. J'étais comme dans un rêve. J'aimais tellement cet endroit ! Je l'avais toujours aimé. Je n'aurais pas dû en partir.

La pelouse était saupoudrée de neige. Quel plaisir de monter les marches du perron ! Je connaissais la hauteur de chacune, que Davis avait passé des heures de sa trop courte vie à calculer. Ma main a tourné la clé dans la serrure, mon épaule a retenu la porte, comme si j'étais chargée de paquets – ce qui n'était pas le cas car j'avais les mains vides, comme une réfugiée.

Je suis allée dans ma cuisine, qui m'avait tant manqué. Je voulais y revenir, préparer des repas pour Miles et moi. J'en discuterais avec Sean ; nous allions mettre au point une nouvelle organisation où nous serions plus souvent chacun chez nous.

Je suis passée dans le salon. Je n'ai pas compris tout de suite ce qui était différent – et si étrange.

Le parfum d'Emily.

Quelle bêtise d'avoir accepté de lui donner mes clés !

29

LE BLOG DE STEPHANIE

NOS ENFANTS SI INTELLIGENTS

Bonjour à toutes !

Voici une anecdote qui illustrera une fois de plus à quel point nos enfants sont formidables, à quel point ils en savent plus que nous ne le pensons, et parfois plus que nous.

Je n'ai jamais été très douée pour me souvenir des anniversaires. Les seules dates que je garde en mémoire sont celles de mes parents, de mon demi-frère, de mon mari et de Miles.

J'ai donc été stupéfaite lorsque Nicky, début mars, m'a demandé : « Est-ce qu'on va fêter l'anniversaire de ma maman, cette année ? »

Je lui ai répondu : « Mais oui, bien entendu ! » Nous sommes allés acheter un gâteau, avec une bougie.

Je l'ai laissé choisir. Il en a pris un au chocolat, parsemé de fleurs en sucre de toutes les couleurs.

Nous avons allumé la bougie et prié en silence, sans chanter « Joyeux anniversaire ». Je crois que cela lui a fait plaisir. Et qu'à sa façon, il nous a aidés à avancer sur le chemin de l'apaisement.

Si tu peux lire ces mots, ma chère Emily, où que tu sois, joyeux anniversaire.

Avec tout notre amour,
Stephanie

30
STEPHANIE

Quelqu'un s'est souvenu de l'anniversaire d'Emily : une carte à son nom est arrivée chez Sean.

Un après-midi, dans la boîte aux lettres, au milieu des factures, des messages publicitaires et des revues de mode que plus personne ne lit maintenant, il y avait une enveloppe adressée à Emily Nelson. La même écriture à l'encre brune que les plis de la pochette que j'avais trouvée dans la coiffeuse.

C'était le courrier qu'elle recevait de sa mère chaque année. En le voyant, j'ai eu la chair de poule. Pour elle, elle était donc en vie ? Était-ce que sa dame de compagnie ne s'était pas résolue à lui annoncer la mauvaise nouvelle parce qu'elle n'était pas assez solide, ou y avait-il une autre raison : l'intuition maternelle qui soufflait à cette vieille dame que sa fille était toujours de ce monde ?

Le soir, j'ai montré la carte à Sean. Il l'a fixée, manifestement agacé, comme s'il ne voyait pas du tout de quoi il s'agissait – alors qu'il le voyait très bien.

« La pauvre est tellement à l'ouest qu'elle a oublié qu'Em est morte. Bernice ne veut sans doute pas le lui rappeler. À mon avis, elle la laisse croire qu'il ne s'est rien passé… »

L'espace d'un instant, je me suis demandé s'il mentait. C'était la première fois qu'il appelait Emily « Em ». Et puis, elle n'était pas morte. Le savait-il ? Avaient-ils décidé de me faire une farce cruelle ? Étais-je le jouet d'une machination qu'ils avaient échafaudée ensemble ?

Comment savoir ? Je ne pouvais pas le demander, ce qui prouvait bien qu'il n'y avait pas une grande confiance entre nous. Cela n'empêchait pourtant pas qu'il y ait du désir. Pas chaque soir, mais suffisamment souvent pour qu'on ait envie de rester ensemble. Il n'était pas l'homme le plus affectueux de la terre – ce qui n'avait rien de surprenant de la part d'un Anglais. Tant que nous faisions l'amour, il était parfait ; ensuite, il poussait un grognement et se retournait, comme s'il voulait me voir partir.

J'ai fini par craquer : « Dis-moi si tu penses que ça ne marche pas entre nous, si tu as des doutes. Tu préfères que je m'en aille ?

— Mais de quoi tu parles, Stephanie ? »

C'était pire que s'il avait dit oui.

Le cachet sur l'enveloppe était presque illisible, mais je suis parvenue à déchiffrer les lettres *MI*. Le Michigan. Était-il possible qu'Emily l'ait envoyée pour me déstabiliser encore plus ? Nous avait-elle regardés, dehors, fêter son anniversaire avec le gâteau et sa bougie, sans elle ? Que cherchait-elle ? Que préparait-elle ?

J'ai demandé à Sean si je pouvais l'ouvrir. Il a répondu : « Bien sûr, fais-le. » De la même écriture brune en pattes de mouche, il était écrit, comme sur les précédentes : « Pour Emily », avec en signature : « De la part de maman ».

Sauf si elle savait imiter à la perfection l'écriture de sa mère, cette carte ne venait pas d'Emily. Pourquoi s'adresser une carte du Michigan en faisant croire qu'elle venait de sa mère ?

La seule explication était que cette dernière n'avait pas été informée que sa fille était morte – qu'elle était censée l'être. Ou alors, elle savait quelque chose que j'ignorais.

Je pensais à cette carte en permanence. C'est devenu une nouvelle obsession.

Appelez ça le sixième sens si vous voulez, mais j'ai fini par me convaincre que si je pouvais rencontrer la mère d'Emily et l'interroger, tout s'éclairerait. Je n'étais pas seulement curieuse de découvrir son milieu familial : j'étais persuadée qu'elle pourrait avoir une idée de l'endroit où Emily s'était enfuie, de la façon dont elle avait disparu et de la raison de son apparent retour de parmi les morts. Même si elle ne savait pas précisément ce qui s'était passé, elle pourrait peut-être m'apporter des éléments qui permettraient d'élucider ces mystères. Était-elle aussi diminuée que l'assurait Sean ? Quoi qu'il en soit, elle, ou quelqu'un d'autre avait pensé à l'anniversaire d'Emily.

J'ai récupéré son numéro de téléphone sur Internet. J'avais l'estomac noué en le voyant apparaître sur mon écran : M. et Mme Spencer Nelson, Bloomfield Hills. Je l'ai composé à deux reprises. La première, les sonneries se sont succédé dans le vide. La seconde, une dame âgée à la voix perçante a décroché.

« Allô ? » Je n'ai pas su quoi dire. « Encore les gosses du voisin qui font des bêtises ? Je vous ai dit que je n'étais pas chez moi. »

J'ai raccroché.

Au troisième essai, je me suis jetée à l'eau : « Madame Nelson, je suis Stephanie, une amie de votre fille. Une amie d'Emily. » Dans des circonstances normales, je lui aurais présenté mes condoléances, mais les circonstances étaient tout sauf normales.

« Elle n'a jamais parlé d'une Stephanie. Je n'en connais aucune. Qui êtes-vous, déjà ?

— Une amie d'Emily. Votre petit-fils Nicky est le meilleur copain de mon fils.

— Ah oui, a-t-elle répondu sur un ton mélancolique. C'est vrai. Nicky. »

Elle devait être dans un bon jour.

« Quel âge a-t-il, maintenant ?

— Cinq ans.

— Oh, mon Dieu. »

J'ai eu de la peine pour elle. Depuis quand ne l'avait-elle pas vu ? Sur une impulsion, j'ai demandé : « Est-ce que je pourrais venir vous rendre visite ? »

Je me suis figée : allait-elle reposer le combiné ou refuser ?

« Quand ça ?

— Le week-end prochain.

— Quel jour ? À quelle heure ? Je vais consulter mon agenda. »

Je savais que Sean ne serait pas d'accord pour que j'y aille. J'ai inventé une tante Kate très malade à Chicago et lui ai demandé s'il pouvait s'occuper des garçons. Il a accepté. Il n'a pas été utile que je lui rappelle le temps que, moi, j'avais passé seule avec eux.

Le fait de ne pouvoir lui dire la vérité était la preuve que je ne pouvais me reposer sur personne : j'étais absolument seule. Je me fiais néanmoins à lui pour le plus important : prendre soin de Miles en mon absence.

J'avais beau passer des nuits en sa compagnie, je ne pouvais pas lui raconter qu'Emily m'appelait et me torturait avec des secrets qu'elle était seule à savoir. Il m'aurait répondu que je ne faisais qu'aggraver la situation, que je refusais d'affronter la réalité. Étais-je en train de perdre l'esprit ? De laisser mon imagination déborder ? J'étais sous le choc de la disparition inexpliquée de mon amie. Sean avait peut-être raison de penser que je refusais d'admettre sa mort, ce qui compliquait tout pour tout le monde.

Surtout pour moi.

J'ai pris l'avion pour Detroit et loué une voiture en arrivant. La maison de la mère d'Emily ressemblait à la demeure d'*Autant en emporte le vent* transportée dans le Midwest : une imposante bâtisse ornée d'un portique à colonnade, auquel on accédait par une allée circulaire. Les parterres d'arbustes mal taillés dissimulaient une pelouse envahie de mauvaises herbes desséchées.

La vieille dame qui m'a ouvert, petite et très voûtée, était vêtue d'un gilet en cachemire, d'un pantalon à plis bien coupé et de chaussures fines à talons étonnamment hauts. Ses cheveux blancs étaient coiffés en arrière, son rouge à lèvres carmin parfaitement appliqué. Elle ressemblait un peu à sa fille, mais plus à Grace Kelly si elle avait vécu jusqu'à quatre-vingts ans.

Elle m'a fait entrer dans une vaste pièce de réception remplie de beaux meubles anciens. Des silhouettes sombres dans de lourds cadres dorés décoraient les murs et un parfum de pot-pourri à la rose flottait dans l'air.

« Rappelez-moi qui vous êtes. Il m'arrive d'avoir des oublis.

— Stephanie, l'amie d'Emily. Mon fils est le meilleur copain de Nicky.

— Je vois. Souhaitez-vous vous laver les mains ? »

J'ai bredouillé : « Non, tout va bien, merci. »

Elle s'est perchée sur un fauteuil tapissé de velours rose, et je me suis assise au bord d'un canapé inconfortable, mais très original – une copie d'un meuble de style français, tendu de soie damassée à rayures vieux rose et blanc dragée, qu'Emily n'aurait pour rien au monde accepté de voir chez elle.

« Mon mari est décédé. »

Mme Nelson se souvenait au moins de ça. Elle devait être dans un de ses très bons jours.

« Il travaillait dans le service des relations publiques d'un constructeur automobile. Qui aurait pu prévoir qu'Emily ferait carrière dans le même domaine alors qu'elle a été témoin du tort que le rappel de 1988 a causé à son père ? »

Elle a abaissé ses lunettes sur son nez, s'est penchée en avant comme un oiseau picorant une graine, et m'a fixée avec attention, pour la première fois.

« Vous n'avez aucune idée de ce qu'est le rappel de 1988, n'est-ce pas ? »

Il valait mieux être honnête. J'ai fait signe que non.

« Vous êtes vraiment stupide, ma parole. »

Je commençais à comprendre pourquoi Emily avait choisi de prendre ses distances. J'ai eu tellement de peine pour elle, d'avoir une mère capable de s'exprimer ainsi ! Puis je me suis souvenue qu'elle m'avait appliqué le même qualificatif lors de son dernier appel. Elle reproduisait les mauvais traitements qu'elle avait subis de la part de cette méchante femme. J'ai si souvent décrit dans mon blog les gens qui cherchent à ridiculiser les mères. J'en avais plus qu'assez qu'on me traite d'idiote, ou qu'on insinue que j'en étais une. Mais là, je ne pouvais pas me permettre de réagir : si la maman d'Emily me prenait pour une bécasse, si elle doutait que je puisse être réellement l'amie de sa fille, elle ne m'apprendrait rien de ce que je voulais savoir – même si je n'avais aucune idée de ce que c'était. Je ne le saurais qu'au moment où elle l'exprimerait.

J'ai repris : « Voulez-vous voir des photos de Nicky ?

— Nicky ?

— Votre petit-fils.

— Bien sûr, a-t-elle répondu poliment. Où ça ? »

Je me suis installée à côté d'elle et j'ai fait défiler

les photos sur mon téléphone. Elle semblait attentive. Je ne savais pas si elle voulait que j'arrête. Elle m'a demandé : « Lequel est… ?

— Nicky.

— C'est ça, Nicky. »

Je lui ai montré. « Adorable. » Sa voix était hésitante.

J'ai été soulagée quand elle a fini par déclarer : « J'en ai assez. Il est très mignon. »

Elle s'est renfoncée dans son fauteuil : « J'ai déjà vu cela à la télé : nous étions toutes les deux dans un film et vous vouliez voir des photos d'Emily. C'est bien pour cela que vous êtes ici ?

— Oui, j'aimerais beaucoup. »

En le disant, je me suis rendu compte que c'était exactement pour cette raison que j'étais venue.

« Voulez-vous du thé ?

— Non, je vous remercie.

— Bien. Je ne crois pas qu'il y en ait. Je reviens tout de suite. »

Elle s'est levée et est sortie lentement en traînant les pieds. Je l'ai entendue discuter à voix basse avec quelqu'un – probablement sa dame de compagnie.

J'avais quelques minutes pour observer ce qui m'entourait : le piano à queue recouvert d'un châle espagnol brodé, des lumières douces, une crédence recouverte de miroirs sous un portrait en pied de la mère d'Emily jeune, en robe du soir, datant probablement d'avant la naissance de sa fille. J'avais du mal à croire qu'Emily avait grandi dans ce décor. Je n'avais pourtant pas d'idée préconçue sur la maison de son enfance : elle ne l'avait jamais évoquée.

À son retour, Mme Nelson agitait la tête bizarrement, comme si elle était énervée, ou tout simplement pressée de se rasseoir. Elle m'a tendu un album, qui ressemblait aux étuis dans lesquels on range les CD : chaque photo était glissée dans une pochette transparente qui dégageait une odeur de plastique.

J'en ai tourné plusieurs avant de comprendre ce que j'avais sous les yeux.

Sur chacune, il y avait deux Emily. Identiques.

Deux Emily dans un jardin, sur la plage, devant un panneau forestier où était inscrit « Yosemite National Park ». Deux fillettes blondes aux yeux noirs, qui grandissaient à mesure que je feuilletais.

« Qu'est-ce qui vous arrive ? m'a demandé sa mère. Vous en faites une tête ! Tout va bien ? »

J'ai repensé au tirage de Diane Arbus au-dessus de la cheminée d'Emily, qu'elle m'avait présenté comme son objet préféré.

Mme Nelson a repris la parole : « Rappelez-moi laquelle est Emily. C'est celle qui a cet affreux grain de beauté sous l'œil ? Mon Dieu, je l'avais carrément suppliée de se le faire enlever. Cela dit, c'était un moyen de les différencier. Bien sûr, plus tard, c'est devenu plus simple : Evelyn était soit ivre, soit droguée.

— Je ne savais pas qu'Emily avait une jumelle. »

Elle a froncé les sourcils. « Comment est-ce possible ? Vous êtes bien sûre d'être une de ses amies ? Qu'êtes-vous venue chercher ici ? Je vous préviens : il y a des caméras de surveillance partout ! »

Du regard, j'ai fait le tour de la pièce. Il n'y en avait aucune.

« C'est très étrange. Elle n'a jamais mentionné…

— Evelyn – sa sœur.

— Evelyn. Où vit-elle ?

— Bonne question. Je ne le sais pas. Elle a des problèmes. Elle a fait plusieurs cures de désintoxication dans des établissements hors de prix – payées par devinez qui. Il nous arrive de perdre sa trace, puis on découvre qu'elle vivait dans la rue. Sa sœur a vraiment tout fait pour la sauver, mais je crois qu'elle a fini par renoncer. »

Comment se pouvait-il qu'Emily ne m'ait pas informée qu'elle avait une jumelle ? Pourquoi garder cela secret ? Pendant un instant, je ne me suis plus souvenue de son visage. Laquelle des deux était Emily ? J'ai fermé les yeux. Mme Nelson m'a offert un verre d'eau.

« Tout va bien. Cela fait beaucoup d'informations nouvelles.

— Emily me tenait pour responsable des problèmes d'Evelyn. Mais je peux vous dire… Au fait, avez-vous des enfants ?

— Mon fils est l'ami de Nicky.

— Alors vous comprendrez. Je n'y étais pour rien : elles sont nées comme ça. On n'y peut pas grand-chose, tous les parents le savent. Je les aimais autant l'une que l'autre. Il y a des problèmes de santé mentale dans ma famille, mais c'était tabou. Nous n'étions pas censés nous rendre compte que la moitié de nos oncles et tantes étaient à l'asile. Mes filles sont de vraies jumelles ; elles ont le même ADN, les mêmes empreintes digitales. Je ne les confondais pas : Emily avait une marque sous l'œil, et Evelyn une oreille différente de l'autre. »

Tout en l'écoutant, mon esprit s'échappait. Mme Nelson était une mère et je ne savais pas si elle était au courant que l'une de ses filles avait perdu la vie. L'une de ses filles. La phrase tournait en boucle. Le même ADN. Les mêmes empreintes. Le coroner n'aurait pu les différencier. Le grain de beauté ou l'oreille déformée n'était plus visible quand ils avaient remonté le corps.

Mon cerveau bouillonnait, échafaudait des théories : Emily avait-elle tué sa sœur et jeté son corps dans le lac ? Tout planifié depuis le début ? Quelle façon parfaite de simuler sa propre mort…

« Buvez un verre d'eau, m'a conseillé sa mère. Vous n'avez pas l'air dans votre assiette.

— Si, si, je vous assure. Tout va très bien. »

Elle s'est penchée en avant, a posé la main sur mon genou et a ajouté sur un ton de conspiratrice : « Vous voulez que je vous raconte quelque chose ? À l'époque où mon mari était encore de ce monde et que les filles étaient plus jeunes, je me cachais pour boire. C'était ridicule. Comme si j'étais en faute ! Maintenant, en fin de journée, je me détends avec un verre de gin. On ne peut pas me le refuser ; c'est tout à fait correct et les adultes en ont parfaitement le droit. Personne ne peut m'en empêcher ! Vous voulez prendre un verre avec moi ? »

Il était 2 heures de l'après-midi. « Non, merci. C'est très gentil à vous de me le proposer. »

C'est alors que j'ai remarqué, sur la table à côté

de son fauteuil, un plateau avec deux verres. Elle s'est versé une grande rasade de liquide transparent, qu'elle a avalée en quelques gorgées.

« Ah, ça va mieux ! Où en étais-je ? Ah oui, les filles. Leur comportement était aussi étrange que ce qu'on dit des jumeaux. D'abord, elles étaient télépathes : dès leur plus jeune âge, il leur suffisait de se regarder pour se comprendre. Vous imaginez ce que c'est d'élever des enfants pareils ? Emily était la dominante. Elle est née la première et pesait presque deux cents grammes de plus. Elle a pris du poids plus vite, a marché avant sa sœur. Evelyn a toujours été… moins grande, moins joyeuse, moins sûre d'elle. Elles ont fait leur crise d'adolescence en même temps, et elle s'est prolongée bien après leurs vingt ans. Croyez-moi, cela n'a pas été une partie de plaisir ! Elles ont sûrement joué quelques tours aux hommes, à leurs copains. Elles étaient jolies et avaient du succès. Elles sortaient du lot. Ce qui signifie qu'elles buvaient et se droguaient. Vous êtes sûre de ne pas en vouloir une gorgée ? » Elle m'a tendu son verre.

« Non, merci, vraiment. J'aimerais bien vous accompagner, mais je dois conduire pour retourner à l'aéroport.

— Ah, d'accord. Je me souviens qu'un jour, elles se sont affreusement disputées devant leur père et moi. C'était pendant les vacances. Noël ? Thanksgiving ? Aucune idée. Nous avions réussi à nous réunir tous dans la même pièce. C'était peu avant qu'Evelyn commence à sombrer et Emily à prendre son envol. Une empoignade vraiment sérieuse. Une histoire de garçon, je crois. Je ne sais plus. Je ne sais pas si je l'ai su à l'époque. Elles se sont giflées. Ça a arrêté net leur altercation. Chacune est partie dans sa chambre. Le lendemain, elles sont allées à Detroit se faire tatouer ces hideux bracelets à motif de fil de fer barbelé, si vulgaires. Pour se souvenir de la main qui avait giflé sa sœur, ou une bêtise de ce genre. Et se promettre qu'elles ne se battraient plus. Je ne crois pas qu'elles aient recommencé. Jusqu'à aujourd'hui. »

Jusqu'à aujourd'hui. Pour elle, elles étaient donc toutes les deux vivantes.

Sauf si elle avait répété à sa sœur ce que je lui avais confié à la fête foraine, c'était Emily qui m'avait téléphoné – et c'était le corps d'Evelyn qui avait été repêché sur la berge du lac.

« Où m'avez-vous dit que vit la sœur d'Emily ?

— La dernière fois qu'on a eu de ses nouvelles, à Seattle.

— Rien de plus précis ? Vous avez ses coordonnées ?

— J'aimerais bien. Bernice m'aide pour les cartes d'anniversaire. Je viens tout juste d'en envoyer une à Emily, dans le Connecticut. La dernière adresse que nous avons pour Evelyn est celle d'un motel minable de Seattle. Bernice a cherché sur Google, et nous avons vu où c'était. »

Elle s'est penchée en avant : « En quoi cela vous concerne ? Redites-le-moi, ma chère. »

Elle avait prononcé cette phrase comme une sorcière de contes de fées, sur un ton menaçant et venimeux.

« Je ne sais pas. Je suis désolée… »

Pendant toute ma visite, il m'a semblé qu'elle passait son temps à allumer et éteindre les lumières derrière ses yeux. À cet instant, ils se sont éteints à nouveau. Bonne nuit. Plus personne. Elle a ajouté : « Je suis fatiguée.

— Je suis confuse. Je n'avais pas l'intention de… Je vous remercie. » Je me suis levée du canapé rose et blanc, en vérifiant que je ne l'avais pas sali ou froissé. « C'était très gentil à vous de me recevoir.

— Rappelez-moi pour quelle raison vous souhaitiez me rencontrer ?

— La curiosité.

— Est un vilain défaut. » Sa voix avait le même timbre que celle d'Emily. J'en ai eu des frissons. Elle l'a remarqué. Ça lui a plu. Elle a relevé le menton et a eu un rire presque juvénile. Elle était à nouveau avec moi, momentanément.

« Je vais devoir partir. Voulez-vous que… j'appelle quelqu'un ? »

Elle a crié : « Elle s'en va ! »

J'ai entendu des pas. Une grande et belle femme d'une cinquantaine d'années, vêtue d'une tenue d'infirmière bleu marine, les cheveux gris nattés en dreadlocks attachés dans le dos, est entrée.

« Je vous présente Bernice, a dit Mme Nelson. Et voici… ?

— Stephanie. Enchantée, Bernice. »

La dame de compagnie avait un visage bienveillant. J'ai compris qu'elle avait suivi de près notre conversation et qu'elle l'avait approuvée, ou du moins laissée se dérouler. Elles m'ont tendu la main l'une après l'autre pour que je prenne congé. Je les ai remerciées et Bernice m'a raccompagnée à la porte. Elle l'a fermée doucement derrière elle et nous sommes restées une minute sur le porche.

Je lui ai dit : « J'ai cru comprendre que les policiers sont venus vous voir. Je suis désolée pour ce qui est arrivé à Emily.

— Si c'est bien elle. On n'a jamais pu les différencier. Peut-être même jusque dans la mort. »

Cela faisait beaucoup d'informations, de théories et de pistes à digérer d'un coup. J'ai eu une pensée pour Miles, ce qui a toujours un effet apaisant sur moi, puis je lui ai demandé : « Leur avez-vous fait part de vos soupçons au sujet d'Evelyn ?

— Je les laisse croire ce qu'ils veulent. On est à Detroit. Le Detroit riche et blanc, mais n'empêche : moins on a affaire à eux, mieux ça vaut. Je préfère ne pas les contredire ou avancer d'hypothèse. J'ai essayé d'appeler Emily sur son portable, elle n'a pas décroché. Il vaut mieux pour sa mère qu'elle ne sache rien. La pauvre a déjà suffisamment souffert, inutile d'en rajouter. Parfois, elle croit qu'elle a deux filles, ou une seule, ou aucune… Je ne peux pas prédire ce qu'elle va se rappeler et ce qui va s'effacer immédiatement. Très souvent, je suis surprise par ce dont elle se souvient… Elle vous a dit un mot de la voiture ?

— Quelle voiture ?

— Pourtant, elle n'a pas oublié. Evelyn a volé sa voiture il y a quelque temps. Les deux filles ont les clés. L'une d'elles a pénétré dans le garage en pleine nuit et est partie avec. À mon avis, c'était Evelyn. Sa sœur peut louer toutes les voitures qu'elle veut, n'est-ce pas ? »

J'ai acquiescé. Cela me paraissait juste, et pourtant,

cela rendait tout plus troublant. J'étais partagée entre l'envie de rester à la questionner toute la journée et celle de rentrer en vitesse dans ma chambre d'hôtel pour réfléchir à ce que j'avais appris.

« Mme Nelson était hystérique. Elle n'arrêtait pas de me demander comment elle allait se déplacer. Je n'ai pas cru bon de lui rappeler que cela fait des années qu'elle ne conduit plus. J'ai répondu que nous prendrions le taxi, comme d'habitude, et qu'elle ne devait pas s'inquiéter. Je l'ai aidée à envoyer la carte pour l'anniversaire d'Emily, ce que je fais depuis des années. Heureusement pour elle que vous êtes là, Bernice. »

Elle a fait une grimace. J'ai eu peur de l'avoir froissée. Mais elle ne pensait pas à moi.

« Elle mériterait d'avoir un peu de chance. Elle en a eu tellement peu avec ces filles. Dans les îles, on est très prudent avec les jumelles. Soyez sur vos gardes. » Elle a tendu l'oreille vers la maison. « Il faut que j'y retourne. On ne sait jamais ce qu'elle va… Bon voyage. »

Je n'ai pas eu la présence d'esprit de lui demander ce qu'elle voulait dire en m'incitant à la prudence.

Après les faubourgs de Detroit, la route est devenue cahoteuse, ce qui, pour la capitale de l'automobile, est plutôt surprenant. Au lieu de gamberger sur ce que je venais d'apprendre, j'ai dû me concentrer pour éviter les nids-de-poule.

Emily avait une jumelle.

J'étais tellement nerveuse que lorsque je me suis garée sur le parking de la compagnie de location et que l'employé m'a demandé si tout allait bien, j'ai répondu : « Bien sûr ! Pourquoi est-ce que tout le monde me pose cette question ? »

J'ai pris la navette pour me rendre à l'hôtel Metro près de l'aéroport. J'avais eu la bonne idée de ne pas choisir le moins cher. Dans le minibar de ma chambre, j'ai pris deux mignonnettes de cognac et je les ai descendues l'une après l'autre. Puis je me suis glissée entre les draps. Enfin, j'ai eu le réflexe de demander à la réception qu'on me réveille suffisamment tôt pour que je puisse attraper le premier avion le lendemain matin.

J'ai tiré la couette sur ma tête et fermé les yeux. La photo des jumelles de Diane Arbus a surgi dans le noir. Je la voyais distinctement, plus distinctement que les clichés que m'avait montrés la mère d'Emily. Je me remémorais leurs robes du dimanche, et pas ce qu'Emily et sa sœur portaient dans ces portraits de famille, sauf qu'elles étaient habillées différemment. Était-ce Mme Nelson qui m'avait confié ce détail ou est-ce que je l'avais déduit ? Quelle différence cela faisait-il ?

La plus récente datait, je crois, de la cérémonie de remise des diplômes au lycée. Elles portaient la toque et la toge, étaient jeunes et pleines d'espoir.

Et ensuite, que s'était-il passé ? Mme Nelson croyait qu'Evelyn vivait à Seattle mais n'avait pas son adresse. Dans combien de temps les aurait-elle oubliées toutes les deux ? Est-ce qu'Emily le savait et comptait dessus pour parvenir à ses fins, quelles qu'elles soient ?

J'aurais pu réagir de trente-six façons. C'est la colère qui m'a envahie, comme si c'était à moi qu'on avait fait du mal. Je savais qu'on pouvait me reprocher de coucher avec son mari. Pourtant, il me semblait qu'elle m'avait fait du tort en premier, qu'elle s'était jouée de moi, m'avait manipulée… En ne me disant pas qu'elle avait une jumelle. En faisant croire à Sean et moi – ou seulement à moi ? – qu'elle était morte. Puis en décidant de me faire savoir qu'elle ne l'était pas.

La jumelle dominante. Celle qui avait le pouvoir.

Est-ce que son mari savait qu'elle avait une sœur ? Il ne l'avait jamais mentionné. Avait-elle gardé ce secret vis-à-vis de lui aussi ?

Comment informer Emily de ce que j'avais appris ?

Au bout d'un moment, j'ai su. Elle n'aurait pas dû me dire qu'elle lisait mon blog. J'allais entrer en contact avec elle par ce biais. Il me donnait une ouverture, un moyen de me faire entendre. Je n'avais pas à m'inquiéter pour Sean : il ne le lisait pas.

J'étais bien réveillée. J'ai mis au point le texte du post que j'allais envoyer. Je devais le formuler de telle sorte qu'Emily sache que j'avais été chez sa mère et que j'avais découvert son secret – sans le révéler.

31

LE BLOG DE STEPHANIE

COMMENT METTRE UN POINT FINAL

Bonjour à toutes !

Je pourrais consacrer un blog entier à la façon dont on met un point final. Ou vous raconter une histoire sur ce processus, en lien avec le décès tragique et accidentel de ma meilleure amie. Elle est un peu compliquée, mais en voici les grandes lignes.

Je suis allée rendre visite à la mère d'Emily dans la maison où elle a grandi, en banlieue de Detroit. J'ai rencontré aussi Bernice, sa dame de compagnie, une femme adorable et posée. Je me suis assise sur un canapé ancien, tapissé de soie à rayures rose et blanc, et j'ai feuilleté avec sa maman un album de photos d'Emily petite.

C'est difficile à expliquer, mais pendant que nous le regardions ensemble, j'ai vu défiler sous mes yeux les jeunes années de mon amie. À mesure que nous évoquions les étapes de sa vie, j'ai senti que je comprenais tout. Et que son histoire était deux fois plus intéressante que celle que j'imaginais.

J'ai pu, enfin, laisser ma chère Emily partir.

Chères lectrices, n'hésitez pas à m'envoyer vos témoignages sur cette expérience si émouvante et apaisante du moment où l'on met un point final.

Je vous embrasse,
Stephanie

32

EMILY

J'ai toujours su qu'il se passerait quelque chose dans le chalet. C'est peut-être pour cela que je redoutais d'y aller seule. Je rêvais souvent d'une présence maléfique, tapie dans la véranda à moustiquaire où nous étions restées tant de nuits, ma sœur et moi, à chuchoter dans le noir, à nous raconter des histoires, à inventer le royaume magique – peuplé seulement de deux sujets – où nous pourrions vivre sans adulte pour gâcher notre plaisir et dicter notre conduite.

Nous avions une chanson fétiche, *Octopus's garden*, que nous chantions en boucle, de plus en plus vite, jusqu'à en avoir mal à la gorge et être prises de fou rire. Aujourd'hui, elle me donne envie de pleurer. Si l'une de nous rencontrait la pieuvre en premier ?

La veille de ma disparition, le téléphone a sonné en pleine nuit. Nous étions endormis. Sean a marmonné : « Qui est-ce ?

— Dennis. »

Il n'était pas rare que Dennis Nylon appelle à des heures indues. C'était le signe qu'il était reparti dans une nouvelle beuverie, la spirale infernale qui le mènerait tout droit à une énième cure de désintoxication. En général, il composait à la suite les numéros de sa messagerie professionnelle jusqu'à ce que quelqu'un décroche. Je répondais systématiquement : je savais que si personne ne le faisait, il passerait à la liste suivante – la presse et les médias –, et que je devrais gérer la tempête qui en découlerait. C'était plus simple de l'écouter radoter en répondant calmement jusqu'au moment où il se mettrait à ronfler à l'autre bout du fil. Et où je pourrais me rendormir.

« Je vais répondre en bas. »

J'ai dévalé l'escalier. Je savais que ce n'était pas Dennis.

« Acceptez-vous un appel en PCV de la part d'Eve ? »

Je l'acceptais toujours. Eve et Em étaient les noms plus ou moins secrets que ma sœur et moi nous étions donnés. Personne, absolument personne, n'avait le droit de les utiliser. Sean l'a fait un jour, et je l'ai assuré que je le tuerais s'il recommençait. Je crois qu'il a cru que j'étais sérieuse. C'était peut-être le cas, d'ailleurs.

Je devais sortir de la chambre pour prendre l'appel de ma sœur : Sean ne savait pas qu'elle existait. Comme tout le monde, à l'exception de ma mère – si elle s'en souvenait –, de Bernice et des gens qui nous avaient connues au lycée, et qui ne comptaient pas. J'avais dû me débarrasser de dizaines de photos.

Puisque je n'avais pas encore coupé les liens avec ma mère, je les lui avais renvoyées sous le prétexte que je déménageais souvent et que je risquais de les perdre.

« Salut, Eve.

— Salut, Em. » On s'est mises à pleurer.

Je ne sais plus précisément quand j'ai arrêté de dire que j'avais une jumelle. C'est à peu près à l'époque où j'ai emménagé à New York. J'en avais marre de le raconter à des inconnus avides de détails ou qui s'imaginaient en savoir plus sur moi. Ils ne voyaient donc pas que cela m'exaspérait qu'on me pose systématiquement les mêmes questions ? Vraies ou fausses jumelles ? Vous vous habillez pareil ? Vous êtes proches ? Vous avez un langage secret ? C'est bizarre, d'être une jumelle ?

C'était bizarre, et ça l'est toujours. Mais pas d'une façon que j'aurais pu – ou voulu – expliquer. Dès que j'ai commencé à déclarer que je n'avais pas de sœur, il m'est arrivé de l'oublier. Loin des yeux, loin du cœur. C'était moins pesant, moins culpabilisant, moins stressant.

À mon travail, personne ne le savait. La première fois que j'ai joué avec Sean à qui avait eu l'enfance la plus malheureuse, il m'a annoncé qu'il était fils unique. J'ai enchaîné : « Oh, mon pauvre, moi aussi ! » Ensuite, il aurait été trop compliqué d'expliquer comment j'avais pu oublier ce… détail. C'était plus simple, de toute façon, de garder l'existence d'Evelyn secrète. Si elle avait débarqué à la maison, j'aurais eu droit à une sérieuse séance d'explications, mais cela ne s'est pas produit. Ensuite, mon poste a fait de moi une experte dans l'explication de l'inexplicable et le contrôle de l'information.

De temps en temps, je mettais ma chance à l'épreuve en donnant à mon entourage la possibilité de découvrir la vérité. Sean a-t-il cherché à savoir pourquoi j'avais dépensé une fortune pour acquérir le tirage de Diane Arbus et pourquoi je l'aimais tant ? Bien sûr que non. C'était une œuvre d'art et il a probablement estimé que c'était un bon investissement. La vérité l'aurait obligé à s'interroger – encore plus – sur la femme qu'il avait épousée.

À la première visite de Stephanie, j'ai fait exprès de lui montrer la photo et de lui dire que c'était l'objet qui comptait le plus pour moi. Elle y a vu simplement une preuve de mon bon goût – ou de mon goût pour le luxe. Des millions de gens admirent cette image, des gens normaux qui ne se demandent pas laquelle des jumelles ils sont.

Moi, j'étais la dominante. Je suis née la première, j'ai marché et parlé avant ma sœur. Je piquais ses jouets pour la faire pleurer. Je la protégeais, je l'incitais à prendre des risques. C'est moi qui lui ai montré où notre mère cachait ses bouteilles de gin et comment remplacer l'alcool par de l'eau. J'ai allumé son premier joint, l'ai invitée à fumer de l'herbe avec mes amis. J'ai coupé en deux notre premier buvard d'acide, lui ai offert son premier comprimé d'ecstasy, l'ai emmenée à sa première *rave party* à Detroit.

Comment aurais-je pu deviner qu'elle aimerait se défoncer plus que moi ? Qu'elle aurait plus de mal à décrocher ? Que l'insatisfaction maladive que je ressentais la tourmenterait de façon bien plus grave ? Elle était la jumelle dominée.

J'ai pris le combiné, je suis entrée dans la cuisine et j'ai allumé la lumière. Il faisait froid, mais je n'osais pas aller chercher un pull, de peur qu'elle ne raccroche ou s'en aille. Une fois de plus.

« Où es-tu ?

— Aucune idée. Dans le Michigan. Tu sais quoi ? J'ai volé la voiture de maman.

— Super. On va pouvoir se détendre : le monde est devenu moins dangereux. »

Elle a ri. « Je ne crois pas qu'elle conduisait beaucoup.

— Tant mieux. Tu te souviens du jour où elle a reculé dans l'allée, qu'elle est tombée dans un fossé et qu'on a dû appeler une dépanneuse pour la sortir ?

— J'ai peu de souvenirs, mais je m'en souviens. »

J'ai pensé, et ma sœur aussi, que nous étions les seules personnes à nous rappeler cet épisode. J'ai regardé ma main sur le téléphone, en me concentrant sur le tatouage presque effacé. J'imaginais Evelyn, son poignet, son tatouage.

Nous l'avions fait faire après notre première dispute. Je venais de découvrir son matériel dans le tiroir de son bureau : seringue, coton hydrophile, cuiller, garrot en caoutchouc. Et un sachet de poudre blanche.

Nous avions dix-sept ans.

J'avais des soupçons depuis un moment. Elle s'était mise à porter des manches longues alors qu'elle avait de très jolis bras, plus beaux que les miens – j'attrape des taches de rousseur dès que je vais au soleil.

Je savais ce que j'allais trouver, mais j'ai été profondément choquée de voir que j'avais raison. Ma sœur ne plaisantait pas.

J'ai commencé par lui crier qu'elle n'avait pas le droit de faire ça, ni à elle, ni à moi. Elle a répliqué que ce n'était pas mes oignons, que nous n'étions pas des clones. On hurlait tellement fort que j'avais peur que ma mère n'entende, mais elle planait sûrement sur son nuage alcoolisé.

Je lui ai donné une gifle. Elle m'en a balancé une à son tour. Nous nous sommes reculées, horrifiées. Nous ne nous étions jamais frappées depuis que nous étions petites. Le lendemain, nous avons pris rendez-vous chez un tatoueur, après avoir piqué une poignée d'antalgiques à notre mère pour avoir moins mal. Nous ne nous sommes pas promis d'arrêter de nous défoncer – nous avions bien conscience que c'était trop demander –, simplement de ne plus nous battre. Nous avons tenu parole.

Notre mère a pensé que nous nous étions engueulées à propos d'un garçon. Lequel en aurait valu la peine ? Aucun.

Au départ, j'ai cru qu'Evelyn tournait mal par ma faute. Quand nous avons quitté la maison des parents – elle vers la côte Ouest, moi vers l'est –, que j'ai laissé tomber la drogue et pas elle, il m'a été plus facile, avec la distance, de considérer que je n'étais pas responsable de ses problèmes. Elle me manquait, alors j'ai fait en sorte qu'elle ne me manque plus. On peut contrôler ses idées et ses sentiments.

Je suis assez douée pour ça. Concernant ma mère, par exemple : la dernière fois que je l'ai vue, c'était à l'enterrement de notre père – où Evelyn n'est pas venue. Elle a bu comme un trou et m'a traitée de tous les noms en prétendant que les problèmes de ma sœur étaient dus à mon caractère autoritaire, intransigeant et égoïste. Ce à quoi j'ai rétorqué qu'il était injuste de me rendre responsable d'un état de fait qui datait d'avant ma naissance. C'était un combat perdu d'avance. J'ai décidé de ne plus lui adresser la parole. Je n'avais pas besoin de l'entendre me dire ce que je redoutais.

Ce n'était pas comme si je n'avais pas essayé d'aider Evelyn – de la sauver. Je n'ignore rien des points forts et des points faibles des différents centres de désintoxication : grâce à mon activité chez Dennis Nylon, je suis devenue incollable sur le sujet. Je ne sais plus combien de fois j'ai pris l'avion vers l'ouest après avoir raconté à Sean que je devais effectuer un déplacement professionnel, et à mes collègues que je devais régler une urgence familiale – ce qui était le cas.

Je la trouvais toujours. Heureusement, elle avait toujours envie qu'on la retrouve – c'était pour cela qu'elle m'appelait, paniquée, en pleine nuit. Après des trajets en avion interminables, je la récupérais généralement dans un motel miteux, en ménage avec un type vaguement sexy qu'elle venait de rencontrer. Je la faisais entrer en cure, payée par notre mère. C'était le moins qu'elle pouvait faire. Après sa sortie, Evelyn m'appelait régulièrement pour me dire à quel point c'était merveilleux d'être sobre, que la nourriture avait tellement plus de goût, qu'elle pouvait profiter d'une journée ensoleillée sans avoir mal aux yeux. Et un jour, les appels cessaient.

Tous ceux qui ont aimé un drogué ou en eu un dans leur famille savent que le cercle infernal – les espoirs, les déceptions, les rebondissements – revient toujours au même point. On finit par se lasser.

Les dernières nouvelles que j'avais eues d'elle, c'était une carte postale envoyée de Seattle, où elle n'avait écrit que mon adresse dans le Connecticut ; un cliché touristique, aux couleurs criardes, de poissons dans la glace sur le marché de Pike Street. Des poissons morts : le sens de l'humour de ma sœur.

Je l'entendais renifler dans l'écouteur. Je lui ai demandé : « Tu es là ?

— Plus ou moins.

— Ne raccroche pas, s'il te plaît.

— Je ne vais pas raccrocher.

— T'es défoncée ?

— Ça s'entend ? »

Oui, ça s'entendait.

« Tu vas où, avec la voiture de maman ?

— Au chalet, au bord du lac. »

Je me suis sentie un peu mieux. Voulait-elle essayer de mener une vie saine, de changer de cap, prendre un nouveau départ ? Ce chalet était pour nous une retraite, un refuge, notre maison de repos privée.

« Tu veux te mettre au frais ?

— Façon de parler. » Elle a eu un rire désabusé. « Je vais me tuer.

— Tu plaisantes ?

— Pas du tout. Je n'ai jamais été plus sérieuse. »

À son ton, j'ai compris que c'était vrai. « Ne fais pas ça, je t'en supplie. Attends-moi. Ne fais pas de connerie. Je vais te rejoindre. J'arrive dès que je peux. Promets-moi. Non, jure-moi.

— Je te promets que je ne ferai rien avant que tu arrives. Mais je le ferai. Ma décision est prise. » J'ai répété : « Attends-moi.

— D'accord, mais ne traîne pas. »

Je n'ai pas fermé l'œil de la nuit. Au matin, j'avais décidé ce que j'allais faire et ce qui allait se passer. Dans les grandes lignes.

Evelyn possédait la clé qui ouvrait la porte de notre prison, la formule magique qui tuerait nos dragons. Elle était le joueur masqué qui pouvait nous aider, Sean et moi, à gagner à notre petit jeu. Je ne souhaitais pas sa mort, je n'allais ni l'encourager ni l'aider à se supprimer. Je l'aimais. Mais je ferais ce qu'elle me demanderait, même si cela voulait dire la perdre – ou admettre que je l'avais déjà perdue.

Je devais faire vite. Je me suis levée tôt, j'ai préparé mes bagages, et j'ai réservé un siège sur un vol à destination de San Francisco, que je n'avais pas l'intention de prendre. J'espérais simplement que cela éloignerait de moi les recherches, au moins provisoirement.

J'ai appelé Stephanie et lui ai demandé de me rendre un service – un petit service. Est-ce que Nicky pouvait passer la soirée chez elle ? Je le reprendrais en rentrant du travail. J'aurais pu lui annoncer que j'avais prévu de partir plusieurs jours, mais je voulais qu'elle panique le plus vite possible. Cela donnerait plus de poids à mon absence, la ferait paraître plus inquiétante, plus précipitée. Et lorsque la compagnie d'assurances étudierait le dossier, il y aurait eu une enquête de police.

Il y aurait peut-être un corps. Une femme qui me ressemblait beaucoup et avait mon ADN.

Le matin, j'ai déposé Nicky à l'école cinq minutes en retard pour être sûre de ne pas tomber sur Stephanie, qui est invariablement en avance. Je ne voulais pas qu'elle, si curieuse, s'interroge en me voyant pleurer en embrassant mon fils, que je ne verrais pas avant un moment. J'en avais le cœur brisé. Je l'ai serré si fort dans mes bras qu'il s'est plaint : « Attention, maman, tu me fais mal !

— Pardon, mon chéri. Je t'aime.

— Moi aussi, je t'aime. » Il est parti en courant, sans se retourner.

Je lui ai lancé : « À plus tard » pour que ma dernière phrase ne soit pas un mensonge.

Je me répétais sans cesse qu'il nous remercierait plus tard. Peut-on regretter d'avoir passé son enfance dans les plus beaux coins d'Europe ? Elle serait plus belle que celle de ses parents, qui avaient grandi dans une banlieue assoupie de Detroit ou une rue lugubre du nord de l'Angleterre. Le Connecticut aurait dû suffire. Va savoir pourquoi, ce n'était pas le cas. Je suppose qu'on n'est jamais satisfait.

Je voulais mettre du piment dans mon quotidien. Me sentir vivante.

Je suis passée à la maison prendre Sean. Nous sommes allés à la gare du MetroNorth et avons pris le train vers New York, puis, une fois à Grand Central, un taxi pour l'aéroport. Il fallait qu'il soit monté dans son avion à destination de Londres avant que je m'évanouisse dans la nature. Je lui ai fait des adieux de cinéma devant le terminal des départs, pour le cas où la police remonterait jusqu'au chauffeur qui nous avait conduits à JFK. Mais ils ne l'ont même pas cherché – preuve supplémentaire que leur enquête n'a pas été très sérieuse. J'ai demandé au taxi de m'attendre pendant qu'on s'embrassait avec fougue. Nous serions filmés par les caméras de télésurveillance : un couple uni, triste de se séparer, même pour quelques jours.

Je lui ai murmuré à l'oreille : « Cette fois, ça y est. Tu fais comme prévu. » À Londres, il organiserait plusieurs rendez-vous avec des clients avec qui il n'avait pas encore signé de contrats, qui l'appréciaient et regrettaient de ne pouvoir investir par millions l'argent de leur société dans les projets immobiliers de sa boîte. Ils seraient d'accord pour boire un verre avec lui – et lui fourniraient un alibi.

Il m'a demandé : « Où vas-tu ? Comment fait-on si j'ai besoin de te contacter, ou s'il y a une urgence ? » On aurait dit un gosse apeuré. C'était embarrassant.

« Ne t'inquiète pas. Nous sommes dans l'urgence. Quoi qu'il arrive… ne crois pas à ma mort. Je reviendrai. Je t'assure. Je ne serai pas morte. » J'avais besoin qu'il me croie.

« D'accord. » Il semblait dubitatif.

J'ai lancé, à voix haute : « À très vite » pour le cas où quelqu'un nous entendrait, mais personne ne faisait attention à nous. Il a répondu : « Oui, à bientôt, ma chérie. » Je suis remontée dans le taxi et suis allée à l'agence de location de voitures.

C'était parti. J'avais la sensation grisante d'être une

bad girl embarquée dans une machination qui avait des chances de marcher, tellement plus séduisante que ma vie, que mon job – qui faisait pourtant rêver beaucoup de gens. Je voulais autre chose.

La coupure avec Sean était bienvenue. Cette pause au bord du lac me ferait le plus grand bien. L'idée de départ n'était-elle pas de tourner le dos à ce boulot trop accaparant, de se déconnecter pour réfléchir aux priorités ? Des tas de gens font ce rêve et bien peu le concrétisent. Notre civilisation s'écroulerait s'ils le faisaient.

J'avais raison d'appréhender la séparation avec Nicky, et de m'inquiéter de savoir si Sean suivrait notre plan à la lettre. Je ne m'attendais certainement pas à ce qu'il saute sur le « poisson », ni à ce que Stephanie me traque jusque chez ma mère. La vie est pleine de surprises.

J'avais emporté de la lecture : les œuvres complètes de Charles Dickens, *Sérénade*, de James M. Cain, un roman de Patricia Highsmith que je ne me souvenais pas avoir lu – ou que j'avais oublié. J'ai acheté assez de nourriture pour tenir quelque temps, et un lecteur CD. J'allais pouvoir écouter mes morceaux préférés sans supporter les braillements des groupes anglais que Sean aimait depuis sa jeunesse.

J'ai fait en sorte de couvrir mes traces : je me suis arrêtée à des supérettes où il était peu probable qu'on ait installé des caméras dernier cri. Pourtant, dès que les flics ont commencé à me chercher, il leur aurait été relativement simple de me trouver. Il faut croire qu'ils n'y ont pas mis tant d'ardeur que ça, en dépit de ce qu'ils ont raconté à Sean.

Ça, je ne l'ai su que plus tard : le chalet n'avait ni Internet ni la télévision.

***

Je n'avais pas prévu que ma sœur jouerait un rôle dans notre projet. Rétrospectivement, je vois bien que j'avais besoin d'elle pour qu'il fonctionne. Besoin d'elle comme toujours, même si j'avais voulu m'en éloigner, la repousser ou l'ignorer. Au fond, je savais probablement depuis le début qu'Evelyn serait impliquée. Mais je ne voulais pas que cela se passe ainsi.

J'aurais dû le savoir. Elle et moi avons toujours su des choses l'une sur l'autre sans pouvoir les expliquer ni comprendre comment nous le savions. En roulant vers le Michigan, j'ai eu le temps de réfléchir, soit comme l'être humain que j'aimerais être, soit comme la folle manipulatrice que je suis en réalité.

J'ai passé la nuit à Sandusky, dans un Motel Six où j'ai réglé en liquide. Je suis arrivée au chalet le lendemain. La Buick 1988 était garée devant. J'aurais préféré que ce soit une voiture comme les autres, mais c'était celle avec laquelle notre mère avait failli nous tuer un nombre incalculable de fois, jusqu'à ce que son permis lui soit retiré pour conduite en état d'ivresse. Depuis, elle restait au garage. Bernice l'empruntait de temps à autre pour faire tourner le moteur, mais cette retraite forcée l'avait préservée, avec les bosses et les éraflures du passé. Je me suis dit qu'elle appartenait désormais à Evelyn, puis je me suis sentie mal car bientôt, très bientôt, elle me reviendrait. Qu'en ferais-je ? Ma sœur serait morte et moi à l'étranger, multimillionnaire ; cette Buick fatiguée ne me serait plus d'aucune inutilité.

La porte était fermée à clé. J'ai frappé. Pas de réponse. Je suis entrée par les déchirures dans la moustiquaire de la véranda qui n'avaient pas été réparées. Il y avait une odeur bizarre dans la maison, comme si un animal était mort à l'intérieur d'une cloison. Cela arrivait lorsque nous étions petites, et nous nous fichions la trouille en imaginant qu'un cadavre était muré quelque part – Edgar Poe était notre écrivain favori. Le plus souvent, il s'agissait d'une chauve-souris. Sur une idée à moi, à l'occasion du lancement de la collection Batgirl, Dennis Nylon a plus tard financé un laboratoire de recherche sur la maladie qui décime cette espèce en voie d'extinction. J'ai pensé, à cet instant, que c'était ce pourquoi j'avais travaillé : pour sauver la vie de ces chauves-souris mortes.

J'avais horreur d'être seule dans cette maison. Evelyn avait-elle changé d'avis ? Il fallait qu'elle soit là – en vie.

Sur le plan de travail de la cuisine, j'ai aperçu les canettes de boissons énergétiques à l'orange et les emballages de chips et de cookies à la guimauve qu'elle mangeait quand elle se défonçait – lorsqu'elle mangeait.

« Evelyn ?

— Je suis là. »

Je me suis précipitée vers la chambre où elle s'installait s'il faisait trop froid dans la véranda. Longtemps, nous avions partagé la même, parce que c'était si agréable de discuter, de se raconter des histoires, de se faire peur. Plus tard, nous nous étions chamaillées sur l'attribution des chambres. Pour finir par nous mettre d'accord sur qui dormirait où – la première de nos séparations.

J'ai ouvert la porte.

C'est toujours un choc de faire face à son double. Cela revient un peu à voir son reflet dans la glace, en plus bizarre. Le plus étrange, maintenant, c'était que nous étions aussi semblables que différentes. Ses cheveux étaient crêpés comme si un animal y avait fait son nid, elle avait le visage bouffi, la peau grise et blafarde. Elle m'a souri et j'ai vu qu'il lui manquait une dent de devant. Elle avait enfilé plusieurs pulls les uns sur les autres et s'était glissée sous les couvertures, ce qui ne l'empêchait pas de grelotter. Elle avait une mine épouvantable.

Je l'aimais, je l'avais toujours aimée et je l'aimerais toujours. La force de notre lien gommait tout le reste : les années de conflits et d'inquiétude, les appels affolés dans la nuit, le fait de ne pas savoir où elle était, les démarches pour la faire entrer en cure, les déceptions, les frayeurs. Ces ressentiments, ces frustrations, s'effaçaient devant le bonheur d'être avec elle. Comment avais-je pu oublier la personne la plus importante pour moi ? Je n'avais jamais aimé personne autant qu'elle, à part Nicky. C'était une vraie déchirure qu'ils ne se connaissent pas – et ne se connaîtraient sans doute jamais. Je me suis avancée pour la serrer dans mes bras.

« Il faut que tu prennes un bain.

— Oui, chef. »

Elle s'est relevée, avec difficulté. « Ce qu'il me

faut, c'est un verre de cognac, une bière et deux Vicodin. »

Je me suis assise au bord du lit. « Tu es défoncée. »

Elle a répondu, d'une voix neutre : « Tu me connais par cœur. » Puis : « Je veux mourir.

— Non. Tu ne peux pas. » J'avais été folle de penser que sa mort nous arrangerait. J'avais oublié à quel point je lui étais attachée et je voulais qu'elle vive. Je me débrouillerais autrement. Je la ramènerais à la maison, je dirais la vérité à Sean et Nicky…

Elle m'a dit : « Ce n'est pas comme dans cette pièce de théâtre où la fille répète sans arrêt à sa mère qu'elle va se tuer, avant de le faire. Ou pas, je ne sais plus. En tout cas, ce ne sera pas comme ça.

— Dis-moi que ce n'est pas sérieux.

— Regarde si je ne suis pas sérieuse. » Elle m'a montré du doigt, sur le buffet, une dizaine de flacons de comprimés alignés comme des bombes translucides sur le point d'exploser. « Je ne vais pas me comporter en amateur. Je te promets que ce ne sera pas un carnage.

— J'ai besoin que tu restes avec moi.

— On s'est beaucoup perdues de vue, au cas où tu ne l'aurais pas remarqué.

— Ça peut changer. Dès maintenant.

— Tout peut changer. Par exemple, je suis devenue ordonnée : j'ai l'intention de nettoyer la cuisine à fond et de faire le lit. Je ne me tuerai pas à l'intérieur, pour que tu n'aies pas à te débarrasser de mon corps. J'ai prévu d'aller dehors et de laisser la nature se charger de la suite.

— Tu te demandes encore qui doit faire le ménage ici ?

— J'ai une idée : si on sautait le pas ensemble ? Un dernier bain dans le lac. Des jumelles se donnent la mort en retournant dans l'élément premier. Plus besoin de se faire du souci l'une pour l'autre, de redouter la vieillesse, la fin de vie. Plus d'angoisses nocturnes. Ce serait super, non ? Fini les soucis, la colère, les frustrations, la tristesse, le…

— C'est vrai que c'est tentant. » Pendant un court instant, j'y ai pensé. Mourir avec elle serait la grande aventure finale, l'ultime doigt d'honneur à l'ennui magistral. Débrouillez-vous avec ça, Sean, Stephanie et Dennis ! Oui, mais non : Nicky aussi devrait se débrouiller avec ça.

« Je ne peux pas. J'ai Nicky. »

À peine avais-je prononcé ces mots que je les ai regrettés.

« Et pas moi. Je n'ai pas de petit garçon qui a besoin de moi. Le neveu que tu n'as pas voulu me faire rencontrer.

— Je ne pouvais pas… Tu étais si… Je ne savais jamais…

— Ne te fatigue pas, Em, c'est un peu tard, de toute façon. Donc, en l'absence de gentil bambin, il ne me reste que le méchant désir de mort. »

Elle a rapproché son poignet du mien. Les deux tatouages en forme de barbelés formaient un huit aplati. Ma sœur raffole des gestes théâtraux.

Elle a dit : « Plus de disputes.

— Non, plus de disputes. Écoute, j'ai un truc à te dire.

— Tu n'es plus amoureuse de ton mari. Quelle surprise !

— Ce n'est pas à ce sujet. Ou à peine. Je me suis tirée. Je fais semblant d'être morte pour toucher l'argent de l'assurance.

— Tout à fait Lana Turner et Fred McMurray. J'adore. »

Elle seule pouvait faire ce commentaire. Pas Sean, et encore moins Stephanie. Nicky peut-être, mais pas avant plusieurs années.

Elle a repris : « Tu es complètement folle. Mais attends une seconde… Je crois que je commence à piger. La petite lampe s'allume. Ça t'arrange que je meure ! Tu pourras faire croire que c'est toi. Gagnant-gagnant pour nous deux. C'est ça ?

— Comment peux-tu dire une chose pareille ? »

Elle était la seule à me connaître aussi bien.

« Parce que je sais ce que tu penses. » Elle a ri. « Ça me plaît de mourir pour toi.

— Ce n'est pas vrai.

— Je plaisantais. Pourquoi est-ce toujours toi qui es censée avoir le sens de l'humour ? C'est parfait : on aura toutes les deux ce qu'on souhaite, pour la première fois peut-être.

— Tu sais que près de cinquante pour cent des jumeaux décèdent rapidement l'un après l'autre ?

— Bien sûr que je le sais : on l'avait lu sur Internet, dans ta piaule de fac. Et je suis désolée, mais tu vas survivre. Une suffit.

— Je t'ai toujours retrouvée. J'ai toujours essayé de t'aider. On va t'inscrire dans un groupe qui te convient, te sevrer et…

— Tais-toi. Tu cherches à racheter ce que tu m'as fait subir depuis que nous sommes nées.

— Ma parole, on dirait notre mère. Tu me fais porter le chapeau pour ce qui date d'avant notre naissance.

— Ne fais pas l'innocente. »

Un ange est passé. Evelyn n'avait pas fini. Elle a replié les poignets et tendu les paumes en avant, comme si elle s'appuyait contre un mur en reculant légèrement. C'était notre signal lorsque nous étions plus jeunes. Nous nous envoyions des SOS de l'autre bout de la pièce : « Viens me délivrer – de ce parent, de cet invité, de ce type. »

Elle a repris : « Si j'avais un cancer ou une sclérose aiguë et que je te demandais de m'aider à mourir, je suis certaine que tu le ferais. Eh bien, la douleur est du même ordre. C'est juste qu'elle n'est pas visible sur une IRM.

— D'accord, ça suffit. Je suis crevée. Promets-moi de ne pas faire de connerie cette nuit.

— Une connerie ? Je ne me noierai pas, si c'est ce que tu demandes.

— Je t'aime, mais il faut que je dorme. »

Je l'ai poussée et me suis allongée à côté d'elle. Elle dégageait une odeur d'écurie qui me rappelait un peu celle qu'elle avait petite.

Je n'ai pas dormi, ou à peine. Je me réveillais sans arrêt et je posais la main sur sa poitrine, comme lorsque Nicky était nourrisson et que je voulais m'assurer qu'il respirait. Il me manquait. Si Evelyn avait eu un enfant, elle n'aurait pas tenu ce discours. Quoique… il arrive que des mères de famille mettent fin à leurs jours. Elle ronflait doucement, dans un sommeil abruti par l'alcool. Sa respiration, régulière et superficielle, était entrecoupée de hoquets.

Pendant des années, tout ce que j'ai ressenti pour ma sœur était teinté d'appréhension, comme si, à de multiples reprises, je m'étais préparée. J'ai repensé à notre enfance, à ce qu'elle m'avait dit sur le soutien que je lui apporterais si elle était atteinte d'une maladie incurable. J'ai essayé de ne pas me dire que sa mort était ce dont nous avions besoin pour notre projet dément.

Il faisait jour quand je me suis réveillée. J'ai mis du temps à me souvenir où j'étais. J'ai tendu le bras vers Evelyn, tapoté les draps. Personne.

J'ai couru dans la cuisine, puis dans le salon. Elle était en train de grignoter un cookie. Elle m'a lancé : « Tu sais que tu ronfles comme un sonneur ? Tu as toujours fait plus de bruit. Bon, j'ai une bonne et une mauvaise nouvelle. La bonne : j'ai changé d'avis, j'ai décidé de vivre. La mauvaise : j'ai changé d'avis, j'ai décidé de vivre. »

Ma première réaction a été la joie à l'état pur. Ma sœur allait survivre ! Je pourrais la placer en centre de désintoxication – le bon cette fois-ci – et m'arranger pour que ça fonctionne. Je la présenterais à Sean et Nicky : *Voici ta belle-sœur. Voici ta tante.* Je l'ai prise dans mes bras. « Je suis si heureuse ! »

Elle s'est accrochée à moi, et j'ai été envahie par un sentiment que je ne peux toujours pas m'expliquer. C'était comme si – *presque* comme si – j'étais déçue. Je me sentais flouée. Jamais Nicky n'est davantage en colère, à deux doigts du caprice, que lorsqu'il s'attend à quelque chose, qu'il a tout prévu dans sa tête, imaginé le scénario, qu'il l'a pratiquement vécu – et que ça n'a pas lieu. C'est exactement ce que j'ai éprouvé pour la mort de ma sœur : j'avais réfléchi à ce que je ferais, ce que je dirais, et même ce que je ressentirais. J'avais tout planifié, et finalement, cela ne se produirait pas.

Je n'aurais pas dû lui raconter cette histoire d'assurance. Voulait-elle jouer avec mes nerfs ? Elle le pouvait, elle savait comment procéder : elle était ma sœur.

Je lui ai dit : « J'ai un truc à te proposer.

— Comme d'hab'. »

On aurait dit que quelqu'un s'exprimait à ma place – qui voulait ce que je voulais mais n'avait pas peur de l'exprimer : « Si on se faisait un dernier trip toutes les deux, avant d'arrêter pour de bon ? Comme autrefois ? »

Elle m'a souri d'un air interrogateur. J'avais beau l'adorer, cette dent en moins la défigurait ; si elle vivait, je devrais m'en occuper aussi.

« Une dernière fois. On se défonce à fond. Pour expulser définitivement le démon de notre corps.

— C'est une idée. »

Au moment de partir de la maison, j'avais pris trois bouteilles de mezcal car je pensais encore qu'elle voulait que je l'accompagne dans ses derniers instants – au lieu de découvrir, en partie grâce à moi, qu'elle avait à nouveau envie de vivre. J'ai dégoté trois verres couverts de toiles d'araignée et de crottes de souris. Je n'y avais pas réfléchi la veille, mais j'ai été frappée, comme l'été précédent avec Sean, par le fait que l'eau et l'électricité n'avaient pas été coupées. Est-ce que notre mère – ou plutôt, Bernice – réglait les factures et faisait venir quelqu'un pour protéger les canalisations du gel ? J'ai lavé les verres et lui ai suggéré : « Asseyons-nous dans la cuisine. »

La pièce était peuplée de fantômes. J'avais raison : ce chalet était hanté. Nos grands-parents, nos parents étaient tous présents et nous observaient en train de nous verser à boire à 8 heures du matin. Si ce n'était pas de la mauvaise conduite, qu'est-ce que c'était ? Evelyn était si contente de mettre la main sur un verre d'alcool – n'importe lequel – qu'elle n'a pas remarqué que je m'en versais beaucoup moins. Ou alors, elle s'est dit que ça lui en ferait plus pour elle ?

Après quatre ou cinq shots, elle m'a demandé : « Tu as des souvenirs d'avant notre naissance ? » J'ai compris qu'elle était partie pour se soûler : elle me posait souvent cette question quand elle buvait, en oubliant qu'elle l'avait déjà fait. J'ai répondu que non. Elle a déclaré qu'elle se rappelait avoir reçu des coups de pied et a poussé un cri perçant : « Aïe ! Passons à un sujet plus sympa.

— Qu'est-ce que tu as apporté comme comprimés ?

— Des jaunes, des orangés et des blancs.

— On en prend un, pas plus.

— Tu me forces la main. Docteur, ce n'est pas ma faute : c'est ma jumelle qui m'a poussée ! »

Je l'ai suivie dans la chambre. Sa démarche était légèrement hésitante. Elle s'est arrêtée devant les flacons posés sur le buffet, comme un pharmacien ou plutôt comme un barman s'apprêtant à préparer un cocktail. Elle a fini par choisir deux pilules jaune pâle, m'en a donné une et a pris l'autre.

J'ai annoncé : « Je garde la mienne pour l'instant.

— Moi, je l'avale tout de suite, si ça ne te gêne pas.
— Vas-y.
— En fait, je vais tout apporter dans la cuisine, ça fera moins d'allers et retours. Moins de fatigue. »

J'aurais pu la retenir, je ne l'ai pas fait. Au final, c'est ça qui compte : je ne l'ai pas tuée, mais je ne l'en ai pas empêchée.

Elle a aligné les flacons sur la table en disant : « Je ne devrais vraiment pas, puis s'est tue un instant, comme pour laisser cette idée glisser sur elle et s'en aller. C'est mon traitement. » Dans le premier, elle a pris un comprimé bleu en forme de cœur. Elle s'est décontractée, est même devenue sentimentale. J'avais l'impression qu'elle ne s'adressait pas vraiment à moi : elle passait le temps, elle était déjà ailleurs.

Elle m'a redemandé : « Premier souvenir ? avant d'enchaîner : Une taie d'oreiller avec des chevaux.
— Des ananas sur le papier peint à côté de notre parc de bébé.
— Et moi ? Tu te souviens de moi ?
— Je me souviens que c'est mon nom que tu as prononcé en premier.
— Typique. » Elle a rempli son verre et repris un comprimé. « Je tiens bien l'alcool.
— Moi aussi, avant, comme tu le sais.
— Tant mieux pour toi. » Elle a levé son verre pour porter un toast, avec le mouvement de tête agacé qu'elle tenait de notre mère. « À ma sœur, la fille facile !
— Je t'aime. » Je voulais qu'elle le sache, sans attendre. Elle n'a pas répondu qu'elle aussi. Elle a fermé les yeux un long moment, puis a repris :

« Je peux changer d'avis ? En fait, je veux vraiment mourir. »

J'aurais pu répliquer : « C'est l'alcool et les comprimés. Attends que l'effet s'estompe. » Est-ce qu'elle m'aurait crue ? Mais j'ai dit : « Il faut parfois savoir suivre son cœur. Tu sais ce qui est le mieux pour toi. Fais ce que tu dois faire sans te préoccuper de moi. Tu me manqueras, mais je survivrai. »

Sous le choc, son visage pâle est devenu livide et elle m'a dévisagée. Je lui donnais la permission ? Je voulais qu'elle meure ? Je ne lui ordonnais pas de vivre, je ne lui offrais pas de la protéger ? Elle a enfoncé son visage dans ses mains, puis s'est détournée pour regarder vers la véranda. « Tu sais quoi ? Je crois que je vais aller prendre un bain… L'eau froide va me réveiller. Je reviens dans cinq minutes.

— N'y va pas.

— Ne t'inquiète pas. »

Fallait-il que je la ceinture et que je l'enferme dans sa chambre ?

J'avais envie de croire que le contact de l'eau la dégriserait et lui ferait prendre conscience qu'elle ne voulait pas en finir. Elle reviendrait à la maison et me demanderait de l'aider. Je l'emmitouflerais dans des serviettes, la prendrais dans mes bras et tout recommencerait comme avant. On aurait le temps d'aller à l'hôpital pour un lavage d'estomac. Il suffirait que je lui enfile des vêtements secs et que je la mette dans la voiture.

On oublierait l'argent de l'assurance. Ma vie serait plus épanouissante : elle vivrait avec nous, Nicky et elle s'adoreraient, Sean s'y habituerait. J'obtiendrais un poste pour elle chez Dennis Nylon, on prendrait le train pour aller travailler et Dennis serait comme un parrain pour elle. Il adorerait cette idée.

Elle a repris un comprimé, qu'elle a fait passer avec un nouveau shot. Elle s'est levée et a trébuché avant d'atteindre la porte.

J'ai dit : « Attends ! Je voudrais te donner quelque chose. »

J'ai retiré la bague de ma belle-mère et l'ai glissée à son doigt. J'ai dû forcer un peu car sa main était gonflée à cause de l'alcool qu'elle avait avalé.

« Aïe ! C'est quoi ?

— Je veux que ce soit toi qui l'aies. »

Ce que je voulais, c'était que quelqu'un la trouve. Plus tard. Evelyn n'a pas été dupe. Télépathe jusqu'au bout.

Elle a dit : « Génial. Merci.

— Prends soin de toi. » Ma dernière phrase, alors qu'elle partait se donner la mort, et que je n'ai rien fait contre.

Je croyais vraiment qu'elle reviendrait. Ou j'y croyais à moitié. Ou je voulais y croire. J'avais sommeil. Pour suivre son rythme, j'avais bu beaucoup plus que je ne pensais. J'avais très peu dormi, rien avalé. Je n'avais plus l'habitude ; j'avais perdu mes mauvaises manies. Je me suis allongée sur le canapé et me suis écroulée comme une masse pendant une demi-heure.

Dès que j'ai ouvert les yeux, je suis sortie de la maison et l'ai cherchée partout. J'ai couru le long du rivage, crié son nom. Il n'y avait personne, rien que je puisse faire.

Je suis revenue dans la maison, j'ai pris deux de ses comprimés et les ai avalés avec du mezcal. J'ai dormi pendant trente-six heures.

Je me suis réveillée sobre. Je savais que je l'avais tuée et j'essayais de me convaincre que je ne l'avais pas fait. Elle voulait mourir. La forcer à vivre aurait été égoïste. Pour la première fois peut-être, je l'avais aidée à obtenir ce qu'elle voulait.

Je n'avais plus du tout peur d'être seule ici, peut-être parce que le pire avait eu lieu. J'étais contente de pouvoir m'habituer à la disparition d'Evelyn, réfléchir à notre vie, à qui j'étais, qui elle avait été, qui je serais sans elle. J'aurais dû appeler la police tout de suite, mais je me suis dit qu'elle ne l'aurait pas voulu. Elle aurait souhaité que je prenne le temps de faire le point dans ma tête.

Je me suis nourrie de sandwichs à la mayonnaise – comme une gamine de dix ans. Je n'aurais pas laissé Nicky s'alimenter de cette façon, mais c'était ce que je voulais, pour me rappeler l'époque où Evelyn et moi passions nos étés dans ce chalet.

Je passais de pièce en pièce. J'avais peur d'aller vers le lac, de ce que je pourrais y voir. Tôt le soir, je tombais sur le lit à bout de forces et je dormais jusqu'au lendemain matin. Moi qui étais sujette aux insomnies quand je vivais avec Sean, que je m'occupais de Nicky et que je travaillais pour Dennis, je n'avais plus aucun problème pour m'endormir.

Une semaine a passé, puis une seconde. J'ai perdu la notion du temps.

J'ai rangé la maison, nettoyé une dernière fois le fouillis d'Evelyn. En partie, du moins. Je n'ai pas touché aux bouteilles ni aux flacons. J'ai abandonné la voiture de location dans la forêt et je suis revenue à pied pour prendre la voiture de notre mère. J'ai conduit jusqu'aux Adirondacks, et je m'y suis installée.

Ce n'était pas une bonne idée. Je n'avais rien à faire, je voulais être dans mon lit, je n'arrêtais pas de penser à Nicky. Je n'avais qu'une envie : l'entendre me raconter ses histoires sans queue ni tête, sentir l'odeur de lait de ses cheveux, marcher dans la rue avec sa main dans la mienne, voir son expression à l'instant où il me découvrait en train de l'attendre devant l'école. Très vite, il m'a tellement manqué que je me suis sentie désespérée, accablée de chagrin, comme si c'était lui qui était mort et non ma sœur.

J'ai quitté les montagnes et j'ai roulé jusqu'à Danbury, une ville qui me paraissait une destination sûre, où personne ne se connaît. Je suis descendue dans un motel. C'est là que je me suis reconnectée – que je suis allée sur Internet pour découvrir que Stephanie m'avait volé mon mari.

J'avais respecté le désir de mourir de ma sœur. Aurais-je lutté avec plus d'énergie pour la garder en vie si j'avais su que Sean était un être faible et un traître, et notre projet une vaste fumisterie ? Il était avec Stephanie, et moi, j'étais seule.

Maintenant, Stephanie harcelait ma mère ; elle impliquait tout mon entourage dans son envie folle de devenir moi. Ce qu'elle n'avait pas écrit dans son blog, c'était ce qu'elle avait vu, assise sur le canapé à rayures roses et blanches, en feuilletant l'album des photos de mon enfance.

Les deux moi. Emily au carré.

Surprise : j'avais une jumelle !

J'ai imaginé son désarroi lorsque a volé en éclats sa certitude d'être ma meilleure amie et que nous nous disions tout. Comment avais-je pu omettre ce détail ?

Sean me croyait morte. Cela signifiait simplement qu'il ne m'avait pas crue au moment où nous nous étions séparés à l'aéroport. Il fallait que je lui parle, que je le voie pour savoir ce qu'il avait en tête. Comme si c'était sa tête qui avait décidé de coucher avec Stephanie…

J'ai rappelé Stephanie. À nouveau, j'ai attendu qu'elle soit seule.

« Si tu dis à Sean ce que tu as découvert chez ma mère, je te tue. Toi et Miles. Ou alors seulement Miles et je te laisse la vie sauve.

— Je te jure que je ne dirai rien. Je te le jure. » Elle semblait terrifiée.

Ce qui montre bien l'étendue de sa bêtise : elle a beau savoir que je lui ai menti à de nombreuses reprises, elle m'a pourtant crue.

Sean et moi nous étions mis d'accord sur un code à utiliser en cas d'urgence : LE VOYEUR. Je lui ai envoyé un texto auquel il a répondu.

Je lui ai fixé rendez-vous à Greenwich Village, dans un restaurant italien aux tables espacées où nous avions l'habitude d'aller quand nous nous sommes rencontrés. Ce n'est pas pour sa cuisine qu'on le fréquente, mais pour son calme ; on y va pour négocier des contrats, se fiancer – ou rompre.

Il était déjà dans la salle. Je m'étais demandé ce que je ressentirais en le voyant. J'ai su tout de suite. Ce visage ouvert, stupide. J'ai d'abord été mécontente, puis en rage. Mon amour pour lui était mort – plus froid que ma sœur.

Quand je suis entrée, on aurait dit qu'il avait un spectre devant lui. Qui lui avait envoyé un SMS : mon fantôme ? Il s'est levé, comme pour m'enlacer. Je l'ai coupé dans son élan : « Reste assis. »

Je me suis installée. J'étais contente que l'énorme bouquet le cache à moitié : je ne pouvais pas le regarder. J'avais envie de le poignarder avec le couteau à steak. J'avais tué la mauvaise personne. Je me suis répété : *Sois patiente. Écoute ce qu'il a à dire. Tu ne sais pas ce qu'il pense.*

« Je t'ai crue morte. Vraiment, Emily, je t'assure.

— À l'évidence, tu as eu tort. » Mon ton était glacial. « Quelle partie de ma phrase te demandant ne pas le croire n'as-tu pas comprise ?

— Mais… le corps ? La bague ?

— Inutile que je te donne les détails. Il vaut mieux que tu ignores tout. Tu t'empresserais de le raconter à Stephanie. »

J'entendais la fureur dans ma voix. C'était stupide. Je devais rester calme – paraître calme.

« Dans son blog, elle décrit votre foyer heureux. Tu es vraiment très con.

— Elle n'est rien pour moi. » Est-ce qu'il s'entendait ? Savait-il qu'il s'exprimait comme dans les séries sentimentales les plus ringardes ?

« Prouve-le.

— Comment ? » Il a eu l'air encore plus inquiet qu'en me voyant entrer.

« Brise-lui le cœur. Torture-la. Débarrasse-toi d'elle. » Je ne l'encourageais pas sérieusement à la tuer. Je la détestais, mais son meurtre n'aurait rien arrangé. Je voulais simplement voir sa réaction.

« Emily, sois raisonnable. Elle est gentille avec notre fils et elle nous est utile. Nicky est content qu'elle soit à la maison. Tu avais raison : c'est une nounou parfaite. On la larguera dès qu'on aura empoché le fric. »

Il me demandait d'être raisonnable ?

Cela avait été une erreur de le voir. Je n'avais qu'une envie : partir. Pourtant, j'ai suggéré qu'on commande. J'étais affamée, et j'avais la route à faire jusqu'à Danbury.

Il a demandé une côte de veau bien cuite. Je n'ai pas pu m'empêcher de contempler avec écœurement son morceau de viande carbonisée, qui sentait le crématorium. Stephanie cuisait la viande comme il l'aimait. J'étais ivre de rage et de dégoût.

J'ai pris des pâtes. Il me fallait un aliment mou : je ne savais pas de quoi j'étais capable avec un couteau.

« Je t'en prie, Em. » Jamais il ne m'appelait ainsi. Je le lui avais interdit. Mon imbécile de mari ne savait pas que j'avais eu une sœur, contrairement à Stephanie, que j'avais suffisamment effrayée, à mon avis, pour qu'elle ne le dévoile pas.

Il a poursuivi : « Notre plan fonctionne… il peut encore fonctionner. On va toucher l'argent d'ici peu. » En l'écoutant, j'ai su que je ne voulais pas de ce pognon s'il impliquait que je passe le reste de ma vie avec lui. Cela n'en valait pas la peine.

« Le fait que tu baises Stephanie ne faisait pas partie de notre plan.

— Je vais lui demander de partir. Je lui dirai que

ça ne marche pas entre nous. On va se retrouver, toi, moi et Nicky, et ce sera comme avant…

— Plus rien ne sera comme avant. Tu as fait ce qu'il fallait pour.

— Mais on était si heureux !

— Ah bon ? » Ma sœur était morte. J'avais beau savoir, en toute logique, qu'il n'y était pour rien, je l'en tenais pour responsable, malgré tout.

« Je ne te pardonnerai jamais. Tu vas me le payer.

— Des menaces ?

— Possible. Par ailleurs, je te défends de dire à Stephanie que tu m'as vue. Je n'ai pas envie que vous essayiez de deviner mes intentions. Même à vous deux, vous n'y parviendrez pas. »

Je me suis levée et je suis sortie.

Je le haïssais plus que je ne haïssais Stephanie. Malgré la fierté qu'elle tirait de ses sombres secrets et de son blog débile, c'était un être tellement simple que je ne pouvais pas lui en vouloir de ce qui s'était passé. Elle me faisait penser à un épagneul nageant contre le courant, ou à une gamine pas très futée qui veut à tout prix se faire des amis et être aimée.

Sean, c'était différent : il était la seule personne, à part ma sœur, que j'avais laissée s'approcher de moi, en qui j'avais eu confiance. Avec Nicky.

Il m'avait trahie. Je ne plaisantais pas en lui annonçant qu'il me le paierait.

TROISIÈME PARTIE

33

SEAN

J'avais peur de ma femme. Ce n'est pas le genre de secret qu'un homme qui exerce ma profession, ou n'importe quelle profession – ou même un homme, tout simplement – a envie de dévoiler. Je savais qu'Emily était dangereuse. Cela faisait partie de son charme. Comment réagir quand, au troisième rendez-vous, une fille vous invite à visionner *Le Voyeur* ? Quand, après cinq années de mariage, elle ne vous a toujours pas présenté sa mère, ne vous a pas montré une seule photo d'elle petite, et refuse de dire un mot de son enfance, à part que sa mère buvait et la traitait d'idiote ?

On cède. On renonce. On capitule. On perd du terrain, qu'on ne récupère pas. Samson et Dalila, David et Bethsabée : la Bible est remplie d'histoires semblables. Ce que la Bible ne dit pas, c'est qu'au lit, avec elle, c'était génial.

J'en suis tombé amoureux et je l'ai épousée sans

savoir grand-chose à son sujet. Je m'étais fait des illusions en la voyant pleurer devant l'assistance à la soirée de bienfaisance de Dennis Nylon. Pouvais-je imaginer que celle qui sanglotait en évoquant les Africaines dépourvues d'eau courante serait aussi celle qui volerait la bague de ma mère ? Bien plus tard, Emily m'a avoué que ce soir-là, elle n'était pas émue parce qu'elle pensait à ces pauvres femmes, mais parce qu'elle avait dû gérer une série de galères et qu'elle redoutait que Dennis pète un câble, comme il en était familier. La jolie fille que la compassion émouvait aux larmes n'existait pas.

J'aurais dû la quitter à l'instant où l'avion qui nous ramenait d'Angleterre s'est posé. C'était au tout début de notre mariage, à notre retour de voyage de noces. On aurait pu demander l'annulation de notre union. J'aurais dû tirer les conséquences de ce qui s'était passé lorsque je lui avais demandé de rendre la bague à ma mère, et qu'elle avait menacé de me pourrir la vie. J'aurais dû dire que je m'étais trompé. Au lieu de ça, on a fait l'amour dans les toilettes de l'avion – et le tour était joué. J'étais à sa merci. Je l'aimais, j'aimais sa sauvagerie, sa détermination, son côté rebelle. Elle me fascinait et je ne voulais pas la perdre. À partir du moment où elle avait une envie, rien ne l'arrêtait. Et je suppose que j'étais accro au sentiment de malaise qui me saisissait lorsque je me soumettais à sa volonté et que je me laissais faire.

En apprenant qu'elle était enceinte, j'ai été très heureux. Pourtant, je n'arrivais pas à me débarrasser de la crainte superstitieuse que notre enfant souffre d'une anomalie – sinon physique, du moins psychologique – parce qu'il avait été conçu dans les toilettes de première classe d'un appareil de la compagnie Virgin Atlantic.

En fait, Nicky était parfait. Emily, elle, a failli y passer pendant l'accouchement. Je ne sais pas si elle l'a su. Les médecins ne l'ont pas exprimé précisément dans ces termes, mais je l'ai vu à leur visage lorsqu'ils sont entrés dans la salle de travail – une pièce décorée comme un salon confortable, comme si ça pouvait rendre ses douleurs plus supportables.

Ensuite, elle a changé. Elle était en adoration devant notre fils et s'est éloignée de moi. On aurait dit qu'elle était amoureuse de lui et plus du tout de son mari – si toutefois elle l'avait été un jour. J'avais déjà entendu des collègues se plaindre de ce genre de réaction ; pour l'essentiel, ils regrettaient de moins faire l'amour après la naissance des gosses. Avec Emily, c'était différent. On faisait l'amour, très bien. Ce qui manquait, ce n'était pas ça : c'était la chaleur, l'affection, le respect.

J'étais toujours un peu surpris, en rentrant du boulot, qu'elle soit à la maison. Peut-être restait-elle avec moi uniquement parce que j'étais le père de Nicky ? Pourtant, sur le plan génétique, je n'avais pas l'impression d'avoir beaucoup contribué : il lui ressemblait, il avait sa beauté. Il n'avait qu'une qualité en commun avec moi : il était gentil, bien plus qu'elle ne pouvait l'être. Je l'adorais. Tous les trois, nous formions une petite famille. J'étais prêt à tout pour nous protéger, rendre notre vie meilleure. À tout ce que voulait Emily.

Cela me plaisait qu'elle ne soit pas du genre à

discourir sans cesse sur ses sentiments et à vouloir tout savoir sur ceux des autres. Elle me laissait penser de mon côté. Mais quelque chose, en elle, était… trop privé, je dirais. Même les très bons jours, quand je ne travaillais pas et qu'on partait se promener quelque part, en tournant la tête vers elle, dans la voiture, je voyais dans ses yeux une sorte d'impatience – pire que l'impatience : la panique d'un oiseau enfermé dans une maison. Ce qui n'est pas exactement l'expression que l'on a envie de voir sur le visage de sa femme.

Lorsque je l'ai rencontrée, je venais de quitter ma vie insouciante d'étudiant et ma bande de potes pour des collègues de Wall Street beaucoup moins insouciants – même s'ils étaient persuadés du contraire. Ces matheux bornés n'étaient bons qu'à gagner de l'argent. Être avec Emily était la preuve que je n'avais pas perdu la décontraction de ma jeunesse. J'avais épousé la fille la plus jolie et la plus cool. Elle me mettait sans arrêt au défi, exigeait que je sois son complice.

Je n'osais pas refuser de jouer le jeu, résister à ses idées folles. Tout cela nous a conduits à ce projet ridicule de fraude à l'assurance, dont j'étais sûr qu'il était voué à l'échec. Je suis quelqu'un de pragmatique ; j'ai les pieds sur terre et j'occupe un poste important à Wall Street. Pourtant, je me suis laissé convaincre parce qu'elle m'aurait traité de lâche si j'avais énuméré les défauts évidents de son plan. Je lui ai dit que deux millions de dollars, cela n'en valait pas la peine : je gagnais bien ma vie et je pouvais demander une augmentation. Pour elle, ce n'était pas une question d'argent. Ce qui l'attirait, c'était de se mettre en danger, de prendre des risques, de se sentir en vie. Et Dieu sait si je voulais qu'elle se sente en vie.

Sur le papier, ce devait être tellement simple, tellement génial : elle simulerait un décès accidentel. Je n'ai pas posé de questions sur la façon dont elle avait prévu de le faire, et elle a apprécié que je ne l'interroge pas. J'ai eu la possibilité de souscrire un contrat d'assurance-vie au bénéfice du conjoint auprès de mon employeur ; après le versement de la prime, Emily, Nicky et moi nous rejoindrions en Europe dans un lieu paradisiaque, avec de quoi vivre pour plusieurs années.

J'avais très envie de croire que cela pourrait marcher, mais en réalité, je n'étais pas convaincu. Ce que je savais pertinemment, en revanche, c'était que si je refusais, notre mariage était condamné. Elle me faisait du chantage – terme qui n'a jamais été employé. Elle avait une façon exaspérante de faire passer le chantage pour un consensus.

Il n'a jamais été question qu'elle meure. J'ai été pris par surprise. Je n'arrivais pas à comprendre comment c'était arrivé. Elle m'avait dit de ne pas y croire, mais le résultat des analyses ADN était catégorique. Et on avait déjà vu capoter des embrouilles mieux ficelées que la nôtre.

La seule confidence qu'elle m'avait faite, c'était qu'elle s'était droguée pendant sa jeunesse et qu'elle s'était fait tatouer le poignet pour se rappeler à quel point elle allait mal à cette époque, qui n'avait pas duré.

Je n'ai pas cru une seconde qu'elle ait cherché à se supprimer. Elle ne pouvait pas souhaiter que Nicky soit orphelin. Pour moi, il s'agissait d'un accident : elle avait fumé des pétards, bu quelques verres, était allée se baigner – et s'était noyée. Elle portait la bague de ma mère. Le passage du rapport d'autopsie faisant état de lésions hépatiques et d'abus de drogues était incompréhensible. Ils avaient dû se tromper. Les médecins se trompent sans arrêt : ils opèrent le mauvais patient, retirent le mauvais rein.

J'étais effondré, accablé par le chagrin. Plus exactement, j'oscillais entre la torpeur et la douleur aiguë. Mais je devais rester fort pour Nicky, même si j'avais du mal à me lever le matin. Au début, je ne voulais même pas continuer à vivre. Je me reprochais d'avoir accepté de jouer au jeu stupide de ma femme – un jeu cupide, illégal, perdu d'avance.

J'ai cru, vraiment, qu'elle avait perdu la vie. Le rapport contenait peut-être des inexactitudes, mais il y avait des preuves : son ADN, sa bague. C'est uniquement pour cela que je me suis rapproché de Stephanie. Je m'en serais bien gardé si j'avais pensé qu'Emily était vivante.

Stephanie fait ce que je veux, et, pour le meilleur ou pour le pire, elle ne m'effraie pas et ne me met pas au défi. Elle écoute la musique que j'aime, me prépare les plats que j'aime. Elle ne me balance pas des vannes comme le faisait Emily, qui exprimait, je le sais, un mépris à peine déguisé pour ce carnivore anglais amateur de viande trop cuite.

Je n'aime pas Stephanie, je ne l'ai jamais aimée et je ne l'aimerai jamais. Mais sa présence ne me dérange pas. Je suis sûr de la trouver le soir en rentrant. Elle ne pose pas de questions, ne prend pas un air distant. Son plaisir, c'est de faire plaisir à Miles, Nicky et moi. *Idem* quand nous sommes au lit.

Vivre avec elle m'a permis de conserver mon calme à mesure que je découvrais les aspects négatifs du plan d'Emily : le chagrin de mon fils ; les interrogatoires des flics ; les soupçons de Stephanie. Sans oublier le plus important : sa mort.

Stephanie a raison d'être suspicieuse : elle est, selon Emily, ce que les joueurs de poker appellent « le poisson ». Elle fait sans arrêt des allusions à des épisodes obscurs de son passé et affirme vouloir être aussi gentille que possible pour racheter ses erreurs de jeunesse. La meilleure personne possible : qu'est-ce que ça peut bien vouloir dire ? Je me sens déloyal envers Emily de ne pas lever ostensiblement les yeux au ciel dès qu'elle profère ce genre de niaiseries.

Elle ne se doute pas que je sais que son frère est le père de Miles. Et alors ? Qui s'en soucie ? Elle s'imagine que son noir secret la place au centre du monde, mais elle est seule à y accorder de l'importance.

Elle et Emily sont aussi cinglées l'une que l'autre. Elles auraient pu devenir amies si Emily n'avait pas été en quête d'un « poisson » – et si elle était capable d'amitié.

Je n'ai jamais pensé que Stephanie et moi resterions ensemble. Mais elle m'a réconforté et était disponible au moment où j'essayais de me remettre de la perte de ma femme – qu'au final, je n'ai pas perdue.

J'étais au travail lorsque ce message s'est affiché sur mon portable : LE VOYEUR. J'ai cligné des yeux, mais les mots ne se sont pas effacés de l'écran. C'était trop dangereux – trop explosif – que je les lise au bureau. J'ai mis mon téléphone dans ma poche et j'ai pris l'ascenseur. Les fumeurs de l'immeuble se tenaient tous, selon les instructions, à plus de six mètres de l'entrée. Je leur ai fait signe et j'ai contourné la façade. J'avais besoin d'être seul et de prendre l'air.

J'ai vérifié à nouveau mes messages. Les deux mots n'avaient pas disparu. Ce n'était pas possible. Ce n'était juste pas possible. C'était soit Emily, soit quelqu'un qui s'était approprié son téléphone. Son vrai téléphone.

J'ai répondu : LE VOYEUR et j'ai attendu.

La réponse est arrivée : DÎNER ?

J'étais si nerveux que j'ai tapé sur les mauvaises touches en composant : OÙ ?

DORSODURO.

Le restaurant où je l'avais demandée en mariage. Aucun doute, c'était Emily.

Elle avait choisi le Dorsoduro. J'ai voulu y voir une déclaration, un geste romantique. Elle m'aimait encore. Nous étions toujours ensemble. La situation pouvait s'arranger.

En la voyant s'avancer vers moi dans la salle de restaurant, j'ai su que je n'aimerais jamais qu'elle. Elle était si éclatante, si impeccablement élégante, si sexy. Tout le monde s'est retourné sur son passage. Elle dégageait cette énergie : dès qu'elle pénétrait dans une pièce, seule ou avec l'homme qui avait la chance de l'accompagner, l'atmosphère changeait. Je n'ai pu m'empêcher de penser que lorsque Stephanie arrivait quelque part, on se disait simplement que le type avec lequel elle était venue était en retard, ne trouvait pas de place pour se garer – ou lui avait posé un lapin. Je ne voulais pas penser à elle. Elle était la dernière personne à qui je voulais penser.

Revoir Emily, c'était un rêve, un rêve de bonheur, celui dont tout le monde a envie, qu'on souhaite tellement voir se réaliser. Dans lequel l'être cher disparu n'a pas vraiment disparu.

Elle était magnifique. Comment avait-elle réussi à conserver son tailleur Dennis Nylon en parfait état ? Elle était presque plus belle que dans mon souvenir, lorsque nous nous étions quittés à l'aéroport.

J'ai voulu me lever pour la serrer dans mes bras, mais son regard glacial m'a arrêté dans une position inconfortable, mi-debout, mi-assis. J'ai compris instantanément que nous n'étions pas dans la vision béate de la bien-aimée ressuscitée, et que je m'apprêtais, au contraire, à vivre un cauchemar d'un genre très spécial.

Elle m'a lancé : « Tu peux rester assis. »

Le maître d'hôtel a avancé sa chaise, et nous avons attendu qu'il s'éloigne. La seule phrase qui m'est venue a été : « J'étais sûr que tu étais morte.

— À l'évidence, tu as eu tort.

— Je suis désolé. Vraiment désolé.

— Tu ne m'as pas crue. Tu n'as pas eu confiance en moi.

— Alors qui était-ce ? Ce corps ? Qui portait la bague de ma mère ?

— Inutile que tu le saches. Si je te le dis, tu le raconteras à Stephanie.

— C'est un coup bas, Emily. Tu es injuste.

— Tu ne lis donc pas son blog débile ? Avec tous les détails sur le bonheur de votre famille recomposée qui mène une vie si saine, sur ce qu'elle fait pour consoler le pauvre Nicky de la perte tragique de sa maman…

— Je ne lis pas son blog. Je n'ai pas… Je ne…

— Tu devrais, je t'assure. On apprend des tas de choses.

— Tu ne peux pas savoir à quel point je suis désolé.

— Ne te fatigue pas, ce n'est pas la peine. »

Nous aurions dû nous lever et partir. À partir de là, la conversation ne pouvait que dégénérer. Pourtant, je gardais un peu d'espoir.

Elle a annoncé qu'elle avait faim. Nous avons commandé.

Je l'ai assurée que Stephanie n'avait aucune importance pour moi et n'en avait jamais eu. C'était une sorte de nounou que nous n'avions pas à payer et qui nous rendait service. Je n'aurais pas dû utiliser ce mot. Elle s'est reculée, en redressant le dos. J'ai reconnu son mouvement de tête qui signifiait un impitoyable « non ». J'ai essayé de lui dire qu'elle était la seule, qu'elle l'avait toujours été, que j'étais sincèrement malheureux. Elle a bâillé.

Trop tard. J'étais un imbécile, comme elle l'avait probablement toujours pensé. Elle a déclaré qu'elle ne me pardonnerait pas. Qu'elle me le ferait payer – très cher. Elle me menaçait. Mais que pouvait-elle faire ? Encore une question idiote : elle pouvait faire n'importe quoi. Elle m'avait accusé de la sous-estimer : elle avait tort.

Elle s'est levée et est sortie.

Le serveur s'est approché et nous l'avons suivie des yeux. Il a commenté : « Shakespeare avait raison : "L'enfer ne contient pas plus de furie qu'une femme dédaignée."

— Fichez-moi la paix. Cette phrase n'est pas de lui. »

Il a haussé les épaules. Qu'avait-il fait ? Du coup, il a envoyé un de ses collègues m'apporter l'addition. Entre-temps, j'avais fini ma côte de veau ; elle était insipide et à peine cuite, mais j'étais affamé. J'ai laissé un gros pourboire pour me faire pardonner. Ce que j'avais fait toute la soirée.

J'ai pris le dernier train à Grand Central. En arrivant, je suis allé directement dans la chambre de Nicky et l'ai serré dans mes bras sans le réveiller. Je ne sais pas comment j'aurais réagi si Stephanie était venue pour m'expliquer comment rendormir mon fils. Si elle m'avait donné ses instructions avec sa voix agaçante de Supermaman.

Ensuite, je suis entré dans ma chambre, me suis allongé à côté d'elle et me suis tourné sur le côté. Je n'avais ni envie de la toucher, ni qu'elle me touche.

« Ta journée a été rude ?

— Tu ne peux même pas imaginer. »

Je n'ai pas bougé jusqu'à ce que je l'entende ronfler doucement et faire ce petit bruit à l'arrière de la gorge qui commençait à m'exaspérer.

Je me suis relevé pour aller m'étendre sur le canapé du salon. Je n'ai pas fermé l'œil de la nuit.

Les pires aspects de la personnalité de Stephanie semblaient avoir déteint sur moi : son angoisse, sa paranoïa de bête qu'on traîne à l'abattoir. Qui aurait pu croire que c'était contagieux ?

Je ne pouvais m'empêcher de penser qu'Emily était dehors, dans le noir, en train d'épier notre maison. Elle savait que Stephanie s'y était installée.

Depuis quand celle-ci m'avait-elle demandé si j'étais certain que ma femme était morte ? Bien sûr que je l'étais. Elle m'avait avoué avoir peur qu'elle ne soit en vie et je ne l'avais pas crue. Je ne savais plus qui ou quoi croire.

Je n'arrivais plus à dormir. J'ai essayé les remèdes homéopathiques de Stephanie, ses tisanes infectes à base de plantes. Sans effet. Elle m'a affirmé que je ne les prenais pas assez longtemps pour que ça fasse effet. Je ne l'ai pas écoutée. Sa voix devenait encore plus insupportable si elle sentait que je ne l'écoutais pas.

Mon médecin m'a prescrit des somnifères, en m'informant que deux de ses patients avaient souffert d'effets secondaires désagréables, dont un épisode psychotique. Je lui ai répondu que si je continuais à ne pas dormir, je deviendrais psychotique à coup sûr, et que je préférais les prendre et courir le risque.

Lorsque Stephanie me demandait pourquoi j'étais si nerveux, je mettais ça sur le compte des médicaments, en ajoutant que ma mauvaise humeur était moins grave que mes insomnies. La nervosité était chez moi un effet secondaire ; chez d'autres, c'était la psychose.

Je ne lui ai pas dit que j'avais vu Emily. Je n'ai pas

cherché à savoir si elle aussi avait été contactée. Lui annoncer que son amie était vivante m'aurait paru une trahison supplémentaire. Quand elle l'avait envisagé, j'avais pensé qu'elle se faisait des illusions, alors que c'était moi qui m'en faisais.

J'essaie de ne pas perdre la boule. Je vis avec la mauvaise personne, menacé par mon épouse. Je suis sous pression et je n'ai pas les idées claires.

Un samedi après-midi, une voiture s'est engagée dans l'allée et s'est arrêtée devant la maison. Un Afro-Américain à la peau claire, d'âge moyen, en est sorti et a vérifié l'adresse sur une liasse de papiers qu'il tenait à la main. Je l'ai regardé s'approcher depuis la fenêtre. Il me rappelait quelqu'un…

La veste bleue, la chemise blanche et le nœud papillon noir ont rafraîchi mes souvenirs : il me faisait penser à Reginald Butler, que j'avais connu quand j'étais gosse. C'était le pasteur d'une congrégation religieuse locale, les Manchester Brethren, fréquentée par des immigrants et des gens de couleur des environs. Il était venu chez nous – un peu comme cet étranger sur notre porche – pour solliciter des dons et des habits chauds à distribuer à ses ouailles pour l'hiver. Ma mère l'avait fait entrer et ils s'étaient mis à discuter, jusqu'au moment où après avoir bu un peu trop de sherry, elle avait dit une phrase – je n'ai jamais su laquelle – qui avait offusqué M. Butler. On ne l'avait jamais revu.

Il était de retour, dans le Connecticut. J'ai ouvert la porte. Bien sûr, ce n'était pas lui.

« Monsieur Sean Townsend ? »

J'ai admis que c'était bien moi.

« Je m'appelle Isaac Prager, de la compagnie Allied Insurance. Je m'occupe du dossier d'indemnisation, suite au décès accidentel de votre épouse. J'en suis profondément désolé. »

Était-il désolé qu'elle soit décédée ? Désolé de travailler sur ce dossier ? D'avoir à verser l'indemnité ? Était-ce une coïncidence que j'aie appris si récemment qu'elle n'était justement pas morte ? Je n'avais pas eu le temps, ou la tranquillité d'esprit, de réfléchir à ce que j'allais faire. Aurais-je dû, dès mon retour à la maison, prévenir la compagnie que je venais de dîner avec ma femme supposée disparue ? Il aurait été beaucoup trop compliqué d'expliquer ce qui s'était passé, ce qui ne s'était pas passé et ce que je pensais s'être passé. Et surtout, ce que nous avions prévu qu'il se passe. Tout ce que j'aurais pu déclarer faisait de nous des coupables, et je suppose que nous l'étions. Il avait été plus simple de mettre la tête dans le sable en faisant comme si de rien n'était. Et de prier pour que ça s'arrange.

Le moment tant redouté était arrivé, même si je ne savais pas exactement pourquoi. Notre jeu devenait réel. J'avais peut-être espéré qu'Emily laisserait tomber cette comédie avant qu'on en arrive là. Je ne sais pas bien ce que j'avais en tête, en fait.

Prager a repris : « J'ai failli vous contacter sur votre lieu de travail, mais il m'a semblé que vous préféreriez que notre conversation se déroule chez vous. J'ai tenté de vous appeler, mais…

— Je suis désolé. Je décroche rarement si le numéro du correspondant ne m'est pas familier.

— Pas de souci, je comprends tout à fait. Vous n'êtes pas le seul. »

Nous étions encore sur le pas de la porte.

« Pardon. Entrez vous asseoir.

— Merci. Je vais tâcher de ne pas prendre trop de votre temps. Il s'agit d'une simple formalité. »

Une formalité ? Cela m'a paru de bon augure. S'il était venu pour insinuer qu'Emily et moi avions mis au point une combine pour escroquer sa compagnie, la conversation aurait certainement été plus longue et aurait été plus qu'une simple formalité.

Je priais pour que Stephanie ne fasse pas son apparition, qu'elle poursuive ses activités de Supermaman dans la cuisine. Mais se concentrer uniquement sur ses affaires dépasse de loin ses capacités. Elle a fait son entrée en glissant sur le parquet du salon avec ses grosses chaussettes, vêtue d'un jean et d'un vieux sweat-shirt. J'aurais aimé pouvoir la présenter : « Stephanie, notre baby-sitter. » Que se serait-il passé ? Au lieu de quoi, j'ai choisi une version un peu moins mauvaise : « Monsieur Prager, je vous présente Stephanie, une amie de ma femme.

— Je vois, a-t-il répondu en la dévisageant de haut en bas. Enchanté. » Ils se sont serré la main.

« M. Prager travaille pour la compagnie d'assurances.

— Quelle compagnie d'assurances ? » a-t-elle demandé. Sa question était maline. Son QI était peut-être supérieur à mon estimation, tout compte fait.

« Emily et moi avions souscrit une assurance-vie.

— Ah bon ? Première nouvelle.

— Un contrat de deux millions de dollars, pour être précis, a ajouté M. Prager.

— Ah oui, c'est vrai, a répondu Stephanie. Je l'ai écrit dans mon blog. » Elle se couvrait, pour le cas où M. Prager le lirait – ce que j'aurais dû faire depuis le début.

Elle s'est affalée sur le canapé et je me suis assis à côté d'elle, pas trop près. Il est très long, avec beaucoup d'espace. Prager s'est posé au bord du fauteuil club. Stephanie lui a proposé du café, de l'eau, du thé, qu'il a poliment déclinés.

Il a commencé ainsi : « Vous le savez, les gens sont différents. Ils n'ont pas tous la même façon de faire ni les mêmes motivations. Il est rare que l'on comprenne pourquoi les autres agissent comme ils le font. Pourtant, on pourrait dire que c'est ma mission : comprendre les gens. Voilà. »

J'ai glissé : « Monsieur Prager…

— Oui. Votre épouse, Emily. Je me suis demandé comment formuler cela de la manière la moins pénible, mais en réalité, je ne peux que l'exprimer aussi simplement que possible.

— Exprimer quoi ? » Je ne cachais pas mon impatience.

« Bien. Nous avons quelques raisons de penser qu'elle est peut-être vivante. »

Il m'a fallu un grand effort de volonté pour ne pas broncher.

« Qu'est-ce qui vous permet d'avancer une hypothèse pareille ? »

Du coin de l'œil, j'ai vu à son air que Stephanie

pensait très fort : « Je te l'avais dit ! » Cette idiote ne voyait pas à quel point c'était catastrophique.

Prager a secoué la tête. J'avais du mal à déterminer s'il était peiné ou amusé.

J'ai continué : « Mais j'ai lu le rapport d'autopsie !

— Bien sûr que vous l'avez lu. En fait… j'ai bien peur qu'il ne contienne des détails désagréables, que vous n'avez peut-être pas envie d'entendre. Il arrive que les gens ne souhaitent pas garder en tête certaines images. Ce sera à vous de choisir. Comme je l'ai dit, tout le monde est différent. »

Stephanie est intervenue : « Je ne sais pas… Je fais peut-être partie des gens qui ne veulent pas garder certaines images en tête.

— Alors tu peux sortir de la pièce. »

M. Prager a eu un mouvement de recul, presque involontaire, comme les gens bien élevés qui sont témoins de tensions domestiques.

Elle a continué : « Je vais aller voir si les garçons vont bien. Et je reviens. » Sur un ton un peu menaçant, il m'a semblé.

Après son départ, M. Prager a repris : « Laissez-moi vous expliquer. Je fais référence au rapport d'autopsie.

— Je l'ai lu.

— Là encore… chacun a sa propre lecture de ce type de document. En le parcourant, j'ai été frappé, par exemple, par certaines indications qui n'auraient pas attiré mon attention si je ne travaillais pas dans ce domaine. Il est écrit que la défunte avait perdu une incisive depuis un certain temps. Suffisamment long pour que l'os ait repoussé dans l'interstice.

Monsieur Townsend, je présume que vous auriez su si votre épouse avait perdu une dent ?

— En effet, je pense que je l'aurais su. »

J'ai commencé à avoir peur. Vraiment peur. Si ce n'était pas Emily, qui était-ce ? J'aurais évidemment dû me poser la question en voyant ma femme au restaurant. Allez savoir pourquoi, j'avais réussi à la sortir de mon esprit, comme si je m'étais persuadé que cette personne – qui avait le même ADN qu'Emily – était non seulement morte, mais n'avait jamais existé.

« Oui, il y a fort à parier que vous l'auriez su. Et comme elle travaillait dans la mode, on peut supposer qu'une dent manquante, dans ce milieu, aurait entraîné la pose d'un implant.

— C'est aussi mon avis. » Ma tête est devenue lourde.

« La dame du lac n'en avait pas. Juste une cavité entre deux dents.

— Alors ce n'était pas elle. Mais pourtant, c'était son ADN !

— Nous pensons que ce pourrait être sa sœur.

— Sa sœur ? Quelle sœur ? Emily était fille unique ! »

Prager s'est massé le crâne d'un air perplexe.

« Monsieur Townsend, ignorez-vous vraiment que votre épouse avait une jumelle ?

— Qu'est-ce que vous racontez ? Vous êtes sûr que nous parlons de la même personne ?

— Monsieur Townsend, est-ce possible ? Peut-on vivre avec quelqu'un, être marié avec elle, et ne pas savoir qu'elle a une sœur ? Et non simplement une sœur, mais une jumelle ?

— Je ne peux pas l'expliquer. Elle m'a toujours dit qu'elle était enfant unique. Je ne peux pas penser qu'elle puisse – que quiconque puisse – mentir sur un sujet pareil. » Prager voyait bien que je disais la vérité, au moins sur ce point. Savoir si quelqu'un ment ou pas fait partie de son métier.

« Si vous me le permettez, votre femme me paraît être une personne très singulière. »

Stephanie est intervenue : « Qu'est-ce qui se passe ? »

Je ne l'avais pas entendue revenir.

« Stephanie, savais-tu qu'Emily avait une jumelle ?

— Tu plaisantes ? Tu plaisantes, sûrement. » Elle ment très mal. Elle le savait. Comment avait-elle fait pour me le cacher ? Comment cela n'était-il jamais venu dans la conversation ? Il y avait beaucoup de non-dits entre nous. Je n'avais pas, pour ma part, évoqué le fait que Miles était le fils de son frère. Peut-être valait-il mieux que cela fonctionne ainsi entre nous. Pour bien s'entendre avec quelqu'un, il se peut qu'il soit préférable de mentir par omission pour tout. Emily, en tout cas, avait choisi cette option dans les grandes largeurs. Quand Stephanie avait-elle découvert qu'elle avait une jumelle ? L'avait-elle toujours su ? Cette information était-elle, elle aussi, sur son blog ?

Évidemment, à l'instar de Prager, il me paraissait anormal que je l'apprenne seulement maintenant. D'un coup, tout a été remis en question. Mon passé est devenu opaque et confus. Mon mariage en avait-il été un ?

En silence, nous avons levé les yeux tous les trois

vers la photo de Diane Arbus au-dessus de la cheminée, comme si nous la découvrions.

« Bien, vous le voyez, a repris M. Prager, un certain nombre de points restent en suspens, dont le plus important, bien entendu, est de savoir à quel moment nous allons informer les autorités judiciaires et ce que nous allons leur déclarer. Cela provoquera sans aucun doute une enquête d'un autre type. Ou pas. Ils en feront peut-être moins que moi, ce qui a été le cas jusqu'à présent. En revanche, il faudra que l'affaire soit éclaircie avant que nous abordions la question du règlement.

— Bien sûr. Cela se passera quand, à votre avis ? Dans combien de temps ? » J'essayais vainement d'empêcher ma voix de s'étrangler.

« Assez rapidement. En attendant, bien que cela outrepasse mes prérogatives, je vous demanderai à tous les deux d'avoir l'obligeance de ne pas vous éloigner d'ici, même pour un bref délai.

— Bien entendu ! » Il me semblait qu'en disant cela, je rendais mon innocence plus crédible.

« Nos enfants vont à l'école », a affirmé Supermaman sur un ton qui m'a paru assez satisfait. Je ne pouvais pas lui en vouloir de jouer la carte maternelle.

« Naturellement, a répondu M. Prager. Je suis d'ailleurs un adepte de votre blog. »

Il s'est levé en frottant son costume. Il nous a serré la main, nous a remerciés et nous a donné à chacun sa carte en nous demandant de l'appeler à toute heure du jour ou de la nuit si nous repensions à quelque chose, ou évidemment, si nous avions des nouvelles d'Emily. Nous devions rester en contact.

Il a affirmé qu'il trouverait la sortie, et nous l'avons laissé faire. Nous n'avions pas le choix. Nous l'avons regardé partir, sans parvenir à nous lever du canapé.

« Tu savais qu'Emily avait une jumelle ? Comment l'as-tu appris et pourquoi ne m'as-tu rien dit ?

— Tu es bien loin de tout dire, toi aussi. Tout le monde a ses secrets. »

34

LE BLOG DE STEPHANIE

QUAND UNE AMIE A BESOIN D'AIDE

Bonjour à toutes !

Comment savons-nous qu'une chose est vraie ? Que notre enfant est réellement malade, ou qu'il fait semblant pour rester à la maison au lieu d'aller en classe ? Les premières fois, on se trompe, mais avec l'expérience, on apprend.

Qu'est-ce qui permet de savoir avec certitude qu'une amie a si désespérément besoin de nous qu'on oublie les désaccords et les réticences passées pour répondre à son appel, parce que les circonstances l'exigent et que c'est un devoir de l'aider ?

C'est un don que les mamans développent, une sorte de détecteur intérieur, une intuition de la vérité qui sert dans toutes les facettes de l'existence – notre carrière professionnelle, les activités artistiques que nous menons parallèlement à notre rôle de mère. C'est ce qui explique que les femmes font merveille dans les professions à vocation sociale, s'occupent si bien de leur famille, sont douées pour nouer des liens amicaux.

Lorsqu'une amie demande – demande vraiment – un service, on le sait. À sa façon de dire : « s'il te plaît », on répond présente, sans réfléchir. J'aurai certainement plus à dire sur le sujet. En attendant, je dois me rendre à un rendez-vous urgent et il se peut que je sois accaparée par des activités importantes qui m'empêcheront de bloguer pendant quelque temps.

À très bientôt – en tout cas, dès que possible.

Je vous embrasse,
Stephanie

35

STEPHANIE

La visite de l'employé de la compagnie d'assurances a été très perturbante. Sean et moi avons cessé de communiquer. Nous ne nous faisons pas confiance – ça au moins, c'est clair –, c'était peut-être même le cas depuis le début.

J'ai été étonnée d'apprendre que M. Prager lisait mon blog – une preuve supplémentaire de la distance que parcourent mes messages et des rives lointaines qu'ils atteignent. J'ai failli relire mes anciens posts pour vérifier que je n'avais rien écrit de compromettant. Mais qui aurais-je pu incriminer ?

Après son départ, j'ai demandé à Sean qu'il m'en dise plus. Allait-il, enfin, me révéler la vérité ? Avaient-ils simulé le décès d'Emily pour toucher une prime ? M'avaient-ils menée en bateau ? Avais-je été – étais-je – le gogo de leur machination ?

Il a martelé que rien de tout cela n'était vrai, qu'il était aussi largué que moi, qu'il la croyait vraiment morte, sinon… Il n'était pas obligé de finir sa phrase, j'ai compris ce qu'il voulait dire : sinon, il ne m'aurait pas proposé de partager sa vie.

Il est, ce qui est compréhensible, obsédé par le fait qu'Emily ait une jumelle. Je dois admettre que c'est troublant d'apprendre ce genre de nouvelle après six ans de mariage. J'avais moi-même été choquée de le découvrir alors qu'on était amies depuis relativement peu.

Emily m'a-t-elle un jour parlé avec franchise ? Sean est-il sincère ? Je ne sais, et cela devrait me pousser à les détester. Étrangement, ce n'est pas le cas.

Je vais devoir prendre de nouvelles dispositions, à moins qu'on ne le fasse pour moi. Que se passera-t-il si Sean et Emily vont en prison ? Ai-je été choisie pour prendre soin de Nicky au cas où le pire se produirait ?

Emily n'a pas pensé au pire. Elle n'a même pas pensé à Nicky, ni aux deux millions de dollars : elle s'est laissé séduire par la perspective de mentir et de s'amuser. Mentir à tout le monde, et surtout à moi.

Pendant quelques minutes, je me suis mise à rêver : s'ils étaient incarcérés, on me confierait peut-être la garde de Nicky. J'ai toujours voulu un autre enfant. Laisser cette idée me traverser l'esprit, même une seconde, m'a fait tellement culpabiliser que je me suis pincée pour l'éloigner.

***

Environ une semaine après la visite de M. Prager, INCONNU s'est affiché sur l'écran du téléphone.

J'aurais dû n'avoir que du mépris pour Emily. Elle

m'avait menti, avait trahi notre amitié, s'était mal comportée avec moi : elle m'avait terrorisée, m'avait espionnée dans le noir, avait pénétré chez moi en mon absence. Je ne sais donc pas pourquoi j'ai été heureuse d'entendre sa voix. Même vis-à-vis de moi-même, je ne peux pas prétendre que mes émotions suivent un cheminement logique.

« Stephanie, c'est moi. J'ai absolument besoin de ton aide. Je t'en prie. »

Le ton avec lequel elle a dit : « Je t'en prie » m'a donné envie de poster un blog consacré au soutien à apporter à nos amis, à ce qui nous convainc qu'ils ont réellement besoin d'assistance. Je ne pouvais évidemment pas écrire la vérité ; en revanche, je pouvais expliquer ce qui m'empêchait de refuser. Le rédiger me permettrait de mieux comprendre pourquoi je le ferais, pourquoi j'étais prête à oublier, ou du moins à passer sur le mal qu'elle m'avait fait.

Pour l'instant, je savais simplement qu'elle espérait mon secours. Elle était dans le pétrin.

« Il y a un homme qui me suit depuis deux semaines, sans chercher à se cacher. Je n'ai aucune idée de ce qu'il veut.

— À quoi ressemble-t-il ?

— Un Afro-Américain en costume et nœud pap'. La cinquantaine. Un peu la dégaine du tueur dans *The Wire*.

— Je n'ai pas vu *The Wire*. » J'essayais de gagner du temps.

« Merde, Stephanie, on se fout que tu n'aies pas vu *The Wire*. » Elle ne s'était jamais adressée à moi sur ce ton. Pourquoi ne pas lui dire la vérité, d'autant qu'autour de moi, tout le monde mentait ?

« Un type est venu ici, qui correspond à ta description. C'est l'enquêteur de la compagnie d'assurances chargé du dossier du contrat que vous avez souscrit, Sean et toi ; de ton décès accidentel.

— J'en étais sûre. Je ne saurais dire pourquoi, je le savais. C'est l'impression qu'il m'a faite. Ça sent mauvais. Sean lui a dit où j'étais ?

— Calme-toi, Emily. Sean ignore où tu es, j'ignore où tu es. Dois-je te rappeler que la dernière fois que j'ai eu de tes nouvelles, tu étais dans la forêt en train de m'épier ? » Je ne lui avais jamais fait de remarque aussi cinglante et j'ai retenu ma respiration.

Elle ne s'intéressait ni à mon ton, ni à notre amitié.

« Alors je ne sais pas comment il m'a repérée. À moins que la plaque d'immatriculation de ma mère ne soit apparue sur un écran de télésurveillance.

— Prends garde, ce n'est pas un imbécile. Il a l'air un peu empoté, mais je pense qu'aucun détail ne lui échappe.

— Stephanie, il faut absolument que je te voie. » Elle avait des sanglots dans la voix, ce qui était plus qu'inhabituel. « Je voudrais te parler. J'ai besoin de tes conseils. J'ai besoin d'une amie. »

J'étais bien consciente de parler à quelqu'un qui avait menti, sur des points très importants, à son mari, à moi, et probablement à elle-même. Mais je suis aussi une menteuse, et c'était mon amie. Je l'ai crue.

Ce serait peut-être ma seule chance d'avoir une explication, de découvrir ce qu'elle pensait vraiment, qui elle était vraiment. Elle avait gardé tant de choses pour elle. Ses secrets étaient aussi obscurs que les miens. Voire plus.

On pourrait dire que nous étions faites pour être amies. Nous pouvions encore nous venir en aide.

« D'accord, je vais venir. Mais promets-moi de dire la vérité. Plus de mensonges, plus de secrets.

— C'est promis. »

***

Elle m'a donné rendez-vous dans le bar d'un hôtel Sheraton proche de l'autoroute, à une cinquantaine de kilomètres de la maison. Un jour de semaine, en milieu de journée : il n'a pas été utile de préciser que les garçons seraient à l'école et Sean au bureau. Nous n'avons pas prononcé leur nom.

Elle désirait un lieu public – public, mais intime. Anonyme. « Il ne faut pas que quelqu'un qui me connaît nous voie. On devrait probablement se retrouver dans un parking souterrain. » Je n'ai pas compris ce qu'elle voulait dire, mais j'ai ri. J'ai senti que c'était ce que j'étais censée faire.

« Tu comprends, Stephanie ? »

J'ai dit que oui, mais c'était faux. Avec un peu de chance, ça ne saurait tarder…

Elle a repris : « Puis-je te demander encore un service ? Ou plutôt… deux.

— De quoi s'agit-il ? » J'étais sur la défensive. Il me semblait que je lui en avais déjà rendu suffisamment.

« Pourrais-tu m'apporter ma bague ? La bague que m'a donnée Sean pour nos fiançailles.

— Je sais où il l'a rangée. » J'ai tout de suite regretté mes paroles. Quelle connerie ! Cela ne pouvait que lui rappeler à quel point j'étais intime avec lui.

« Je n'en doute pas.

— Comment le sais-tu ? »

Elle n'a pas répondu. M'avait-elle vue par la fenêtre fouiller le bureau de Sean ? Ou était-ce un coup de bluff pour me déstabiliser encore plus ?

« Par ailleurs, ça va te paraître un peu étrange, peux-tu apporter la brosse à cheveux de Sean ? Ne te crois pas obligée de la nettoyer. »

C'était louche. Très louche. Je n'avais donc pas tiré de leçon de cette période si douloureuse ? Ma confiance en autrui n'était pas définitivement anéantie ? Je croyais encore en l'amitié ? Dans la solidarité qui unit les mères ?

Je ne contrôlais plus mon cerveau – si j'en ai été capable un jour. Mon cœur menait la danse. C'est lui qui a répondu : « D'accord. Quel jour ? Quelle heure ? Où ? J'y serai. »

Je suis arrivée la première, exprès. Elle avait choisi un drôle d'endroit pour nos retrouvailles. Un vrai saut dans le passé : un bar à l'ancienne mode, dans un décor imitant une bibliothèque, avec papier peint imprimé de faux livres et fausse flambée dans une fausse cheminée. Des airs de club anglais, mais dans un hôtel surplombant l'autoroute, au milieu de nulle part. Dans ce cadre de pacotille, Emily cherchait-elle à me dire que notre amitié était fausse, elle aussi ?

La salle était confortable, et en l'attendant, j'ai

grignoté des pommes de terre au four. J'étais seule avec un couple de touristes âgés qui en étaient au dessert. Le mari est allé aux toilettes et y est resté une éternité. Ensuite, la femme s'y est rendue et a été si longue à revenir que son mari y est retourné quand elle a rejoint leur table. Un spectacle pas très réjouissant. J'ai pensé avec nostalgie que Davis et moi ne vieillirions jamais comme eux.

J'ai demandé une autre portion de pommes de terre au fromage. J'avais faim et j'étais nerveuse. Je ne savais pas ce qui m'attendait, ce que j'allais affronter. Emily avait-elle à nouveau monté un coup pour me trahir, préparé une nouvelle ruse, une énième tromperie ? Un volet supplémentaire de son plan destiné à me punir d'avoir couché avec son mari ?

J'ai dit au serveur que j'attendais quelqu'un. Je ne sais pas ce qu'il s'est imaginé : petit ami, petite amie ? Qui se donnait rendez-vous là, à part des amants adultères pour des ébats clandestins ?

Ce n'était rien de tout ça. C'était mon amie Emily. Qui a fait son entrée.

J'ai scruté son visage pour voir s'il exprimait la colère, le ressentiment, ou une intention de me faire souffrir. Mais non : c'était bien celle qu'en dépit de tout ce qui s'était passé je n'avais cessé d'aimer. Et qui m'aimait aussi.

Je me suis levée brusquement. Les deux touristes nous ont regardées nous étreindre. Emily portait son parfum habituel. Je me suis reculée pour mieux l'observer. Elle était radieuse, belle, comme si rien ne s'était passé.

Quoique… elle avait changé. Elle avait l'air…

comment dire ? Triste. Comme si elle avait perdu une partie d'elle-même.

Elle était vêtue de sa tenue de travail. Celle qu'elle aurait portée des mois plus tôt, le soir où elle devait venir chercher Nicky après sa journée chez Dennis Nylon, avant de rentrer chez elle.

Ce qu'elle n'avait pas fait. Elle me devait une explication.

J'ai commandé un gin-tonic, moi qui ne bois jamais dans la journée. En tout cas, pas si je dois aller chercher les petits. Elle a pris une margarita, puis une seconde. Nous n'avons pas ouvert la bouche, jusqu'à ce que je ne tienne plus.

« L'homme qui te suit…

— S'il te plaît, on en parlera plus tard. D'abord, je veux être sûre que tu me fais confiance. Je sais que tu as des questions à me poser. Demande-moi ce que tu veux. »

Le fait qu'elle entame la conversation ainsi m'a coupée dans mon élan. Cela ressemblait à une intrusion. Par où commencer ? Pourquoi as-tu simulé ta mort ? Pourquoi m'as-tu embringuée dans cette histoire ? M'en veux-tu pour ce qui s'est passé avec Sean ? À quoi pensais-tu ? Qui es-tu ? J'ai simplement dit : « Pourquoi m'as-tu caché que tu avais une sœur jumelle ? »

Je n'ai aucune idée de ce qui m'a poussée à poser celle-ci parmi toutes celles que j'avais en tête, les accusations que j'aurais pu lancer, les mystères que je voulais éclaircir. Je suppose que c'est la première qui m'est venue à l'esprit.

« Je ne sais pas. Vraiment, je ne sais pas. » Elle a

ouvert les mains et les a refermées. Un geste qu'elle faisait souvent, mais auquel il manquait un élément : sa bague. Je l'avais, dans mon sac. Celle qu'on avait retirée à un cadavre dans un lac du Michigan.

« J'ai compartimenté. Tu peux comprendre, toi, comment ça se passe. Tu es bien placée pour savoir qu'il y a des sujets qu'on n'aborde pas, ou même simplement auxquels on ne pense pas, parce qu'on ne *veut* pas le faire. On a des secrets, même pour soi-même. C'est une des raisons qui a fait que nous sommes amies. »

Je n'y avais jamais pensé auparavant, mais elle avait raison.

« Comment s'appelait ta sœur ? »

Ses yeux se sont embués. « Evelyn.

— Qu'est-ce qui lui est arrivé ?

— Elle s'est tuée dans notre chalet du Michigan. Je me suis précipitée là-bas pour tenter de la sauver. C'est pour cela que je ne t'ai pas contactée. Je suis affreusement désolée de ce que je t'ai fait subir. J'étais folle d'inquiétude, et je n'avais pas le temps de donner des explications aux gens qui ignoraient que j'avais une sœur. Tu peux comprendre ?

— Oui. » Une fois de plus, je n'en étais pas sûre.

« J'ai tout essayé pour l'aider. J'ai d'abord cru que j'avais réussi, que je l'avais convaincue de vivre. Elle m'a juré qu'elle ne se suiciderait pas. » Les larmes coulaient sur ses joues. « Elle l'a fait pendant que je dormais. Je ne m'en remettrai jamais. Jamais. Parfois, il me semble que je l'ai fait aussi. Je sais que Sean et toi m'avez crue morte. Pour moi, c'était plus simple ainsi. Je n'avais envie de voir personne. Je ne voulais pas parler, je ne pouvais pas expliquer. Je ne voulais plus exister. Mais très vite, Nicky m'a trop manqué. Et toi aussi.

— Tu trouves que c'était correct vis-à-vis de nous ?

— *Nous ?* Tu plaisantes ou quoi ?

— Désolée, mais Sean te croyait.

— En fait, non, il ne me croyait pas. J'avais raison de penser que je ne pouvais pas me fier à lui. C'est pour cela que je ne lui ai rien dit d'Evelyn, ni du fait que ma vie était régie par mon amour et ma peur pour elle. Je ne pouvais pas lui révéler. Pourtant, mon travail, c'était de contrôler l'information. Mais j'étais incapable de contrôler une chose aussi… personnelle. Aussi douloureuse. »

Je découvrais une nouvelle personne, plus tourmentée que la mère de famille solide, rayonnante, comblée, qui travaillait dans la haute couture et avait une assistante personnelle. Un être plus complexe, plus humain.

Elle a repris : « Sean n'aurait pas compris. Il est fils unique. La relation si particulière que j'avais avec ma sœur explique en partie pourquoi, à une certaine époque, j'ai abusé de l'alcool et des médicaments. On s'encourageait mutuellement dans nos excès autodestructeurs. Je me suis sortie de cette ornière, elle a continué de son côté. »

Elle tenait enfin un discours honnête sur ses problèmes d'addiction, sa sœur et son mari. Notre amitié ne serait plus la même. Ce coup de canif, cette… gêne, subsisterait entre nous. On pouvait remercier Sean pour ça.

J'ai eu l'impression qu'elle lisait dans mon esprit quand elle m'a demandé : « Tu as apporté la bague ? »

Je l'ai sortie de la poche de mon sac, où je l'avais enfermée par précaution. « Comment as-tu su que Sean l'avait ? Et que je saurais où elle était ? »

Un ange est passé. Je retenais ma respiration.

« Je ne le savais pas. J'espérais, simplement. Je l'ai donnée à Evelyn avant qu'elle meure. Je voulais qu'elle l'ait. C'était le seul objet personnel durable que je pouvais lui transmettre. Sean me l'avait passée au doigt quand on s'est connus. C'était son présent d'amour, en souvenir de nos premiers moments heureux. Elle avait appartenu à sa mère, qui la lui avait confiée pour moi. »

Je m'attendais à ressentir de la peine en l'écoutant évoquer son bonheur avec son mari, ce qui me rappellerait qu'il ne m'aimerait jamais autant. En fait, je n'ai rien ressenti. Être avec Emily était si important que j'avais oublié Sean ; il était de l'histoire ancienne.

Elle a enfilé la bague, qui a tourné sur son doigt.

« Tu vois ? Elle est trop grande. J'ai dû maigrir pendant mon… échappée.

— Pas sûr. Tu as une mine splendide. » J'étais sincère.

Avec l'anneau au doigt, comme par magie, Emily s'est… transformée, c'est tout ce que je peux dire. Elle n'était plus une femme anéantie par la perte de sa sœur, mais la force de la nature qu'elle était à l'époque où je l'ai rencontrée. Quelque chose – la détermination ? – a ravivé ses traits, ou alors c'est simplement qu'elle a recommencé à bouger les mains comme avant, et que les diamants ont pris la lumière – le peu de lumière qu'il y avait dans ce bar d'hôtel.

Emily était de retour.

Le visage baigné de larmes, elle a fini par me raconter l'horrible vérité : les violences que Sean lui avait fait subir et qui avaient débuté quelques mois après leur mariage.

« Il savait me frapper sans laisser de traces. Mais c'était rare : généralement, il se contentait de menaces. Lorsque je le mettais en colère, il me disait que cela lui serait très facile de demander aux juristes de sa boîte de lui rendre service. Les meilleurs avocats new-yorkais en matière de divorce prouveraient mon incapacité à élever mon fils : ils me démoliraient pendant le procès en dévoilant mes antécédents d'alcoolisme et de toxicomanie, utiliseraient mon activité dans la mode contre moi, en me faisant passer pour la chargée des relations publiques de Sodome et Gomorrhe. »

Quelle terreur la pauvre avait dû éprouver pour garder tout ça alors que je lui avais révélé mes secrets et que je lui avais montré qu'elle pouvait se fier à moi ! Nous étions toujours d'accord pour penser que de nous deux, c'était moi la plus névrosée, alors qu'elle se révélait paranoïaque et hyper-méfiante : elle avait été jusqu'à enregistrer ma confession devant le manège pour le cas où elle aurait un jour à l'utiliser contre moi ! Pourquoi aurait-elle eu besoin de le faire ? Par l'amitié qui nous liait, nous étions du même bord. Quelle tristesse qu'elle ne se soit pas reposée sur moi ! Mais je savais ce que c'était que de ne pas accorder sa confiance facilement.

Elle se croyait seule à subir les violences de son mari. C'est une illusion fréquente dans les situations de maltraitance : l'homme s'arrange pour faire croire à sa compagne qu'elle est seule au monde. Mais Emily ne l'était pas : elle avait Nicky, son travail, moi…

« Le type qui te suit… »

Elle a levé la main. « Oui, une minute. J'ai des choses à te dire d'abord. Je ne t'en veux pas : tu me croyais morte. Je n'en veux même pas à Sean, mais je ne peux pas lui pardonner ce qu'il a fait ; il ne m'a pas donné le choix et m'a contrainte à laisser Nicky. Et toi. Je ne pouvais rien à dire à personne, pas même à toi. C'est déjà bien qu'il n'ait pas retourné sa rage contre toi. »

Cela faisait beaucoup d'informations. Sean ne m'avait jamais semblé colérique. Même après la visite de M. Prager, je n'avais remarqué aucun signe de cette fureur qui effrayait tant Emily ; il me donnait surtout l'impression d'être triste. D'après elle, c'était un acteur excellent – diabolique. C'est incroyable que l'on puisse se faire passer de façon aussi convaincante pour ce qu'on n'est pas.

Dans ce bar d'hôtel, elle m'a raconté qu'elle avait dû faire face au traumatisme de la perte de sa sœur et vivre son deuil sans son fils, dont l'amour lui aurait fait tellement de bien. Elle avait dû renoncer à le voir et rester planquée car elle avait trop peur de Sean et de ce qu'il pouvait lui faire.

J'avais envie d'un autre gin-tonic, mais il fallait que je conduise pour aller récupérer les enfants.

« Sean affirmera que j'ai abandonné Nicky et que j'ai tout organisé. Il te fera témoigner en sa faveur et tu n'auras pas le choix. Il déclarera que tout est ma faute, alors que c'est lui qui m'a suggéré cette escroquerie à l'assurance. C'est lui qui était en échec professionnel. Ses employeurs étaient trop contents de le passer à mi-temps, d'autant qu'il n'est pas de bon ton de licencier un collaborateur dont l'épouse a disparu et qui est père d'un jeune enfant. Il pensait faire ça pour moi, parce que j'en avais envie, mais c'était un mensonge qu'il se racontait. Deux millions de dollars, ce n'est pas une fortune, mais c'est un joli parachute doré pour quelqu'un qui risque de perdre son poste. Il ne s'est pas passé un jour où je n'ai pas redouté qu'il s'en prenne à moi, parte avec Nicky et détruise ma vie. Il faut que tu me croies, Stephanie. »

Soudain, tout s'est éclairé : j'ai compris pourquoi elle s'était enfuie, pourquoi j'étais la seule à qui elle avait le courage de tendre la main, pourquoi elle s'était montrée à son fils avant d'essayer de me contacter. Cela expliquait aussi le refus obstiné de Sean d'accepter ma suggestion qu'elle puisse être en vie. Il le savait, et c'est pour cela qu'il avait tout fait pour me convaincre que je me racontais des histoires. Il savait qu'elle simulait sa mort. Il voulait qu'elle disparaisse et que je ne sache rien. Tout cela faisait partie de son plan machiavélique.

Comment pouvait-il imposer cela à son fils ? Même quand j'avais eu des doutes à son égard, je n'avais jamais mis en question son amour pour Nicky. Mon Dieu, je lui avais même laissé Miles à mon départ à Detroit ! J'étais glacée de peur en y repensant.

J'ai aussi compris pourquoi Emily lui avait dissimulé qu'elle avait une jumelle. Cela avait dû être atroce pour elle de perdre sa sœur, de la retrouver pour la reperdre à nouveau. Définitivement, comme elle le redoutait.

Je la considérais comme ma meilleure amie, mais je ne la connaissais pas du tout. Maintenant, il me fallait l'aider. Elle avait l'air si perdue, si traumatisée. Pour une fois, c'était à moi de prendre la situation en main.

« Le type qui te suit. Dis-moi.

— D'accord. Je l'ai abordé. J'ai accepté de le rencontrer. Aujourd'hui, en fait. » Elle a jeté un coup d'œil à sa montre. « C'est parfait. Tu veux bien venir avec moi pour discuter avec lui ? Être présente pour me soutenir ? J'aurais dû te le demander plus tôt… »

J'ai réfléchi une minute. C'était peut-être bien de revoir M. Prager en tant que proche d'Emily, lui montrer que j'étais une personne de confiance pour une famille aimante et respectable qui avait eu des difficultés. Ils n'étaient pas des criminels ! Je n'aurais pas accordé mon amitié à des escrocs. Je pourrais insister sur le fait que la situation allait s'arranger, que tout s'expliquait simplement, que son enquête ne révélerait rien d'illégal ni même de louche.

« Tu as rendez-vous à quelle heure exactement ? »

Elle a regardé à nouveau sa montre, alors qu'elle venait de le faire. Elle était nerveuse, manifestement.

« Dans une demi-heure.

— Où ça ?

— Sur le parking. On va reprendre quelque chose à boire.

— Sur le parking ?

— Il faut que tu me croies. D'accord, Stephanie ? »

Je n'ai pas osé ouvrir la bouche. J'ai fait oui de la tête.

Il y avait une demi-heure à attendre. Nous sommes restées dans le bar et avons envisagé la suite. Que faire à propos de Sean ? Elle avait quelques idées. Certaines me paraissaient très vengeresses, d'autres plus raisonnables. Le châtiment devait être adapté au crime, et nous devions être prudentes. Mais fallait-il éliminer l'élément de surprise alors que nous avions affaire à un menteur et à un tyran domestique ?

J'aurais dû moi aussi être en état de choc : l'homme avec qui je vivais et dont j'étais – *presque* – tombée amoureuse était un monstre.

Tous ses agissements incompréhensibles avaient finalement une explication simple : il avait voulu me mettre dans son camp de façon à avoir un témoin de moralité si Emily refaisait surface et voulait dire la vérité. On ne connaît pas les gens. Ils ont leurs secrets. J'avais oublié ce fait primordial.

J'avais confiance en Emily. Je la croyais. J'avais tellement de peine pour ce qu'elle avait subi. Mais nous allions nous en sortir. Nous allions dominer cette difficulté et offrir une belle vie à nos petits, sans nous encombrer du passé. Aller de l'avant, ensemble.

« Bien ! C'est l'heure. Nous avons une conversation délicate à mener avec notre ami M. Prager. »

Elle a réglé en liquide et nous sommes sorties. L'air était froid et humide, mais vivifiant. Elle a enfilé ses gants et un bonnet de laine qui lui couvrait la moitié du visage. En traversant le parking, j'avais l'impression que nous étions des personnages de bande dessinée – deux superhéroïnes en route pour obtenir justice et clamer la vérité, nous expliquer avec quelqu'un qui soupçonnait mon amie d'un crime qu'elle n'avait pas commis.

À l'autre bout du parking, j'ai reconnu la voiture de M. Prager, celle qu'il avait garée devant la maison. En m'approchant, je me sentais mal à l'aise, un peu comme si je jouais un rôle. Mais pour qui ?

Il était assis sur le siège du passager. J'ai dit à Emily : « On dirait qu'il dort.

— Il ne dort pas.

— Comment ça ?

— Il est mort. Notre ami ne se réveillera pas.

— Comment le sais-tu ? » J'ai eu tout à coup mal au cœur.

« Je l'ai tué.

— Quoi ? Je n'y crois pas. »

Cela n'avait aucun sens. Si elle était innocente, ce qu'elle m'avait affirmé dans le bar, pourquoi le tuer alors qu'il suffisait de tout lui raconter ?

« Il va bien falloir. Ça ne peut pas être plus réel.

— Mais pourquoi ?

— Je ne pouvais pas courir le risque. Je ne pensais pas qu'il me croirait. J'étais même assez certaine du contraire. J'ai eu une conversation avec lui, et j'ai compris. Je ne veux pas aller en prison, ni perdre Nicky. Que lui arrivera-t-il si Sean et moi sommes condamnés ? Tu pensais qu'on te le confierait si on était incarcérés ? »

Je n'ai pas relevé les yeux. Comment avait-elle deviné que cette pensée m'avait effleurée ?

« Ça fait suffisamment de raisons, ou tu en veux d'autres ? »

Je n'ai pas pu m'empêcher de jeter un coup d'œil dans la voiture. Il n'y avait ni sang, ni trace de violence. J'avais beau savoir qu'il était mort, Prager avait vraiment l'air endormi.

« Tu t'y es prise comment ?

— Dans une vie précédente, j'étais assez douée dans le maniement des seringues. Je savais où m'en procurer et quoi mettre dedans. Je te confirme que je n'ai pas perdu la main. Notre ami a fait une overdose. Qui aurait pu penser que ce geek de l'assurance souffrait d'une vilaine et coûteuse addiction à la drogue ? »

Sa voix avait pris une tonalité étrange – on aurait dit qu'elle était contente d'elle. J'ai pensé à Miles, à Davis, à la vie agréable que je menais, à tout ce que je mettais en danger. J'étais impliquée dans un crime. Pire : un assassinat.

Qu'est-ce que j'avais comme choix ? Retourner à l'hôtel et la dénoncer ? Monter dans ma voiture et m'enfuir ? Attendre et voir ce qui allait se produire ? La croire, envers et contre tout ? J'avais bien conscience que mes idées n'étaient pas claires, que mon cerveau fonctionnait au ralenti. Je n'étais pas en mesure de prendre une décision capitale. J'ai choisi de croire mon amie, d'avancer pas à pas et de voir venir.

Elle s'est déplacée de façon à se glisser entre la voiture et moi, pour dissimuler le corps à ma vue, ce qui m'a paru délicat de sa part.

« J'ai vraiment besoin de ton aide. Un petit service, d'accord ? »

J'ai murmuré : « D'accord.

— On va faire un petit tour. Tu me suivras dans ta voiture. Je conduirai celle de Prager jusqu'à un accotement que j'ai repéré, un peu plus haut, sur une route peu fréquentée, pas loin d'ici. Dès que tu me verras bifurquer et grimper une côte escarpée – je roulerai très vite pour qu'on ait l'impression qu'il a perdu le contrôle de son véhicule et quitté la route –, tu t'arrêteras et tu te gareras. Si quelqu'un passe, ce qui est peu probable, il ne verra pas les marques de pneus et ne pensera pas qu'il s'est passé un truc louche. »

Elle respirait vite, ses joues étaient roses d'excitation. Si je l'avais vue de loin sans savoir de quoi elle discutait, je me serais dit : « Cette femme est très heureuse. »

Elle a poursuivi : « Je vais aller presque au sommet. Au-delà, il y a une falaise abrupte. Un abîme, plutôt. L'à-pic est quasiment vertical. Pas d'habitation à des kilomètres à la ronde. Aucun risque de dommage collatéral, ni qu'on nous voie pousser la voiture pardessus l'arête. Dans le meilleur des cas : explosion, incendie, tout est carbonisé, parfaitement nettoyé, juste ce qu'il faut de traces pour que la médecine légale identifie M. Prager. Dans le pire des cas : la voiture reste ici jusqu'à ce que quelqu'un la découvre au bord de l'escarpement. Au fait… tu as pensé à apporter la brosse ? »

Je l'ai sortie de mon sac et la lui ai tendue. En voyant les cheveux de Sean, j'ai eu la chair de poule.

Elle m'a dit : « J'ai failli oublier. Décidément, je ne suis pas un as du crime… » Elle a tiré quelques cheveux et les a éparpillés dans l'habitacle. « Au pire du pire, quelqu'un tombe sur la voiture, on procède à une analyse et qu'est-ce qu'on trouve ? Sean. Mobile. Occasion. Cheveux. »

J'ai répondu, d'une voix faible et qui sonnait faux : « Je ne sais pas… Il faut que je sois rentrée à l'heure pour la sortie des classes. » Quelle excuse ridicule !

« Aucun problème, tu y seras. Tu seras surprise du peu de temps que ça va prendre. Peu de temps et peu d'efforts. »

C'était tellement affreux que c'en était presque comique. J'ai entendu un jour quelqu'un dire que lorsqu'une chose est si horrible qu'elle en devient drôle, c'est une autre forme d'amusement. En suivant ma meilleure amie qui roulait avec un cadavre sur le siège du passager, je me sentais détachée de la réalité, dans un film d'horreur qui aurait l'apparence de la vraie vie.

Heureusement, la route était vide. Cela dit, si quelqu'un nous avait dépassées, il n'aurait rien remarqué de bizarre : Emily avait probablement poussé M. Prager, si bien que de l'extérieur, on avait l'impression qu'elle était seule. Si seulement c'était vrai ! Si seulement ce qui venait de se passer pouvait se révéler un simple cauchemar…

Je n'arrêtais pas de vérifier l'heure, pour me raccrocher à ce fait : je devais aller à l'école. Il y avait de quoi être troublée : la maman responsable, jamais en retard d'une minute pour récupérer son fils, pouvait également être celle qui aidait son amie à camoufler un meurtre ?

À un moment donné, Emily a quitté la route brusquement et s'est mise à escalader une pente en cahotant. J'ai ralenti et je me suis garée au bord. J'ai continué à pied et je l'ai vue sortir de la voiture d'Isaac Prager.

C'était sans conteste ce que j'avais fait de pire dans ma vie, et de loin. Avoir une aventure avec Chris, puis un enfant de lui, faire croire à Davis que Miles était son fils, coucher avec le mari de ma meilleure amie, ce n'était rien en comparaison. C'était dérisoire. Le plus bizarre, c'est que je me sentais libérée. Comme si, en accomplissant un acte abominable, j'étais absoute de toutes mes mauvaises actions. Et je le faisais avec quelqu'un d'autre : mon amie. Je n'étais pas seule.

La côte est devenue très raide. Comment Emily avait-elle conduit la guimbarde de Prager au sommet de ce raidillon sans caler ? S'était-elle entraînée auparavant ? La simple force de sa volonté, à mon avis. J'étais essoufflée, à court d'oxygène, le vent agitait mes cheveux. Je ressentais un exaltant sentiment d'aventure. De bonheur. Je ne m'étais jamais sentie aussi vivante.

Elle m'a fait signe d'approcher. « Dépêche-toi ! » Quand je suis arrivée tout en haut, elle m'a serrée dans ses bras en disant : « Thelma et Louise. » Par le passé, j'avais souvent eu du mal à saisir ses références en matière de cinéma – tout en faisant mine de les comprendre. Celle-là, je l'ai captée tout de suite : *Thelma et Louise* est l'un de mes films préférés. J'ai répondu : « Le *girl power*, c'est nous. Les méchantes sont en cavale. »

Elle s'est penchée dans la voiture et a mis le levier de vitesses sur la position « neutre ». Elle a posé une main sous le pare-chocs arrière et l'autre à plat sur le coffre. « Fais comme ça. » Je me suis placée à côté d'elle en l'imitant. Elle a compté : « Un, deux, trois », et nous avons poussé. « Encore ! » J'ai dit : « Un, deux, trois. » Je n'en revenais pas de pouvoir compter jusqu'à trois ; c'est dire à quel point j'étais dans les vapes.

« Concentre-toi, Stephanie. Pousse plus fort. »

Nous avons poussé, en ahanant et en lâchant des jurons. J'essayais de ne pas penser à quel point cela ressemblait à un accouchement. Lorsque nous avons fini par la faire basculer, j'ai ressenti la même sensation de… légèreté, une bouffée de joie pure.

La voiture a fait un tonneau, puis elle a roulé, s'est retournée à nouveau avant de s'enflammer. On a applaudi et crié, comme des gamines.

« Bingo ! a lancé Emily. On a eu de la chance.

— La chance n'a rien à voir avec ça. C'est le pouvoir des mamans en action ! »

Nous nous sommes enlacées, complètement surexcitées. Elle m'a dit : « Vise un peu l'allure qu'on a. » Nos gants et nos bottes étaient trempés et couverts de boue. Elle a retiré ses gants et les a jetés à l'arrière de ma voiture et je l'ai imitée.

L'explosion et l'incendie nous faisaient le même effet que les feux d'artifice de notre enfance. On a contemplé le spectacle depuis le sommet. Je m'efforçais de ne pas imaginer Isaac Prager en train de brûler.

J'ai reconduit Emily à sa voiture, nous avons fait quelques kilomètres puis elle s'est arrêtée et nous nous sommes séparées sur un parking.

« On se recontacte bientôt. Je suis désolée pour tout ce qui s'est passé entre nous. Cela ne se reproduira plus, je te le promets.

— Pourquoi te croirais-je cette fois-ci ? » Je lui ai souri pour qu'elle comprenne que je n'étais pas sérieuse.

Elle n'a pas souri.

« Parce qu'on est mouillées toutes les deux là-dedans. »

36

LE BLOG DE STEPHANIE

UN COMBAT QU'ON PEUT GAGNER

Bonjour à toutes !

Habituellement, sauf dans les cas graves, je tiens à donner à mes posts un ton aussi joyeux et optimiste que possible. Nous subissons déjà assez de stress sans en rajouter avec des thèmes sur lesquels on n'a pas envie de s'appesantir. Pourtant, j'ai depuis longtemps envie d'aborder un problème qui touche un très grand nombre de personnes dans le monde et que nous devons faire sortir de l'ombre et examiner avec lucidité, sans fausse honte.

Les violences conjugales.

Les statistiques sont effrayantes : le pourcentage des femmes battues par leur mari ou leur compagnon ne fait qu'augmenter, de même que le risque que nous courons toutes d'être un jour victime d'un homme qui, sous couvert d'une apparente gentillesse, se révèle brutalement un monstre.

Celui à qui on pensait pouvoir se fier se transforme alors en ennemi. Dans certains cas, c'est un choc. Dans d'autres, on se rend compte qu'il y a eu des signes, et qu'on a préféré fermer les yeux. En relisant mes anciennes rubriques, je me demande ce qui m'avait tellement attirée dans ce film français qui mettait en scène une épouse, une maîtresse et un mari violent.

Il arrive qu'on s'illusionne en s'imaginant que l'homme qui battait son ancienne compagne sera un ange avec nous. Allons, mesdames, ne nous laissons pas abuser ! S'il l'a fait, il le refera.

Ce n'est pas toujours simple de repérer le « tabasseur en série », car il ne ressemble pas nécessairement à un *bad boy*. Cela peut tout aussi bien être un élégant dandy en costume trois-pièces. En d'autres termes : n'importe qui.

Les violences peuvent commencer tout de suite après la rencontre ; le plus souvent, elles se produisent au bout d'un certain temps, une fois qu'on est tellement engagée qu'on ne se souvient plus avoir vécu sans lui – ou après la naissance des enfants. On veut se persuader qu'il ne recommencera pas. Il est désolé, il nous aime… On connaît la chanson.

Certains donnent des coups qui laissent des marques – les yeux au beurre noir et les nez fracturés qui envoient les victimes aux urgences, puis dans le bureau de l'assistante sociale et enfin au refuge pour femmes battues. Mais les véritables monstres sont ceux qui ne laissent aucune trace, qui pratiquent une violence psychologique permanente qui vise à détruire l'autre.

Cela peut arriver à tout le monde : une collègue, une amie… Impossible de savoir. Parfois, le secret est dévoilé trop tard, parfois, juste à temps. Certaines mères de famille, pour échapper à cet enfer, en sont réduites à commettre des actes extrêmes avant de recevoir de l'aide.

Comment agir ? Faites entendre votre voix. Alertez les responsables politiques pour qu'ils sachent que les femmes doivent être protégées par la loi. Engagez-vous comme bénévole dans une association. Donnez à vos fils l'éducation qui fera d'eux des adultes qui jamais ne seront maltraitants.

Et si cela concerne une amie, faites ce dont elle a besoin. Aidez-la de toutes les façons possibles.

Assez parlé de sujets douloureux. J'intègre un fil d'actualité pour que vous puissiez partager vos témoignages personnels et me donner votre opinion sur cette question.

Je vous embrasse,
Stephanie

37

EMILY

J'aurais dû souhaiter leur mort à tous les deux. Je ne sais pourquoi j'ai focalisé ma rage sur Sean. Probablement parce qu'une fois de plus la naïveté et la malléabilité de Stephanie me permettraient d'obtenir ce que je voulais, tandis que lui me paraissait un obstacle sur mon chemin.

D'abord, je voulais le punir. Pourquoi ai-je décidé de me liguer contre lui avec cette prétendue amie avec laquelle il couchait ? *Primo*, parce que je savais que ça marcherait. *Secundo*, pour récupérer ma bague. Pas parce que je l'avais volée à ma belle-mère, ni parce qu'elle avait une valeur sentimentale par rapport à lui, mais parce que c'était le dernier objet que ma sœur avait porté.

À la minute où j'ai rencontré l'enquêteur de la compagnie d'assurances et où j'ai fixé le rendez-vous, j'ai su exactement comment j'allais me servir de Stephanie. Elle me devait bien ça pour avoir couché avec mon mec. En plus… c'est son destin de tenir le rôle du poisson.

Je me sentais vaguement coupable d'avoir inventé cette histoire de violences conjugales. Ce n'était pas le mensonge en lui-même qui me gênait, mais le fait de raconter que mon mari était violent alors que c'est une réalité pour de nombreuses femmes. J'étais ennuyée de faire semblant pour parvenir à mes fins.

Mais j'étais obsédée : je voulais absolument le faire payer de m'avoir trahie et d'avoir anéanti nos projets. De m'avoir contrainte à tuer ma sœur. J'avais laissé Evelyn mourir parce que cela nous rendait service, à Sean et moi. Or, « Sean et moi » n'existait plus. Terminé. Il avait agi dans son propre intérêt pendant que je laissais Evelyn partir. Il y avait eu ma sœur et moi ; désormais, il y aurait mon fils et moi.

C'était mon seul objectif. Je voulais élever Nicky seule – sans « l'aide » et le « soutien » d'un homme que je n'aimais pas et à qui je ne faisais pas confiance.

Obliger Sean à l'abandonner ne serait pas simple, mais c'était possible si Stephanie m'assistait. Il me suffisait de lâcher le mot « violence » et elle le laisserait tomber immédiatement, en même temps qu'elle pardonnerait à l'amie qu'elle avait crue perdue ce qu'elle m'imaginait avoir commis. Il me suffisait de lui faire croire que nous organisions cela ensemble, alors que j'avais tout mis au point bien avant nos retrouvailles éplorées dans le bar.

J'ai modifié certains détails pour rendre mon récit plus crédible : je lui ai raconté que Sean était sous pression en raison de mauvais résultats professionnels ; en fait, il s'en sortait très bien et avait pratiquement repris un rythme de croisière après sa période de travail à domicile à la suite de ma disparition. J'étais habituée à manipuler l'information : c'était mon métier de présenter les faits sous un angle avantageux.

Ah, oui, bien sûr, ce pauvre M. Prager. Dommage collatéral : mauvais endroit, mauvais moment, mauvais métier. Il posait trop de questions – trop de mauvaises questions. En le réduisant au silence et en m'arrangeant pour que Stephanie m'aide à me débarrasser de son corps, j'ai fait d'une pierre deux coups, si l'on peut dire : j'ai réglé le problème Prager et me suis assurée définitivement la loyauté de Stephanie. Il n'existe aucun lien aussi fort que celui qui unit les complices d'un crime. *Thelma et Louise*. Trop drôle. Elle mourrait pour moi si nécessaire. Heureusement pour elle, je ne crois pas que ce sera nécessaire.

Ensuite, j'ai appelé Dennis Nylon. J'ai remonté tous les échelons de la chaîne alimentaire jusqu'à Adelaide, sa peste de secrétaire, qui m'a aboyé : « Comment avez-vous obtenu ce numéro ? Emily Nelson est décédée, et cet appel est une plaisanterie de très mauvais goût. Qui que vous soyez, vous le savez parfaitement ! Ce que vous faites est répugnant. »

Je lui ai demandé de se calmer et lui ai révélé différents faits que j'étais seule à savoir concernant les crises de Dennis et ses cures de désintoxication. J'ai quasiment entendu sa mâchoire tomber, avant d'ajouter : « Arrête tes conneries, Adelaide. C'est moi, Emily, qui te parle. Passe-moi le patron. »

Lui m'a déclaré : « Je le savais : ma voyante

n'arrivait pas à se mettre en contact avec toi, c'était donc que tu étais encore parmi nous.

— Ta voyante est très sûre d'elle.

— C'est la meilleure.

— Il faudrait que je te voie.

— Viens à l'heure du cocktail. Je t'attendrai. »

Il était allongé sur son canapé, au fond de son immense loft-atelier. Il a posé une monographie sur les miniatures mongoles et s'est levé pour m'embrasser sur les deux joues. Adelaide est entrée avec un plateau et deux verres saupoudrés de piment, remplis du cocktail préféré de Dennis – mezcal et jus de mangue –, incomparablement meilleur que ceux que je me préparais dans ma chambre de motel.

« À ta santé ! Il est délicieux. »

Dennis a levé son verre : « À la tienne, surtout !

— Ça me fait du bien d'être à nouveau ici. »

Il l'a bu en trois gorgées. Comment Adelaide a-t-elle su qu'il était temps de revenir avec une seconde tournée ?

« Je me doutais que tu devrais accomplir un acte héroïque pour t'extirper de ce mariage, mais pas au point de simuler ta propre disparition. Tout le monde ici a été très affecté. Sauf moi. Je savais que ce n'était qu'une comédie, comme je savais que ton mariage si heureux en apparence était au fond une imposture.

— Comment ça ? Moi-même, je l'ignorais.

— Je ne veux pas paraître cynique, mais c'est un peu vrai de la plupart des mariages. Et dans le tien… on le savait tous. D'ailleurs, certains des jeunes ici m'ont dit que tu avais une liaison ou que tu te droguais, ou un truc dans ce genre, et que tu leur avais demandé de t'aider à obtenir une autre identité. Tu aurais dû venir me voir. J'aurais pu t'avoir ce qu'on fait de mieux en matière de faux papiers. Ton époux britannique est mignon, mais il n'a ni le cerveau ni l'énergie pour se maintenir à ton niveau, pour nager à côté d'un requin tel que toi, ma chère. C'était évident que tu finirais par t'ennuyer. Tu te serais tirée depuis des années s'il n'y avait pas eu ton joli petit garçon, qui va maintenant devenir, ce qui est beaucoup plus intéressant, le rejeton d'un foyer brisé… »

J'ai eu une soudaine bouffée de nostalgie pour Nicky.

« Il faut que tu me rendes un service.

— Si tu veux reprendre ton job, pas de problème : nous n'avons pas engagé de CDI. Sans toi, c'est beaucoup moins amusant d'évoluer dans les zones à risque.

— Ce serait super. Mais je dois m'occuper de quelques… dossiers d'abord. Des trucs à régler. Ce n'est pas tout à fait sûr, mais il se peut que j'aie besoin de consulter un avocat. Je me souviens qu'on en avait quelques-uns très compétents sous contrat.

— Spécialisé dans les affaires de divorce ?

— Je ne sais pas… Le droit de la famille.

— J'en connais un excellent. C'est lui qui m'a débarrassé d'un strip-teaseur cinglé qui voulait m'intenter un procès. Considère qu'il est à ta disposition. Ma voyante aussi, si elle peut t'être utile.

— Merci. Je te le ferai savoir. En attendant, dégote-moi une jolie tenue. »

38

STEPHANIE

Je ne saurais dire comment cela s'est produit, mais Emily m'a fait comprendre très clairement qu'il ne serait plus question de l'enquêteur de la compagnie d'assurances. Notre vœu de silence – ou plutôt sa consigne de silence – a débuté aussitôt après que nous avons poussé la voiture par-dessus bord.

Je l'ai raccompagnée jusqu'à son véhicule. Elle m'a demandé de la suivre sur la route secondaire ; à un moment, elle s'est arrêtée devant un snack-bar, et je me suis garée dans le parking. Nous nous sommes assises près de la fenêtre, à l'écart des autres clients. Elle a commandé un café et un croque-monsieur. Cela me semblait très bien. Parfait, même. J'ai commandé la même chose. Je n'aurais pas dû être affamée après les pommes de terre au four, mais je l'étais.

Je tournais des phrases dans ma tête pour exprimer ce que je voulais lui dire, mais elle m'a devancée : « Il ne s'est rien passé.

— Pardon ?

— Ce qui vient de se produire ne s'est pas produit. M. Prager… la voiture… rien de tout cela n'est arrivé. »

J'ai réfléchi. « Entendu. » Cela résolvait un certain nombre de problèmes. « Quelqu'un va sûrement le découvrir. Il y aura forcément des conséquences.

— Des conséquences ? » Elle a levé les yeux au ciel comme si je venais de prononcer le mot le plus débile et le plus inconvenant du vocabulaire. Nous nous sommes tues quand la serveuse a apporté nos plats et nous avons mangé en silence.

Elle semblait très confiante. Pour ma part, je ne doutais pas que quelqu'un remonterait jusqu'à nous. En voulant rendre service à une amie, j'étais devenue une criminelle, une hors-la-loi. Je voyais déjà les affiches « AVIS DE RECHERCHE » avec ma photo. La bande qu'elle avait enregistrée devant le manège était une broutille en comparaison de ce qu'elle avait désormais contre moi.

De cela non plus, il n'était pas permis de parler.

Elle a répété : « Il ne s'est rien passé. » Nous avons terminé notre repas, nous sommes levées et sommes sorties du restaurant.

Après une première semaine, puis une seconde, où rien ne s'est produit – il n'y a pas eu de conséquence –, j'étais presque prête à croire qu'elle avait eu raison.

Il ne s'est rien passé. Toujours aucune conséquence. C'était peut-être un mauvais rêve. J'ai tout imaginé.

Maintenant, quand je vais chercher Miles, que je lui fais la lecture ou que je le borde dans son lit, je ne suis plus la même personne : je suis une maman blogueuse… complice d'un meurtre.

39

SEAN

J'ai d'abord trouvé étrange qu'il y ait deux voitures garées dans l'allée, dont l'une était celle de Stephanie. C'était d'autant plus curieux qu'elle avait plié bagage depuis une semaine. Nous nous partagions en quelque sorte la garde des enfants – elle allait les prendre à l'école l'après-midi et nous les transportions d'un domicile à l'autre –, mais je ne l'avais pas beaucoup vue entre-temps.

Notre relation, si l'on pouvait l'appeler ainsi, était condamnée dès le départ et n'aurait de toute façon pas pu se poursuivre après la visite de Prager. Le risque – la certitude – qu'Emily soit vivante la rendait impossible. J'étais furieux que Stephanie ne m'ait pas dit que ma femme avait une sœur. Elle était furieuse contre moi… Il était inutile que j'énumère toutes les bonnes raisons qu'elle avait de m'en vouloir.

Je ne la regrettais pas tant que ça. Cela ne m'ennuyait pas de ne plus l'avoir dans les pattes, de ne plus devoir me forcer à avaler ses repas roboratifs. Ça me plaisait d'être à nouveau seul avec mon fils devant une pizza sur un coin de table. J'étais content d'être chez moi, avec lui, et qu'on s'entende bien.

J'ai repris contact avec Alison pour qu'elle me remplace les soirs où je devais rester tard au bureau, et éviter que Nicky n'aille obligatoirement chez Miles.

Il était donc anormal que Stephanie soit à la maison. Cela m'a mis mal à l'aise. À moins qu'elle ne soit passée chercher un objet qu'elle avait oublié ? Mais à qui appartenait le second véhicule ? Elle serait venue avec quelqu'un ? Un autre enquêteur de la compagnie d'assurances ? Je n'avais plus eu de contact avec Prager, et cela ne me disait rien qui vaille. Pas de nouvelles, dans son cas, ne signifiait pas forcément bonnes nouvelles.

La voiture inconnue était une vieille Buick marron avec des plaques du Michigan. Je ne connaissais personne dans le Michigan, à part la mère d'Emily, et on ne pouvait pas dire que je la connaissais : je ne l'avais jamais rencontrée.

Emily ?

J'avais passé une mauvaise journée au bureau. J'avais du mal à me concentrer. Il y avait de quoi : j'étais sous pression. Carrington, le chef de la branche « Immobilier international », qui m'avait fait entrer dans la boîte et sur lequel je pensais pouvoir compter parce qu'il était anglais comme moi, avait évoqué à plusieurs reprises des problèmes imminents. Notamment lors d'un déjeuner à l'Oyster Bar, où après avoir éclusé trois whiskys chacun et commandé une soupe aux huîtres, il m'avait déclaré qu'il espérait que je n'aie pas décroché et que je me remette sans tarder au boulot. Je travaillais dur et, pour moi, les résultats étaient bons. Mais aujourd'hui, je venais d'apprendre qu'un projet qui aurait dû me revenir avait été confié à un jeune de l'Utah récemment recruté dans l'équipe.

D'après ce qui avait été convenu avec Stephanie, Nicky était censé passer la nuit chez elle. J'avais acheté une bouteille de bon whisky et j'envisageais de me poser devant la télé pour revoir un ancien épisode d'*Inspector Morse*.

J'ai ouvert la porte d'entrée. « Il y a quelqu'un ? » Mon ange gardien – ou un sixième sens – m'a, Dieu soit loué, retenu de lancer un prénom. Je suis entré dans le salon. Stephanie et Emily étaient assises côte à côte sur le canapé. Je me suis dit : *Concentre-toi, mon vieux, concentre-toi*.

Emily a pris la parole : « On s'est dit que ce serait amusant. Tu ne trouves pas ?

— Que se passe-t-il ? Que faites-vous là ?

— Demande à ma voisine : c'est elle qui vit ici. »

Je me suis tourné vers Stephanie, en pensant : *Dis-lui que tu as déménagé, que nous ne sommes plus ensemble*. Comme si ça pouvait sauver la situation, ou changer quelque chose. Emily le savait sans doute déjà. Au lieu de ça, j'ai demandé : « Où sont les petits ? »

Stephanie a répondu : « Ils jouent dans la chambre de Nicky. Laisse-les tranquilles. »

Qui était-elle pour me donner ce genre de conseil ? Des yeux, j'ai cherché du soutien vers Emily. Cela ne lui ressemblait pas de rester sans réagir et de laisser une autre me dicter ma conduite avec Nicky. C'était inquiétant. En plus, ce n'était pas n'importe qui, mais Stephanie, le « poisson » que nous avions déniché pour nous aider dans le projet fou d'Emily.

Celle-ci avait l'air furieuse. Je demandais à Stephanie où était Nicky ? Son nuage noir de haine et de mépris a glissé sur son amie et s'est posé au-dessus de ma tête.

Stephanie a repris : « C'est répugnant.

— Qu'est-ce qui est répugnant ?

— Que tu aies maltraité ta femme.

— *Quoi ?* Qu'est-ce que tu racontes ? Pas une fois dans ma vie je ne l'ai "maltraitée" ! » Je n'ai pu m'empêcher de faire des guillemets avec les doigts en prononçant ce mot, même si je savais que ce n'était pas une bonne idée. « Tu le sais aussi bien que moi.

— J'en ai été témoin : tu l'as giflée devant moi.

— Tu mens ! » C'est tout ce que j'ai pu dire. Elles étaient deux contre moi. Il a dit… Elle a dit… Et elle a dit.

Emily s'y est mise à son tour : « Et ce que tu as fait à ma sœur ? Comment pourrais-je te le pardonner ?

— Je ne l'ai jamais vue ! Enfin, bordel, comment as-tu pu être mariée avec moi pendant six ans sans me dire que tu avais une jumelle ? »

Emily s'est tournée vers Stephanie. « Je n'aime pas du tout la façon de jurer des Anglais. Et toi ? » Puis elle a m'a fait face à nouveau. Ses yeux, que je trouvais si beaux et qui m'avaient un jour contemplé avec ce que je pensais être de l'amour, étaient devenus deux cercles de glace scintillants.

« Tu le sais depuis toujours. Tu l'as rencontrée des dizaines de fois. Encore un de tes numéros, de raconter que tu ne la connais pas. Un de tes innombrables mensonges. Je veux parler de la façon dont tu l'as traitée dans le chalet, quand elle est arrivée à l'improviste le week-end de ton anniversaire et que ça t'a gonflé. Tu n'as pas arrêté de la chercher, de lui dire qu'elle n'était pas douée pour la vie, qu'elle devrait mourir, rendre service à sa sœur et mourir, qu'il n'y avait rien pour la retenir, que le monde serait meilleur sans elle. Jusqu'à ce qu'elle finisse par te croire. Cela a pris des mois, mais ça a marché. Quand je l'ai rejointe, elle a pris un tas de comprimés et bu tout l'alcool qu'il y avait dans la maison pendant que je dormais, en pleine nuit, avant d'aller se jeter à l'eau.

— Je n'ai jamais été au chalet en même temps que ta sœur, tu le sais parfaitement, Em.

— Je t'interdis de m'appeler Em, je te l'ai déjà dit. C'est le nom qu'elle me donnait, et maintenant, par ta faute, elle n'est plus là.

— Je ne me reconnais pas dans la personne que tu décris. Le monstre que tu inventes. Tu n'es qu'une…

— Folle perverse.

— Folle perverse, exactement, comme tu viens de le dire. »

Stephanie en a eu le souffle coupé. « Des folles perverses. Tu as entendu ? C'est de nous qu'il parle ? Deux folles perverses. »

Emily et moi avons tourné la tête vers elle avec la même pensée : *Ferme-la.* Il nous restait au moins ça. J'avais l'impression de nous contempler, tous les trois, de très haut. Je me trouvais pathétique, avec mon besoin ridicule de me faire pardonner, cherchant désespérément des signes qu'Emily était de mon côté (nous voulions tous les deux que Stephanie se taise) alors que l'affreuse vérité, c'était qu'elle lançait des accusations qui pouvaient m'envoyer tout droit en taule.

Emily a poursuivi : « Tu raconteras ça au coroner. Demande-lui s'il peut fixer l'heure du décès avec autant de précision. S'il peut affirmer que tu n'étais pas présent au moment où Evelyn s'est tuée. »

Je savais que ses affirmations n'avaient aucun sens, que je pourrais prouver mon innocence. Mais je n'arrivais pas à réfléchir. « Ce n'est qu'un mensonge. Un tissu de mensonges.

— C'est toi le menteur. Je n'ai pas envie que notre fils devienne en grandissant un menteur tel que toi. Tu avais dit qu'on agirait ensemble. À l'évidence, ce n'était pas la vérité. »

Stephanie est intervenue : « Le médecin t'a prévenu que tes somnifères peuvent provoquer des bouffées psychotiques. Tu as pu commettre des actes et les oublier aussitôt, partir quelque part et ne pas t'en souvenir, harceler quelqu'un et n'avoir aucune idée de l'avoir fait… »

Emily l'a contemplée comme un professeur devant un cancre qui vient de proférer une remarque brillante. Stephanie avait dû mettre au point cette tirade toute seule. Si nécessaire, je pourrais prouver que mon médecin m'avait prescrit ces médicaments bien après la disparition d'Emily. Aurais-je vraiment besoin de le prouver ?

Emily a martelé : « Je veux Nicky. Maintenant. Faut-il que je sois plus claire ? »

J'ai eu un mouvement de recul en voyant Stephanie

lancer un sourire radieux à ma courageuse épouse, qui a expliqué calmement pourquoi elle était revenue : elle était déterminée à reprendre Nicky avec l'aide de son amie. Elles étaient prêtes à tout. Son histoire se tenait : elle avait quelqu'un pour témoigner que je l'avais giflée ; j'avais harcelé sa sœur jusqu'à ce qu'elle se supprime ; je l'avais forcée à disparaître et à se faire passer pour morte ; enfin, j'avais prévu d'escroquer la compagnie d'assurances en contraignant mon épouse terrorisée et battue à m'obéir.

Deux filles liguées contre un homme, c'est un fantasme masculin classique, mais je n'ai jamais eu ce genre de désirs secrets. J'aime les femmes, et je n'en ai pas peur – du moins, jusqu'à présent. Et on n'était pas dans le fantasme, mais dans la réalité. Elles ne reculeraient devant rien pour me séparer de mon fils : mensonges, faux témoignages, Dieu sait quoi d'autre.

Stephanie a repris : « Je ne fais que dire la vérité à propos de ce que je t'ai vu faire. » À mon grand désespoir, j'ai compris qu'elle croyait à ce qu'elle affirmait. Je ne sais comment elle s'en était convaincue, mais elle l'avait fait. Quelle erreur, dès le départ, de placer notre sort entre les mains d'une personne incapable de réfléchir, uniquement mue pas ses sentiments !

« Vous ne vous en sortirez pas comme ça. Je vais faire appel à un avocat. Il y a déjà une enquête en cours par la compagnie d'assurances, et je vais leur dire la vérité. Qu'importent les conséquences… »

Je bluffais, mais quelle importance ? J'espérais presque que M. Prager sonne à la porte. Il nous verrait tous les trois, et à l'ambiance, comprendrait tout. Il saurait la vérité. Tout serait réglé définitivement.

Il était trop intelligent pour se faire avoir par Stephanie et ma femme. Ce serait préférable qu'il y ait un autre homme avec nous. Le fait de nous voir réunis dans la même pièce résoudrait instantanément son enquête.

« Vas-y, m'a lancé Emily. Prends un avocat. J'ai avec moi le service juridique de Dennis Nylon. On déclarera que tu m'as menacée de partir avec Nicky si je ne te suivais pas dans ta combine d'escroquerie à l'assurance. Que j'ai accepté parce que j'avais peur. Ou alors… Autre version possible : j'avais besoin de m'éloigner un peu de la famille, tu as paniqué et appelé les flics. Mauvaise communication, désolés ! Et le fait que tu aies souscrit une police : pure coïncidence. Pas d'infraction, pas de condamnation, pas de prime. Je suis disposée à défendre cette thèse si tu pars en me laissant Nicky. »

Il n'en était pas question : je ne pouvais pas abandonner mon fils à la garde de mon épouse – dont l'esprit était manifestement dérangé. Il devait exister une autre solution. J'ai proposé : « J'essaie simplement de comprendre. Est-ce qu'on ne peut pas respirer un bon coup, se poser cinq minutes et… »

Elles ont échangé un long regard. Stephanie a répondu : « Nous savons ce que tu as fait à Emily, et Emily sait comment elle veut procéder.

— Je t'en prie, a coupé celle-ci d'une voix impatiente. Tout le monde sait tout. La question n'est pas là. »

J'avais peur de partir en laissant la situation en l'état, mais j'en avais besoin. C'est seulement alors que je me suis aperçu que je n'avais même pas retiré mon manteau. J'ai dit : « Je vais prendre l'air. Je n'en peux plus de vous entendre. Mais d'abord, je vais voir Nicky. »

Je suis passé devant elles pour aller dans sa chambre. Il était en train de construire un parking en Lego avec Miles. J'ai lancé : « Salut, les gars. C'est magnifique, ce que vous faites. »

Ils ont à peine levé les yeux.

« Salut papa, a dit Nicky.

— Salut », a renchéri Miles.

J'ai posé un baiser sur les cheveux doux de mon fils et me suis senti très triste tout d'un coup.

D'un ton neutre, comme si elle n'était jamais partie, il a ajouté : « Maman est ici.

— Je l'ai vue. C'est super, non ?

— Ma maman est aussi là ? » Miles semblait inquiet. Craignait-il que ce ne soit au tour de sa mère de disparaître ? Pour ma part, je n'aurais pu rêver mieux, même si je ne lui souhaitais pas.

Je l'ai rassuré : « Elle est dans le salon avec la maman de Nicky. »

Je n'étais plus chez moi : ma femme et son amie avaient envahi mon foyer et l'avaient détruit. Je ne pouvais pas les jeter dehors sans avoir recours à la violence dont elles m'accusaient. Il fallait que je sorte. Dans ma chambre, j'ai attrapé un costume, des vêtements de rechange, une trousse de voyage, mes somnifères et mon ordinateur portable. Je les ai saluées. Affalées à chaque extrémité du canapé, elles s'étaient versé un verre de vin blanc et ne m'ont pas répondu, comme si elles ne m'avaient pas entendu. J'ai pris ma voiture jusqu'à la gare, puis le premier train pour New York. Je suis descendu au Carlyle, un hôtel largement au-dessus de nos moyens, mais après tout, l'argent est fait pour ce genre de circonstances.

Le lendemain, je me suis fait porter pâle au bureau et j'ai passé la journée au lit. Le soir, je suis descendu dans le magnifique bar orné des fresques murales de Ludwig Bemelmans, que j'ai toujours considéré comme l'un des endroits les plus chics de la ville. J'avais besoin de luxe, de raffinement, de confort. Ma vie venait de prendre un virage et l'avenir s'annonçait sombre, solitaire et difficile. J'osais à peine penser que j'étais bien plus heureux quand je croyais Emily morte.

J'avais envie de revenir à la civilisation : j'ai commandé au barman, un vrai professionnel, un martini préparé dans les règles de l'art, servi dans un verre givré, avec des olives en supplément. Il me l'a apporté, à la température parfaite, dans ce décor si sophistiqué ; après le second, la situation entre Emily et moi – avec, je suppose, également Stephanie dans la boucle – me semblait pouvoir s'arranger à l'amiable, entre personnes civilisées.

De retour dans ma chambre, j'ai pris deux comprimés – le double de la dose recommandée – et j'ai sombré dans un sommeil sans rêves.

Le lendemain matin, je me suis douché dans la luxueuse salle de bains, en tapant dans les produits de toilette haut de gamme. Je cocottais aussi fort qu'un bouquet de fleurs. J'ai fait monter un café, donné un joli pourboire au garçon, et me suis habillé.

En arrivant au bureau, j'ai foncé directement chez

Carrington. Je redoutais cette conversation : j'avais l'intention de lui demander de me recommander un avocat pour qu'il s'occupe de mon cas, si nécessaire, au tarif qu'il facturait pour l'entreprise. Il fallait que je sois prudent dans ma formulation.

Qu'allais-je lui raconter ? Je n'avais pas les idées claires. J'avais l'impression qu'Emily avait transformé mon cerveau en purée.

Carrington s'est appuyé au dossier de son fauteuil et s'est écarté de son bureau. « Ma parole, tu dois être le seul à ne pas l'avoir pas lu… »

Il a fait pivoter son écran dans ma direction. Pour pouvoir lire, je devais soit me pencher en avant soit m'accroupir, ce qui était assez inconfortable. La page Facebook de Lucy Carrington, son épouse, photographiée dans son jardin avec des tiges de rhubarbe dans les bras, était barrée par un titre en caractères gras :

LA MAMAN BLOGUEUSE A RÉSOLU LE MYSTÈRE.

Ses déclarations sur la disparition de son amie.

Carrington m'a passé la souris. « Clique dessus. Attends. Fais le tour du bureau et assieds-toi dans mon fauteuil. Il n'est pas nécessaire que je sois présent quand tu le liras.

— Tu n'as qu'à m'envoyer le lien.

— Je ne sais pas le faire. »

Il est sorti. J'ai suivi le lien vers « Le Blog de Stephanie ».

40

LE BLOG DE STEPHANIE

LE MYSTÈRE EST RÉSOLU !

Bonjour à toutes !

D'abord, êtes-vous assises, confortablement installées à votre bureau ou à la table de la cuisine ? Pour celles d'entre vous qui ont pris du retard, je joins un lien vers le post que j'avais consacré à mon amitié pour Emily, puis vers la série d'articles que j'avais rédigés sur sa disparition et sa mort – sur ce que nous pensions être sa mort. Mais je vais trop vite. Dès que vous aurez fini de me lire, vous aurez tout compris.

Car le dernier épisode en date change complètement la donne.

Mesdames, êtes-vous prêtes à apprendre une grande nouvelle ? Une nouvelle époustouflante ?

Emily est en vie !
Je vais sauter une ou deux étapes, ne pas vous rappeler

ma vague suspicion qu'elle n'était pas vraiment décédée. Appelons ça l'intuition maternelle, ce sixième sens qui, une fois de plus, s'est avéré justifié.

Quand j'ai écrit ce texte sur l'au-delà, que tant d'entre vous ont reposté, j'essayais effectivement d'entrer en contact avec elle au cas où elle serait quelque part et pourrait me lire. Je voulais qu'elle sache que je n'avais pas cessé de penser à elle et de prier pour elle.

C'est elle que j'évoquais en parlant de l'amie qui attend votre aide et de la certitude que l'on a que c'est sérieux ou non (lien).

Je vais le dire aussi simplement que possible : elle avait un mari violent.

Il la terrorisait tellement qu'elle a fait semblant de disparaître et de mourir. C'était même pire que ça : il avait mis sur pied un coup monté pour toucher une énorme somme auprès d'une compagnie d'assurances après son décès. Le genre de scénario qu'on voit à la télé, et qui, je suppose, se déroule aussi dans la vraie vie.

En réalité, c'est la sœur jumelle de mon amie qui a succombé à la suite d'un geste désespéré auquel elle a été poussée (soyons justes, en partie seulement) par ce beau-frère cruel, insensible et brutal.

Sean Townsend.

Si cela vous surprend que l'homme charmant et le papa responsable dont j'ai fait l'éloge sur mon blog se révèle un personnage abominable, tout ce que je peux dire, c'est que cela arrive. Les escrocs, les tueurs en série, s'en prennent à des femmes amoureuses. Je ne dis pas pour autant que le mari de mon amie est un tueur. Au sens littéral, s'entend. C'est un être très méchant.

Je ne connais pas bien la législation en matière d'assurances, mais selon mon amie, un certain Isaac Prager mène une enquête. Il a retrouvé sa trace, s'est mis en contact avec elle et lui a proposé un accord en vertu duquel elle ne serait pas inquiétée si elle lui révélait la vérité. Bien sûr, elle lui a parlé de Sean. Lors de leur dernier contact, M. Prager lui a indiqué avoir prix rendez-vous avec son mari à une cinquantaine de kilomètres de notre ville.

Emily et moi sommes à nouveau amies. Elle a eu le courage de solliciter mon assistance et j'étais suffisamment proche d'elle pour la lui apporter. Une fois de plus, nous sommes deux mamans unies dans le même combat. Je lève mon verre aux mamans et à l'amitié.

Je vous embrasse,
Stephanie

41

SEAN

Carrington était resté dans le couloir, devant sa porte, comme le médecin qui attend que vous soyez déshabillé pour pénétrer dans la salle d'examen. En rentrant dans son bureau, il a dit : « Ça pue, cette histoire. Ah, les nanas ! Je suis de tout cœur avec toi, mon vieux. » Qu'il croie ou non en mon innocence, je lui étais reconnaissant de rester bien élevé – civilisé. Je me suis dit que j'avais peut-être pris trop de comprimés la veille, que dans quelques heures, tout ceci me paraîtrait un mauvais rêve. Mais au fond, je savais que je n'en avais pas abusé – et que tout était vrai.

« Ce n'est qu'un tissu de mensonges, je te jure. C'est du cyber-harcèlement, du chantage. Que prévoit la législation de ce pays en cas de diffamation ? Il n'y a rien de vrai dans tout ça. »

Je lui ai donné ma version – avec un léger écart par rapport à la vérité : je l'ai assuré que je n'étais pas au courant que ma femme avait l'intention de frauder la compagnie d'assurances. Cela simplifiait l'histoire et la rendait moins… délicate. J'ai dit que je n'avais fait le lien entre le contrat que j'avais souscrit à son nom et sa disparition que lorsque les inspecteurs me l'avaient signalé. Tout ce qui était arrivé était son idée : elle avait toujours recherché les émotions fortes, voulu jouer la rebelle, et ce n'était pas une qualité qui se bonifiait avec l'âge.

Carrington a tiré sur ses boutons de manchette, ce qui, en langage des signes britannique, signifie : « Tu parles trop. » Je pense néanmoins qu'il m'a cru.

Il m'a dit : « Je vais demander à un des gars du service juridique. Apparemment, sur Internet, ce n'est pas comme sur le papier : il y a beaucoup de zones d'ombre. En attendant, de quoi as-tu besoin ? Qu'est-ce que tu attends de moi ? »

J'étais à un tournant de l'existence, où il faut choisir un itinéraire plutôt qu'un autre en espérant qu'on prendra le bon. Les comprimés avaient peut-être ça de bien : ils m'aidaient à ne pas trop gamberger.

La première impression est toujours la bonne, paraît-il. Quoique… peut-être pas vraiment la meilleure. J'aurais dû mentionner Prager.

Je lui ai répondu : « J'ai besoin de prendre de la distance un moment. »

Emily avait fait une pause. C'était à mon tour de partir, ailleurs, pour réfléchir. Attendre que l'agitation retombe. Tous les signaux pointaient dans cette direction.

Carrington a ajouté : « Son billet a été reposté sur Facebook. Il a eu des centaines de *likes*. Il est devenu viral, comme on dit. Légèrement viral. Pourvu que ça se soigne. » Il a eu un rire sec et désabusé. « La prétendue vérité n'a rien à voir avec tout ça.

— Mon Dieu…

— Mon Dieu, en effet.

— Qu'est-ce que ça signifie pour moi ?

— Cela signifie qu'en cet instant précis, quelqu'un est en train de vérifier s'il est possible de te traduire en justice. S'il décide que oui, cela pourrait aller assez vite.

— Oh, merde…

— Merde, je confirme… »

Carrington avait l'habitude d'attendre que quelqu'un prononce un juron pour le répéter. « Tu as de la chance que je t'aie à la bonne. Et que je te croie, à l'exception de ta prétendue ignorance de la combine avec l'assurance. Elle ne me gêne pas, sauf qu'elle aurait engendré une très mauvaise publicité pour la boîte si tu t'étais fait prendre. En attendant, voici mon idée : on a besoin de quelqu'un pour superviser la vente d'un terrain en Irlande. Un de nos clients envisage de s'y faire construire une maison pour ses vieux jours. Ce n'est ni un gros client, ni une grosse baraque, il y a sans doute un peu d'évasion fiscale, mais tout est parfaitement légal. Tu pourrais t'en occuper dans le cadre d'une mutation temporaire. Le golf, dans ce coin, est paraît-il super. Tu l'as dit : de la distance, un certain temps. Dès qu'on y verra plus clair, on envisagera la question de ton retour. »

Il y avait plusieurs éléments que Carrington n'avait pas besoin de souligner : j'étais citoyen britannique ; je ne risquais pas d'être extradé pour des soupçons de violences conjugales, d'incitation au suicide ou même de tentative d'escroquerie ; la compagnie d'assurances serait ravie de ne pas avoir à payer et Prager pourrait passer au dossier suivant.

Carrington est un mec bien, un gars sympathique. Son offre était une corde lancée à un noyé ; il était le pompier qui apparaît à la fenêtre de l'immeuble en flammes. En baissant les yeux, ce qui était aussi bien, il a conclu : « La mission débuterait immédiatement.

— Formidable. Merci, vraiment, sincèrement. Merci.

— Une fois suffit. »

Je savais que c'était temporaire. J'avais besoin de prendre du champ et de souffler. J'allais m'en aller, et revenir plus tard récupérer Nicky. Sa mère et moi pouvions encore régler la situation de façon plus ou moins civilisée.

Civilisée ? Quel sens avait ce mot concernant Emily, ma femme, que j'avais aimée et que je pensais connaître ? Je savais désormais que très probablement, elle n'en avait pas fini avec moi. Était-elle en train de mijoter un autre plan diabolique pour me punir des méfaits qu'elle m'attribuait ? Je ne pouvais pas m'empêcher de penser qu'elle ne s'arrêterait pas avant de m'avoir fait souffrir plus que ce que j'avais déjà souffert.

Je ne pouvais rien faire d'autre qu'attendre. Retenir ma respiration et attendre.

42

EMILY

Sean a capitulé, par e-mail : il a été affecté à un projet en Irlande, pour une durée indéterminée. C'est une formidable opportunité. Il me demande de transmettre tout son amour à notre fils et me recontactera à son propos dès qu'il connaîtra sa date de retour.

C'est étonnant : j'aurais cru qu'il se battrait plus que ça. Mais je ne me plains pas. C'est ce que je voulais. Cela n'aurait pas pu se dérouler mieux.

J'ai passé une mauvaise nuit, après son départ à l'hôtel. La peur était peut-être uniquement dans ma tête, mais personne n'aurait pu me le dire.

Je m'étais réinstallée dans la maison et j'avais passé la journée à la remettre dans l'état où elle était avant le débarquement de Stephanie ; j'ai balancé les tisanes écœurantes dont elle avait rempli le placard, réapprovisionné ma cave à vins, jeté l'atroce coussin avec « Maison heureuse » brodé au point de croix qu'elle avait osé rapporter de chez elle et poser sur mon canapé, remis en place mes bibelots et les objets design qu'elle avait écartés.

J'étais seule avec Nicky. Au dîner, on s'est régalés d'un hamburger au fromage, croustillant à point, que j'ai préparé au débotté. Nicky bavardait, heureux. Il faisait bon dans la cuisine. Après avoir vécu comme un animal traqué, j'étais à nouveau un être humain. J'avais tout risqué, j'avais joué gros, j'avais gagné.

Je n'ai jamais été plus heureuse, et je me suis promis de faire en sorte que ça dure, de combattre de toutes mes forces l'envie de déchirer ma vie en morceaux et de les lancer en l'air. Je voulais que ça marche, ne plus me laisser gagner par cette agitation irrépressible, ne plus être tourmentée ou assombrie par la vie quotidienne, cesser de jouer avec la réalité, et vivre, au contraire, dans la vérité. Autant que possible.

Ce premier soir, après avoir mis Nicky au lit, j'ai terminé le roman de Patricia Highsmith que j'avais commencé il y a si longtemps, *Ceux qui prennent le large*. Je suppose que c'est mon subconscient qui m'a poussée à le choisir sur l'étagère.

C'était probablement une bêtise de le lire, seule dans la maison – à l'exception de Nicky. Je venais de terminer un passage assez terrifiant, où le père qui cherche à faire payer à son gendre la mort de sa fille le suit dans les ruelles sombres de Venise avec l'intention de le tuer, comme la petite fille en rouge dans le film *Ne vous retournez pas*, avec Julie Christie et Donald Sutherland. J'étais assise sur le canapé et j'ai eu la sensation que quelqu'un m'observait depuis la forêt. Est-ce parce que je l'avais fait moi-même ?

Pauvre Stephanie ! J'avais joué avec ses nerfs. Et quel gaspillage d'énergie ! Elle n'en valait pas la peine, pas plus que Sean.

Je croyais savoir ce qu'on éprouve lorsqu'il y a quelqu'un dehors. Je me savais plus vigilante que Stephanie et Sean. J'avais été dans le rôle du voyeur, et maintenant c'était moi qu'on espionnait.

J'ai entendu un bruit. Un bruissement dans la forêt. Sean était là. Je sentais sa présence. Sa rage. Sa malveillance. S'apprêtait-il à rentrer dans la maison prendre Nicky ? Il était certainement persuadé que je le méritais.

J'ai entendu un sifflement au loin, qui est devenu plus fort, s'est rapproché, puis s'est arrêté. Est-ce que Sean sifflait ? Pourquoi cet air m'était-il familier ? Et si ce n'était pas lui, mais un tueur inconnu ? Le fantôme de M. Prager ?

J'avais envie de regarder, mais j'avais peur. J'ai éteint les lumières et j'ai scruté la nuit opaque, sans lune. Puis le noir m'a oppressée et j'ai rallumé. Soudain, j'étais effrayée d'avoir tant de baies vitrées. Qu'est-ce qui nous avait pris de vouloir autant de lumière ?

J'aurais pu partir me réfugier quelque part avec Nicky. Chez Stephanie, par exemple, même si cela m'aurait coûté de solliciter sa protection. Serais-je devenue aussi parano qu'elle, pour m'imaginer un mari vengeur ?

Pour finir, l'idée de réveiller Nicky et de sortir m'a parue compliquée… pour rien. J'ai décidé de prendre un des somnifères que Sean avait laissés – et dont il n'avait pas besoin à l'époque où on était ensemble…

Pour être juste, à l'époque, je n'avais pas disparu, il n'avait pas fait venir quelqu'un pour me remplacer, et je ne l'avais pas menacé avec une version très personnelle des faits.

Je me suis allongée à côté de mon fils. Sean devrait me réveiller s'il voulait le prendre.

Avant de m'endormir, je me suis souvenue que Stephanie avait dit que ce médicament pouvait provoquer des accès psychotiques. Était-il devenu fou ? Était-il vraiment posté dehors ? Ou alors, c'était moi qui perdais la tête. J'avais pris une de ses pilules, j'étais bien réveillée et mon cœur battait à tout rompre. J'en ai avalé une seconde et j'ai sombré dans le sommeil jusqu'à ce que Nicky me réveille le lendemain matin. La lumière du jour entrait à flots par les fenêtres et les rayons du soleil éclaboussaient le sol de la chambre. J'étais dans son lit. Je m'étais endormie tout habillée. Il m'a dit : « Bonjour, maman. » J'ai embrassé la peau douce et légèrement moite de son front et nous nous sommes pelotonnés sous les couvertures. Le bonheur.

Je veux qu'il ait un père. Je garderai le contact avec Sean, tout en faisant une demande de divorce avec garde complète. Au cas où. Dans les procès qui se déroulent de chaque côté de l'Atlantique, il faut parfois des années pour que les jugements soient rendus.

Je ne sais pas à quoi Stephanie s'attendait de ma part. Elle pensait peut-être que nous étions désormais de vraies meilleures amies, que nous allions mettre en commun nos ressources et nos fils et vivre ensemble dans une sorte de kibboutz ou de coopérative expérimentale, partageant leur éducation et les lessives ?

Même pas en rêve. Plutôt vivre avec Sean, tant qu'à faire.

Je suis retournée chez Dennis Nylon après avoir négocié une augmentation substantielle, qui m'a permis d'embaucher une nounou à plein temps. J'ai convaincu mon boss de financer une fondation ayant pour vocation de recueillir les enfants des rues, à laquelle nous avons donné le nom de ma sœur. Je me suis arrangée pour avoir des horaires plus souples afin d'être plus souvent avec Nicky et de travailler en partie depuis chez moi. À croire qu'il faut partir pour se faire apprécier. La méthode a cependant des inconvénients, je l'ai constaté avec Sean.

Jamais je n'aurais imaginé me satisfaire de la vie que je mène : maison, boulot, fiston – avec en moins l'ennui terrifiant, l'envie irrépressible de tout foutre en l'air, de provoquer un événement dramatique pour moi et mon entourage. Je parviens assez bien à repousser la sensation que je ne suis pas vraiment moi si je ne contrôle pas tout, si je ne suis pas en fuite ou en danger. Il se peut que les souffrances que j'ai subies – la perte de ma sœur, la séparation d'avec Nicky – m'aient donné une leçon et apporté une sorte de sagesse. Ou pas. Reste à voir combien de temps va durer cette trêve avec mes démons. Pour le moment, on dirait qu'elle tient. Qui peut savoir si je vais continuer ainsi, ou ce que l'avenir nous réserve ?

Nicky et Miles sont encore amis, mais ils jouent beaucoup moins ensemble. Sarah, notre nouvelle nounou, dépose mon fils chez Stephanie et va le rechercher.

J'ai occasionnellement des contacts avec Sean.

J'envisage de fixer une date, pas trop proche, où il pourra venir voir Nicky. Dès que je sentirai qu'il regrette suffisamment de m'avoir obligée à simuler ma mort et d'avoir poussé ma sœur à se supprimer.

Je n'ai pas décidé comment, et avec quelle intensité, je vais le faire souffrir. Au minimum, je veux qu'il en bave autant que j'en ai bavé.

Je suis satisfaite d'être revenue chez Dennis Nylon ; tout le monde semble content de me voir après toutes mes aventures. J'aime être à la maison, dîner avec Nicky, ou au moins le mettre au lit. J'aime être seule.

Les choses n'auraient pas pu se dérouler mieux.

43

LE BLOG DE STEPHANIE

TOUT EST BIEN…

Bonjour à toutes !

Tout est bien qui finit bien. Même si, bien sûr, tant que l'on est sur Terre, on n'a jamais fini d'être une maman pour nos chers petits. Et comme je l'ai déjà évoqué ici, cela se poursuit longtemps après.

Emily et moi sommes à nouveau voisines. Nous faisons tout pour que nos fils soient aussi heureux et en bonne santé que possible. Sean est parti à l'étranger et personne ne sait quand il reviendra – s'il revient. Je suppose, même si je n'ai pas tous les détails, qu'il s'expose à des poursuites judiciaires s'il repasse la frontière. Connaissant Emily, je suis prête à parier qu'elle a l'intention de le faire payer – au maximum – pour ses actes.

Je ne la vois pas autant que j'aimerais : elle travaille beaucoup, et comme c'est aussi une Supermaman, elle essaie de rattraper le temps perdu avec Nicky. L'amitié a des hauts et des bas, et je suis persuadée que nous nous retrouverons sur son grand canapé moelleux, si elle l'a encore. D'après Miles, Nicky a de nouveaux jeux, différents de ceux avec lesquels ils s'amusaient quand nous y étions. Je ne le presse pas de questions : il y a toutes sortes de sujets auxquels je préfère ne pas penser.

Miles a de très bons résultats scolaires, un peu meilleurs que ceux de son copain.

Nous avons tous subi de rudes épreuves, mais c'est le petit Nicky que je plains le plus. Il a été particulièrement traumatisé : sa mère disparaît, puis revient, et ensuite son papa s'en va. Comment va-t-il apprendre à faire confiance ?

Ce qui me réconforte, c'est de constater à quel point les enfants sont solides. Courageux, résistants, résilients. Nicky va passer ce cap, grandir, devenir un adulte sage, posé, bienveillant – une personne plus intéressante. Un jour viendra où chacun à notre façon, nous vaincrons ces difficultés pour aller de l'avant, vivre avec nos secrets et les accepter, parce qu'ils font partie de nous.

Je n'aurais pas pu traverser cette période troublée sans l'amour et le soutien de notre communauté de mamans. Que Dieu vous bénisse, où que vous soyez. Restez fortes et belles. Et si vous avez une histoire comme la mienne à raconter, je vous encourage à la partager avec nous. À très bientôt.

Je vous embrasse,
Stephanie

44
EMILY

Environ un mois après mon retour à la maison, une voiture de police a remonté lentement l'allée et s'est arrêtée devant notre porte. Je me suis dit : *Cela ne veut rien dire*. Deux flics en civil en sont sortis et ont sonné à ma porte. La femme a tendu la main en premier.

« Inspectrice Meany. Et voici mon collègue, l'inspecteur Fortas.

— Enchantée. Je suis Emily Nelson.

— Oui, nous le savons.

— Voulez-vous entrer ? » Je n'avais rien à cacher.

Ils se sont assis sur le canapé que je venais d'acheter pour remplacer celui sur lequel Stephanie posait ses fesses. L'inspecteur Fortas a commencé : « Je ne crois pas que nous nous soyons déjà vus officiellement. Nous avions travaillé sur votre cas, et rencontré votre mari…

— Mon futur ex-mari est actuellement au Royaume-Uni.

— Je vois, a répondu sa collègue. Cela n'aurait sans doute pas dû se produire. On aura probablement besoin de l'interroger à un moment ou à un autre… »

J'étais curieuse de savoir à quel « moment » cela se passerait, mais je n'ai pas exprimé ma curiosité : je finirais par le savoir, plutôt tôt que tard.

J'ai poursuivi en souriant : « Je voulais vous dire… que je suis sincèrement désolée de vous avoir causé tous ces désagréments. Tout est ma faute. Mon mari a paniqué ; il était fou d'inquiétude quand il a perdu ma trace. Tout ce dont j'avais besoin, c'était d'un peu de temps pour accepter le décès de ma sœur. J'avais envie de débrancher, de prendre du recul. À cette regrettable erreur de communication s'est malheureusement ajouté le contrat d'assurance, que mon mari avait souscrit et que j'avais complètement oublié.

— Je m'en souviens, a répondu l'inspecteur. Nous avions interrogé une de vos amies, la mère d'un copain de votre fils…

— Vous avez une bonne mémoire. C'était vraisemblablement Stephanie. Ce n'est pas la moins névrosée de mes amies, si vous voyez ce que je veux dire… »

L'inspectrice Meany a souri. Elle l'avait vue et a compris ce que j'insinuais. Ils ont ri d'un rire automatique, comme s'ils n'étaient pas sûrs d'avoir raison de le faire ni de ce qui était drôle.

J'ai repris : « Pardonnez-moi, mais puis-je vous demander la raison de votre visite ?

— Simple conversation, a rétorqué M. Fortas. Un entretien préliminaire. On nous a signalé ces derniers jours une voiture accidentée et incendiée à proximité de l'autoroute, pas très loin d'ici. La carcasse contenait un corps carbonisé ; d'après ce que nous croyons, il s'agirait de celui d'Isaac Prager. Le numéro de téléphone de votre domicile était sur la liste des appels qu'il a effectués au cours des semaines qui ont précédé sa disparition. Naturellement, nous avons fait le lien avec la vôtre, sur laquelle, nous vous l'avons dit, nous avions enquêté.

— C'est incroyable ! Quelle coïncidence ! » J'étais tout miel avec eux. Je tenais à ce qu'ils me croient.

L'inspectrice a pris le relais : « Il restait peu de traces dans l'épave. Il s'agit très probablement d'un accident, mais certains éléments sont… intrigants. On a récupéré à proximité un bijou qui n'appartenait certainement pas à M. Prager. »

Elle m'a tendu une photographie. J'avais déjà une idée de ce que j'allais voir.

Je savais, évidemment, que j'avais perdu la bague de ma belle-mère. Mais comme je n'avais plus l'habitude de la porter, il s'était passé plusieurs jours avant que je remarque qu'elle n'était plus à mon doigt. Curieusement, je m'en fichais. Elle n'avait appartenu à ma sœur que… je ne voulais pas me souvenir combien de temps. Avant, elle avait été à moi, et encore avant, à la mère de Sean. Maintenant, en pensant à cet anneau, j'entendais la voix insupportable de ma belle-mère en train de se plaindre pendant qu'elle faisait la vaisselle dans son horrible cuisine qui puait le graillon.

Je m'étais dit que ce n'était pas la peine que je m'inquiète : elle pouvait être dans tellement d'endroits, et pas forcément là où j'avais poussé une voiture dans un ravin. Il y avait peu de chances qu'elle y soit, d'autant que j'avais tout fait pour me persuader, ainsi que Stephanie qu'il ne s'y était rien passé. Pas de crime, pas de conséquences.

J'avais probablement retiré mes gants après avoir fait basculer la voiture, mais je ne m'en souvenais pas. Les événements de cette journée étaient confus, et je ne parvenais pas à me les remémorer avec certitude. D'autant que je m'étais efforcée de les oublier, et que jusqu'à maintenant, j'y étais parvenue.

« Mon collègue a une mémoire extrêmement précise des détails. En voyant la photo à l'écran, il a repensé au bijou mentionné dans le rapport d'autopsie du cadavre dont on pensait que c'était le vôtre. »

Nous avons toutes les deux tourné la tête vers l'inspecteur Fortas, cet être humain aux pouvoirs mentaux exceptionnels. Nous avions sous les yeux un type assez quelconque, avec des boutons d'acné sur le front et une moustache fine et blonde, qui a dit : « La bague qui a été trouvée dans le Michigan, et qui, d'après ce qu'on sait, a été rendue à votre mari, au cas où…

— Je sais de quelle bague il s'agit. » Je m'entendais parler, les mâchoires serrées. Ces flics étaient suffisamment malins pour se souvenir d'un bijou qu'ils avaient vu des mois plus tôt, mais pas assez pour se souvenir aussi que le « cadavre » en question était ma sœur suicidée. Ma jumelle adorée. Ils ont fini par piger, trop tard. L'inspecteur a piqué un fard.

« Nous sommes désolés pour la perte que vous avez subie, a commenté l'inspectrice.

— Ça va aller », ai-je répondu. Ce n'était pas vrai, et ils le savaient.

Fortas a poursuivi : « Au cours de notre premier

entretien, votre mari et votre amie l'avaient tous les deux évoquée. » Il pointait du doigt la feuille de papier. « Nous sommes pratiquement certains que c'est la même. »

Il était crucial de ne pas hésiter. Je devais m'exprimer sans broncher, sans faiblir.

« Mon mari me l'a offerte pour nos fiançailles. Peu avant son décès, ma sœur me l'a volée pour s'acheter de la drogue. C'est ainsi qu'elle a fini dans le lac. »

Ils étaient désolés pour ma perte ? Je l'étais bien plus qu'eux.

« Puis-je vous poser une question ? Lorsque vous avez rencontré mon mari, au moment de ce... quiproquo sur ma disparition... : vous avez indiqué que vous aviez également discuté avec une amie... Stephanie.

— Tout à fait, a confirmé Fortas, le prodige de la mémoire.

— Savez-vous qu'ensuite, elle s'est installée avec lui, et qu'ils avaient l'intention de se marier ? Qu'il lui a donné la bague de sa mère, ma bague, et que cela leur paraissait tout à fait normal ? Ils pensaient que j'aurais été d'accord pour que mon mari donne ma bague à ma meilleure amie. Vous pouvez le croire ? »

L'inspectrice était apparemment scandalisée par la trahison de mon mari et de mon amie : « Mon Dieu ! Je suppose que vous avez les coordonnées de cette... Stephanie ?

— Son numéro de téléphone et son adresse. Je peux vous les donner sans avoir besoin de consulter mon répertoire. Et s'il vous faut des informations supplémentaires sur ses relations avec mon mari, je peux aussi vous indiquer le lien pour accéder à son blog. J'ai l'impression qu'il l'a laissée tomber depuis, mais ça m'est un peu égal, vous vous en doutez. »

Ils s'en doutaient parfaitement. Ils ont tout pris en note. Stephanie venait d'entrer dans leur ligne de mire.

Il m'est revenu ce que les champions de poker m'avaient raconté à propos du « poisson » : on sait qu'il va perdre, mais pas exactement quand. On ne sait pas à l'avance quelle levée va le ferrer et lui couper l'oxygène.

Si ces deux flics avaient été moins incompétents, moins niais, ils m'auraient arrêtée sur présomptions. Ou du moins, ils m'auraient demandé de les accompagner pour un complément d'enquête. Au lieu de quoi, ils sont partis – sur la piste de Stephanie, probablement – après m'avoir poliment demandé de ne pas trop m'éloigner. J'ai promis de ne pas le faire.

J'ai attendu un peu, en prenant de grandes respirations pour m'éclaircir les idées. Puis je suis allée dans la chambre de Nicky, j'ai sorti ses affaires et j'ai commencé à préparer nos bagages. Il était temps de partir. Le moment était arrivé pour lui et moi de nous diriger vers le soleil couchant – ou levant, je ne sais plus. Sortir des radars. Faire une pause, voir venir.

J'ai pris son passeport et les deux miens – le faux et le vrai – au cas où on en aurait besoin. Pour rendre visite à Sean quelques jours, par exemple. Jouer un peu avec lui. Le tourmenter. Être à nouveau le chat, et lui ma nouvelle souris.

Je m'y attendais. Je l'avais prévu. Cela faisait très

longtemps que je m'y préparais. Toute ma vie, pour ainsi dire.

Je n'avais jamais eu moins peur. Je me sentais jeune, pleine d'énergie et de courage.

Heureuse d'être en vie.

POCKET N° 16781

Entre thriller et aventure, un roman qui ne laisse aucun répit...

Bear GRYLLS
LE TOMBEAU D'ACIER

Sitôt évadé de Black Beach, l'une des plus terribles prisons du monde, Will Jaeger se voit proposer une nouvelle mission. Ex-militaire, spécialiste de la survie, « le chasseur » est l'homme qu'il faut pour monter une expédition au cœur de la jungle amazonienne. L'objectif ? L'épave d'un avion de la Seconde Guerre mondiale. Suivis par une équipe de reality-show, ils ne se doutent pas qu'outre les Indiens et les prédateurs habituels, les membres d'un complot nazi surveillent de très près leurs faits et gestes...

Retrouvez toute l'actualité de Pocket :
www.pocket.fr

Composition et mise en pages
FACOMPO, Lisieux

Imprimé à Barcelone par:
BLACK PRINT
en mars 2018

S27288/01